Aus beruflichen Gründen fährt Margi, eine junge Übersetzerin aus Wien, in Begleitung ihres Hundes Bärli nach Paris. Dort trifft sie ihre alte Freundin Bea wieder, die Merkwürdiges zu berichten hat: Vor wenigen Tagen war sie vor ihrer Haustür Zeugin einer wilden Verfolgungsjagd geworden, in deren Verlauf der Verfolgte, ein junger Chinese namens Zhan, sie darum bat, sich bei ihr verstekken zu dürfen.
Kurze Zeit später verschwindet Bea auf rätselhafte Weise. Von Bärli tapfer und ab und zu bißkräftig unterstützt, versucht Margi herauszufinden, was passiert ist, und begreift sehr bald, daß sie es mit einer Bande von Drogendealern zu tun hat, die vor nichts zurückschrecken. Eine gefährliche Jagd quer durch Pariser Gassen, Märkte und den Bois de Vincennes beginnt ...
Ein turbulenter Roman voller Action, Witz und Spannung vor der Kulisse des frühlingshaften Paris.

Maria Benedickt, Jahrgang 1958, studierte Sinologie und verbrachte mehrere Jahre in Ostasien. Seit 1991 lebt sie mit Mann und Hund wieder in Wien, wo sie als Redakteurin einer Fachzeitschrift für Tourismus tätig ist. ›Ein Hund in Teufels Küche‹ ist ihr erster Roman.

Maria Benedickt

Ein Hund in Teufels Küche

~

Roman

Fischer Taschenbuch Verlag

Die Frau in der Gesellschaft
Herausgegeben von Ingeborg Mues

Originalausgabe
Veröffentlicht im Fischer Taschenbuch Verlag GmbH,
Frankfurt am Main, April 1998

Gesamtherstellung: Clausen & Bosse, Leck
Printed in Germany
ISBN 3-596-13720-9

Einer muß der Böse sein.
Chinesisches Sprichwort

~

Sorry, Arabs!
Maria Benedickt

Teil I

1.3.94, Dienstag

Wie alle Hunde in Paris hat sich auch Bärli daran gewöhnt, ohne weiteres auf Asphalt zu klacksen. Entweder, wie die meisten anderen, auf den Gehsteig, oder aber er geht brav auf die Straße, um sein Geschäft zwischen zwei geparkten Autos zu verrichten. Die Stadt Paris hat überall auf den Gehsteigen Bilder von einem besonders häßlichen Dackel aufmalen lassen, die, unterstrichen von einem auf die Straße weisenden Pfeil, die Herrchen und Frauchen der Hunde und Hündinnen animieren sollen, die Tiere hinunter auf die Straße zu führen, wenn sie – die Tiere – klacksen wollen. Manche Pariser Hunde machen sich einen Spaß daraus, genau auf die Aufforderung, nicht auf den Gehsteig zu klacksen, mitten draufzuklacksen, aber das tut unser Bärli so gut wie nie.

Heute begleitet uns Balladur auf unserer ersten Runde. Balladur gehört zu einer Bar am Ende unserer Straße und läuft meistens frei herum. Er ist ein gutmütiger, spielfreudiger, wenn auch nicht mehr junger – die Schnauze ist schon weiß –, mittelgroßer (etwas größer als Bärli) gelber Rüde mit schwarzer Zeichnung im Gesicht und an den Ohren. Er lebt im selben Haus wie Bea, die zwei Stockwerke über der Bar ein Appartement gemietet hat und dort schon viele Jahre wohnt – aber Balladur war trotzdem schon vor ihr da. Nur hieß er damals noch nicht Balladur, sondern Roccard. Nach Roccard hieß er Cresson und nachher Bérégovoy, und erst seit neuestem Balladur – sein Herrchen hat, wie man sieht, beschlossen, ihn immer nach dem amtierenden Premierminister zu nennen. Was zweierlei über ihn aussagt: erstens, daß er keine sehr hohe Meinung von seinem Premier hat – er behandelt Balladur gut, aber eben wie einen Hund; und zweitens, daß er nie damit gerechnet hat, daß eine Frau Premierministerin werden würde, denn einen Frauennamen hatte er ihm gewiß nicht zugedacht. Bärli ist übrigens eine Hündin, wir haben uns aber angewöhnt, sie sowohl »sie« als auch »er« – der Hund – als auch »es« – das Bärli – zu nennen. Balladur hat auch sonst noch einige Namen. Der zwölfjährige Sohn des Wirtes nennt ihn Joe, und die Gäste der Bar, je nach ihrer Affinität zu Hunden, nennen ihn Toutou oder Salaud.

Bea ist mit dem Wirt gut bekannt, sie trinkt dort morgens manchmal ihren Kaffee, bevor sie außer Haus geht – im wörtlichen Sinn, denn sie geht dann immer durch den Hintereingang in die Bar. Der Wirt macht ihr ihren dünnen schwarzen Espresso mittlerweile ganz ohne Kommentar, obwohl er sie längere Zeit dazu bekehren wollte, Kaffee richtig zu trinken, also stark, aber mit Zucker und Milch. Bea ist allergisch gegen Milch.

Da heute das Wetter schon bei der Morgenrunde einen schönen Tag verspricht mit klarem hellblauen Himmel, werde ich vermutlich den nächsten Spaziergang mit Bärli – ohne Balladur – im Bois de Vincennes machen. Die Anreise ist zwar mühselig, fast eine Dreiviertelstunde mit der Métro (striktes Hundeverbot, außer in Taschen getragen, aber es hat noch niemand etwas gesagt) mit einmal Umsteigen, aber der Bois de Vincennes ist mit Abstand der schönste Park in Paris, in dem Hunde erlaubt sind. Fast alle Grünflächen innerhalb der Stadt werden mit schönem amtlichen Ernst gegen den Eintritt von Hunden geschützt. Daher die Klackse auf den Straßen. Und der Bois de Boulogne, ebenso weit von unserem Appartement entfernt wie der de Vincennes, ist so dicht von Straßen durchzogen, daß man den Hund alle paar Schritte weit wieder anleinen muß. Unsere erste Wahl bei Schönwetter ist also immer der Wald von Vincennes, streckenweise gepflegt wie ein Park, dann wieder wild zugewachsen, gerade richtig für Bärli und mich.

~

Wenn Hunde, wie es heißt, nach einiger Zeit so aussehen wie ihre Herren, dann hat Bärli eine schwere Entscheidung vor sich. Er ist genauso Dommis Hund wie auch meiner, wir haben ihn gemeinsam aufgezogen, und mit wenigen Ausnahmen hat er immer in unserer gemeinsamen Wohnung gewohnt. Daß Bärli jetzt bei mir in Paris ist und nicht bei Dommi in Nizza, liegt daran, daß ich eine Wohnung hier habe und zum Großteil zu Hause arbeiten kann, während Dommi im Hotel lebt und im Büro arbeitet. Dommi, mit dem ich jetzt seit über acht Jahren zusammenlebe, ist über 1,90 groß, und ich bin nur 1,65. Er ist dunkelhaarig mit hellbraunen Augen, ich bin mittelbraun mit schwarzen. Dommi hat einen rötlichen Teint, was manchmal etwas cholerisch wirkt, dabei ist er sehr mild. Ich bin eher gelb, und im Sommer werde ich nicht braun, sondern noch gelber. Schön sind wir beide nicht, aber Dommi ist stattlich mit seiner Größe und seiner prominenten Nase, und ich bin ganz herzig (sagt Dommi) mit (eben) herzförmigem Gesicht und hohen Backenknochen. Wenn ich lache, schaue ich recht kindlich aus – das sagen auch andere, sogar Dolli, die sehr kritisch ist mit mir.

Vielleicht, um sich die Wahl zu ersparen, wem er ähnlich sehen soll, ist Bärli so ein relativer Hund geworden. Seine Größe ist nur im Vergleich zu anderen Hunden zu beschreiben: kleiner als Balladur und Kaspar (Dollis Schäfer), größer als Uschis Wolfi (ein Dackel). Aber mittelgroß ist Bärli deshalb nicht. Faul im Bett ausgestreckt ist er ungemein lang (und schwer, wenn man versucht, die Überdecke hochzuziehen); wenn er fürchtet, daß man ihn allein in der Wohnung lassen will, setzt er sich zur Tür und ist sehr klein. Das liegt natürlich daran, daß Bärli so faltbar ist. Er kann seine Hinterbeine so unterm Po zusammenfalten, daß nur die Spitzen seiner Pfoten vorschauen. Wenn er sich hinlegt und einrollt, bekommt man eine geradezu handlich kleine Hunderolle. Bärlis Fell ist schwarz, die Unterseite zart beige gezeichnet. Schwarz auch das Gesicht mit zwei hellen Tupfen über den Augen. Die Ohren trägt er aufgestellt, nur manchmal, wenn er verängstigt ist, stehen sie seitlich von seinem Kopf ab, das nennen wir dann Segelohren. Alles in allem ist Bärli ein hübscher Hund, schlank und grazil. Er ist jetzt vier.

~

Nach dem Spaziergang, so plane ich den Tag, werde ich Bärli zurück in die Wohnung bringen und dann um vier Uhr ohne ihn zu

Bea gehen, denn wir haben verabredet, daß sie mir heute einen Straßenmarkt zeigen wird, ganz in der Nähe, aber mit dem Hund – verboten wäre er allerdings nicht, das ist er nur in Parks – ist das immer recht schwierig: Alles riecht für ihn so interessant, er zieht ständig an der Leine und frißt, wenn man es zu spät bemerkt, Unaussprechliches, das er auf der Straße findet. Wenn ich es rechtzeitig sehe, daß er etwas ins Maul nimmt, zwinge ich ihn manchmal, es wieder auszuspucken beziehungsweise herzugeben; das bedeutet aber, daß ich ihm erstens ins Maul greifen muß, was ich schon nicht gern tue, und zweitens das Unaussprechliche anfassen und herausnehmen muß – und selbst wenn es soweit gelingt, stehe ich dann recht unglücklich da und weiß nicht, wohin mit dem Ding.

Bea kenne ich lange, aber schlecht. Zum ersten Mal habe ich von ihr gehört, als meine Schulfreundin Dolli (sie heißt Dolores, und um sie zu ärgern, nannten wir sie manchmal Lori oder Resi – wenn sie mich ärgern wollte, nannte sie mich Grete oder gar Gretel; am liebsten ist es mir, wenn man mich Margi nennt, mit weichem »g« wie in »Jeans«) sie in Frankreich besuchen fuhr. Beas Mutter ist eine Arbeitskollegin ihrer Mutter. Die beiden Mädchen kannten sich zwar nicht, aber die Mütter hatten arrangiert, daß Dolli sie besuchen sollte, um ihr Französisch zu verbessern. Dolli hatte sie deshalb mehrmals besucht, erst in Marseille, dann in Paris, wo Bea jetzt seit einigen Jahren als Schriftstellerin und Journalistin lebt. Vor etwa acht Jahren kam Bea einmal zu Dolli zu Besuch nach Wien, und dort habe ich sie kennengelernt und mochte sie auf Anhieb gut leiden. Wenn sie dann in Abständen von ein bis zwei Jahren wieder nach Wien kam – in letzter Zeit öfter, denn ihrer Mutter geht es nicht so gut –, habe ich sie ab und zu wiedergesehen, und wir haben uns immer recht gemütlich unterhalten. Einmal, als wir sie in Wien ins Stadion zu einem Konzert (Genesis!) mitnehmen wollten, hat sie mir sogar sehr gefallen, denn es ging alles schief: Wir waren zu spät aufgebrochen, hatten uns in den Vororten verfahren und konnten dann den richtigen Eingang nicht finden, wo angeblich unsere Karten hinterlegt waren, es war kalt, und wir liefen endlos um das riesige Stadion herum, ohne Erfolg – aber Bea blieb guter Laune, jammerte nicht (im Gegensatz zu Dolli) und war ganz zufrieden, statt zu einem tollen Konzert in ein kleines Lokal auf ein Bier zu gehen und danach wieder heimzufahren.

Ich habe Bea noch ein- oder zweimal in Wien gesehen und dann lange nicht, erst wieder vor zwei Wochen in Paris, wo, wie sich herausgestellt hat, wir in direkter Nachbarschaft wohnen. Sie ist etwas älter als Dolli und ich, Ende Dreißig, klein, schmal, mit etwas zu langer Nase und großem Mund, immer dunkelrot geschminkt. Schöne Augen hat sie. Katzenhaft schräg mit ebenfalls schrägen Brauen, und die Farbe der Augen hat mir etwas zu denken gegeben, sie hat mich an etwas erinnert, aber ich kam nicht gleich drauf. Dann aber: Sie sind braun mit grünen Einschüssen, doch das Besondere ist nicht das Grün, sondern das Braun, denn es ist mit Rot unterlegt, sie hat perfekt kupferfarbene Augen, Kupfer mit grünen Patinaflecken.

Wir sind gleich wieder in unseren gemütlichen Gesprächsrhythmus gefallen, als wir uns wiedersahen – Dolli hatte mir ihre Nummer gegeben, als ich zu meinem dreimonatigen Job nach Paris aufbrach. Wir haben uns erzählt, was wir in der Zwischenzeit so gemacht haben. Beruflich ist sie gut weitergekommen, doch ihre Beziehung zu einem etwas jüngeren Kollegen, mit dem sie länger zusammen war, ist auseinandergegangen, sie lebt allein, hat nicht viele Freunde, aber gute. Sie wirkt ganz zufrieden. Am späteren Abend – wir haben bei einer Flasche Whiskey zusammengesessen, die wir fast fertigmachten – wurden unsere Geschichten lustiger, spritziger. Mit viel Gusto haben wir uns von Ereignissen erzählt, die wir sicher zuvor noch nie so beschrieben hatten, die Stimmung des Abends färbte stark auf die Art ab, wie wir so manches ausmalten.

Auch liebe, alte Geschichten von mir, oft erzählt und durchgekaut, wurden leicht zum Entgleisen gebracht, klangen anders als vorher, interessanter, schillernder. Bea und ich waren, scheint's, recht kongenial darin, Blickwinkel einmal umzudrehen. Hätten wir uns an dem Abend das Märchen von Rotkäppchen und dem Wolf erzählt, es hätte vermutlich damit geendet, daß wir den Jäger, der Großmutter und Rotkäppchen befreit, als Brunnenvergifter entlarvt hätten – wer sonst wirft Tierkadaver in Brunnenschächte?

~

Die heutige Morgenrunde beende ich beim Boulanger, um das übliche Baguette für den Abend zu kaufen. Bärli nehme ich mit hinein, was den beiden Verkäuferinnen offenbar egal ist. An der Tür klebt zwar ein Zeichen mit einem durchgestrichenen Hund, und einmal hat sich eine Kundin hinter mir halblaut über Bärli beschwert (er hatte sie etwas zu eingehend berochen), aber zu mir haben sie noch nie etwas gesagt. Vermutlich amüsieren sie sich ein bißchen über mich. Nicht nur, daß mein Französisch holterdipoltert (anfangs habe ich immer »un petit baguette« gesagt), ich habe auch immer noch Schwierigkeiten mit den Münzen – die kleineren sind in Frankreich die größeren –, aber was erwartet man? Gruyère heißt hier Emmental und Chicorée Endive! Da ich meistens schon bepackt von den Alimentations générales komme, liefere ich oft eine Pantomime an Ungeschicklichkeit. Der Griff der Hundeleine, ein rotes Modell der Marke Flexi, ist groß und klobig wie ein Koffergriff. Ich brauche daher eine Hand dazu, Bärli festzuhalten, der auch immer im entscheidenden Moment, wenn ich zahlen will, an der Leine reißt, um an Leuten hochzuspringen oder an Brotlaiben im Schaufenster zu riechen, was die Verkäuferinnen dann vermutlich doch nicht so gern hätten. Ich bin also immer darauf gefaßt, daß an meiner Rechten ruckartig angezogen wird. Mit dem Erfolg, daß sie verkrampft und linkisch ist, auch wenn Bärli brav neben mir steht und nichts macht. Mit der Linken jongliere ich dann den meist schweren Einkaufssack von den Alimentations mit Wasser- und Weinflaschen, die Geldbörse, die ich vorbeugend, daher zu früh aus dem Mantel ziehe (würde ich etwas warten und das Brot zuerst entgegennehmen, dann erst zur Börse greifen, wäre es leichter – aber das vergesse ich immer), und habe meistens noch den Regenschirm unter den Arm geklemmt, der im Winter in Paris fast nie überflüssig ist. Es wundert mich, daß die beiden Verkäuferinnen nicht lachen, wenn sie mich sehen. So lache ich meistens allein.

Wir sind schon mit vielen Leuten bekannt, Bärli und ich. Auch mit dem arabischen Ehepaar, dem der Alimentations-Laden gehört. Er ist dünn und freundlich, sie dick und mürrisch. Beim ersten Einkauf habe ich gefragt, ob ich Bärli mit hineinnehmen könne, denn draußen konnte ich keinen Ring zum Anleinen finden. Die dicke Besitzerin hat darauf lakonisch geantwortet: »S'il ne pisse pas.«

Ein Stück weiter die Straße hinunter, schräg vis-à-vis von der Bar unter Beas Wohnung, steht ein großes Geschäft mit langer Schaufensterfront leer. In der Nische vor der Eingangstür wohnt ein Clochard – die erste und bisher einzige unangenehme Bekanntschaft, die Bärli und ich gemacht haben. Der Mann, um die Fünfzig, hat dort seine Decken ausgebreitet und sich seine Ecke mit einem alten Campingstuhl und mehreren Plastiksäcken eingerichtet, vermutlich seine Kleider- und Toilettenschränke. Er riecht sogar für Menschen wahrnehmbar streng, kein Wunder also, daß Bärli ihn einmal gründlicher beschnüffeln wollte. Hunde sind da vorurteilslos. Ich weiß nicht, wohin der Sandler Bärli getreten hat, ich hörte den Hund nur quietschen, und als ich mich umdrehte, holte der Mann schon zum nächsten Tritt aus. Ich riß Bärli zurück, der vor Schreck nochmals quietschte, und mangels französischen Schimpfvokabulars sagte ich zu dem Mann nur »Dreckstück«. Seine Antwort verstand ich nicht, aber sie war lang, ich hörte ihn noch schimpfen, als ich um die Ecke bog. Doch wie gesagt, das war unsere bisher einzige schlechte Erfahrung. Sonst sind die Pariser sogar sehr hundelieb, nur ihre Gesetze nicht. Um den Clochard machen wir seither einen Bogen.

Zurück in der Wohnung, setze ich mich gleich mit einer Tasse Nescafé an den Computer, Bärli springt aufs Sofa und rollt sich ein. Wir beide beginnen unser Tagwerk. Ich übersetze englische Texte ins Deutsche – Dommi arbeitet am selben Projekt, aber eben in Südfrankreich, wo sein Team stationiert ist, und kommt mich alle zwei bis drei Wochen für ein langes Wochenende besuchen. In knapp vier Wochen soll mein Job beendet sein, ich werde aber vermutlich viel früher fertig. Ich habe in den ersten zwei Monaten extra fleißig gearbeitet, damit ich mir anschließend Zeit nehmen kann, mir Paris anzusehen. Wenn auch das Wetter besser ist.

~

Gegen ein Uhr kommt die Vincennes-Pause, heute etwas kürzer, weil es doch zu regnen begonnen hat. Bärli rächt sich dafür auf dem Rückweg von der Métro-Station mit seinem Trotzriechen, das er aber schon vor Paris entwickelt hat – im Gegensatz zum Gehsteigklacksen. Er riecht an einer Stelle, meist an einem Autoreifen oder einer Straßenlampe, so lange, bis ich ungeduldig werde und an der Leine ziehe. Bärli sträubt sich, zieht zurück und riecht weiter. Ich ziehe energischer. Bärli wendet jetzt schon Kraft auf, um noch heftiger zurückzuziehen, er wartet auf den Moment, in dem mein Nachlassen der Leine ihm sagt, okay, hast gewonnen, mach halt! Dann erst hat er sich plötzlich sattgerochen und kommt mir nach, es geht ihm schließlich nur darum, sich auch einmal durchzusetzen. Abgesehen davon ist er aber ein sogar überraschend braver und schicksalsergebener Hund, läßt sich aufheben, transportieren, absetzen. Er ist nie schwierig.

Kurz vor vier setze ich mich für einen Moment zu Bärli aufs Sofa, streichle ihn ein bißchen und erzähle ihm den alten Schmäh vom Einkaufengehen. Dann weiß er gleich, daß ich ohne ihn fortgehe (*nicht* weiß er, daß ich ihn in Paris zum Einkaufen fast immer mitnehme, daß man also das »Einkaufen« nennt – für ihn ist »Einkaufen« einfach entschuldigtes Weggehen ohne ihn, mit dem Versprechen, bald wieder dazusein), er bleibt resigniert liegen – aber bei Regen gar nicht so ungern, wie er manchmal tut. Inzwischen hat der Regen jedoch fast aufgehört. Bärli setzt sich heute nicht zur Tür und macht sich auch nicht klein.

~

Bea wohnt im zweiten Stock, ich komme daher bei ihr an, ohne zu schnaufen. Meine Wohnung liegt im fünften Stock, und ich selbst und alle Besucher keuchen erst einmal beim Ankommen – Raucher natürlich mehr –, und jede Begrüßung eines Gastes muß ein wenig aufgeschoben werden, bis genug Luft dazu da ist. Es gibt noch einen sechsten Stock über uns, wo früher die Hausangestellten untergebracht wurden. Es sind, glaube ich, drei oder vier einzelne Zimmer, in denen trotzdem ganze Familien wohnen. Ich war nie oben. Das Klo am Gang teilen sich die Parteien. Es wohnen ausschließlich schwarze Mieter im sechsten Stock, darunter mindestens sechs Kinder. Für die ist es der Höhepunkt des Tages, wenn sie mich mit dem Hund erwischen, wenn wir die Wohnung verlassen oder bevor wir hineingehen. Sobald sie meine Schritte hören, kommt der Siegesruf »Le chien!«, und drei, vier, fünf, wie viele auch immer, schwarze Kinder im Alter von drei bis acht kommen die Treppe heruntergelaufen, eine recht lärmige Lawine. Manchmal auf blinden Alarm hin: Auch wenn der Nachbar von vis-à-vis nach Hause kommt, höre ich manchmal das triumphale »Le chien!«, dann Kindergetrappel, dann enttäuschtes Schweigen.

Leicht und flach ist also mein Atem, als ich bei Bea läute, und sie winkt mich gleich herein. »Nimm Platz. Kaffee?«

Ihre Wohnung ist nicht groß, doch geschickt eingerichtet und gemütlich abgelebt. Viele Bücher, Platten, CDs. Heute aber finde ich statt der leicht malerischen Unordnung, die mir sonst recht gut gefallen hat, die Wohnung so, als sei sie nicht für Besuch hergerichtet. Auf dem Sofa im Wohnzimmer liegt eine karierte Wolldecke zusammengeballt, ein Polster daneben, als hätte jemand hier geschlafen. Eine leere Kaffeetasse steht auf einem Teller voller Brösel auf dem Sofatisch. Daneben ein Schreibblock, das Deckblatt halb nach hinten gerollt, das oberste Blatt dicht mit blauem Kugelschreiber beschrieben. Ein selbstverständlicher, stinknormaler Anblick, von dem ich schon halb wieder wegsehe, bevor ich nochmals, ungläubig, darauf zurückschaue. Der Text ist chinesisch. Wie kommt Spinat aufs Dach?

Bea sieht müde aus. Sie merkt meinen Blick und grinst. »Man sieht mir an, daß das keine gute Nacht war, hm? Trinken wir noch einen Kaffee« – ich hatte schon dankend abgelehnt –, »dann erzähle ich dir eine Geschichte – du wirst mir die kaum glauben. Wilder als alles, was wir uns zuletzt erzählt haben.« Sie geht in die Küche und setzt das Wasser auf, während ich noch höflich bin: »Wenn's dir heute nicht paßt, können wir auch ein andermal auf den Markt gehen, du, wirklich, mir macht das nichts, sag's nur, wenn es dir ein andermal lieber ist ...«

Schon ist sie zurück mit dem Kaffee (Nescafé auch hier), läßt sich aufs Sofa fallen, meidet aber die Decke – obwohl es ihre ist, ist sie im Moment ein Fremdkörper, jemand hat sie benutzt, dem Bea nicht nahe ist – und streckt sich recht ungeniert. Mit ihr ist es immer so. Dafür, daß wir uns sowenig kennen, sind wir sehr wenig fremd miteinander. Ich brauche auch zu ihr nicht soviel körperliche Distanz wie zu anderen, die ich gleich wenig kenne.

Unseren Kaffee trinken wir nun doch schweigend, Bea ist sichtlich noch dabei, Ordnung in ihre Geschichte zu bringen, einmal schüttelt sie den Kopf, als würde sie sich wundern.

»Ich erzähle es dir auf dem Weg zum Markt, okay? Ich brauche Luft.«

~

Unten angekommen, beginnt sie schließlich:

Gestern war sie bis spät nachts, fast bis zwei, im Verlag, um eine Korrektur fertigzumachen. Sie arbeitet da an mehrsprachigen Publikationen mit, liest auch Französisch und Deutsch Korrektur. Bea ist praktisch zweisprachig.

Sie ging zu Fuß nach Haus, es ist nicht weit, und als sie in ihre Straße bog, sah sie Balladur, der, wie oft nachts, dabei war, einen Müllsack an der Straßenecke, der schon zum Abtransport hingestellt war, aufzureißen und darin nach Leckerbissen zu suchen. Er ließ Bea vorbeigehen, ohne sie zu begrüßen, so vertieft war er in seinen Sack. Die Bar war noch offen, aber der Wirt schon dabei, die Theke zu polieren. Sie winkten sich zu. Als Bea gerade anfing, den Türcode in die Tastatur am Eingang einzugeben, hörte sie schnelle Schritte, Rennen aus der Gasse um die Ecke, sah dann einen Mann, der wie gehetzt um die Ecke bog und direkt auf sie zulief. Dahinter aber noch mehr Schritte, noch mehr Gerenne – offenbar war jemand hinter ihm her. Balladur, den Kopf noch tief im Müllsack, begann zu knurren. Mittlerweile hatte Bea sich mit fliegenden Fingern am Türcode vertippt, begann von vorn, verhaspelte sich wieder, da war der Mann schon fast auf gleicher Höhe mit ihr, sah sie aber erst, als ihr der Regenschirm klappernd hinunterfiel. Entsetzt machte er einen Sprung zur Seite. Als sie seine Angst sah, fürchtete sie sich weniger, und sie wußte ohnehin Balladur und den Wirt in der Nähe.

Wer immer hinter ihm her war, mußte ebenfalls gleich um die Ecke kommen, die Schritte waren nah. Endlich – sie war auch mit Handtasche und Manuskripten bepackt – brachte sie es fertig, den Türcode einzugeben, und wollte eben im Eingang verschwinden, da machte der Mann einen Riesensatz hin zu ihr, hob mit einer schnellen Bewegung ihren Schirm auf, drängte sie, den Schirm wie ein Schwert vor sich haltend, in den Eingang und sagte leise, keuchend: »Please!« Sie hatte schon im Schein der Straßenlampe gesehen, daß er Chinese war. Oder zumindest aus der Gegend. Noch bevor sie reagieren konnte, waren die Verfolger plötzlich da. Es waren zwei. Araber? Dunkelhäutig jedenfalls, vielleicht auch Afghanen oder Inder. Sie sahen die offene Haustür, rannten auf sie zu. Der Chinese stieß sie endlich ganz hinein, immer noch mit dem Schirm als Waffe, aber sie hatte das Gefühl, daß er das machte, um sie nicht berühren zu müssen. Er drängte hinterher und versuchte, die Tür zuzudrücken. Doch die beiden draußen hatten sie schon erreicht und warfen sich dagegen. Das war für Balladur, der sich, keine drei Meter weit entfernt, beim Naschen gestört sah, zuviel. Er begann laut und wütend loszubellen. Umgehend antwortete ein zweiter Hund – vermutlich Rocki vom Frisör – aus dem Haus gegenüber.

(Bärli hat offenbar nichts gehört. Ich erinnere mich nicht, daß er gestern nacht etwas gesagt hätte.)

Die beiden Männer draußen erstarrten. Der Chinese nutzte den Moment, warf sich rücklings mit vollem Gewicht gegen die Tür, die endlich mit einem tiefen Klicken ins Schloß fiel. Draußen ging der Lärm weiter. Der Wirt war hinausgelaufen, schimpfte seinerseits laut mit seinem bellenden Hund und gab ihm wohl einen Tritt, denn Balladur quietschte kurz, aber der Krach hörte nicht auf; die beiden Männer draußen klopften und hämmerten gegen die Tür, als hätten sie das Klicken des Schlosses nicht gehört. Drinnen sagte der Chinese wieder leise »Please!« und gab Bea den Schirm zurück, während er einen Schritt von ihr weg machte.

Kurz und gut, nachdem sie sich einen Moment schweigend gegenübergestanden hatten, nahm sie ihn mit in ihre Wohnung. Sie wußte nichts von ihm, nur, daß er Angst hatte. Viel mehr als sie vor ihm. Sie winkte ihm, ihr zu folgen, führte ihn in ihre Wohnung und bedeutete ihm, Platz zu nehmen. Er ging aber ans Fenster, das auf die Straße schaute, schob den Vorhang einen Spalt zur Seite und sah hinaus. Obwohl sie nur zwei Stockwerke hochgestiegen waren, atmete er schwer. Bea ging zur anderen Seite des Fensters und sah ebenfalls hinunter.

Balladur hatte sich wohl beruhigt, von ihm und dem Wirt war nichts zu sehen. Alles war still. Dann bog ein Auto aus der Gasse, aus der der Chinese gekommen war, und hielt gegenüber der Bar auf der anderen Straßenseite. Zwei Männer lösten sich aus den Schatten vor dem Eingang von Beas Haus, gingen rasch auf den Wagen zu und stiegen ein. Bevor sie sich in den Wagen duckten, drehten beide ihre Köpfe zu Beas Haus und sahen langsam an der Hausfront hoch. Der Chinese und Bea ließen zugleich den Vorhang zurückfallen.

(Mittlerweile sind Bea und ich am Markt angekommen. Es ist ein kleiner, bestens sortierter Lebensmittelmarkt mit allem, was der Pariser gern frisch kauft: Erbsenschoten, Ingwer, Artischocken, Jakobsmuscheln, Garnelen, Rochen, Korianderkraut und Minze. Dazwischen zwei Fleischer mit recht kunstlos aufgehäuften Hühnerkeulen auf der linken Seite, einer wenig einladenden Sammlung von Innereien rechter Hand. Kartoffeln, Rotkraut und Knoblauch auf jedem der Gemüsestände, ebenso Haricots verts in verschiedenen Feinheitsgraden. Zwischendrin zwei alternative Stände: Sie verkauft unbehandelte Zitronen und ungespritzte Kräuter, er verschiedene Sorten selbstgewonnenen Honigs. Dieser Stand zieht uns als erster an. Ob wir am Akazienhonig riechen wollen, fragt uns der junge Mann. Bea nickt, er biegt den Deckel zurück, hält ihr den Topf hin. Bea beugt sich vor, um daran zu riechen, und da berührt ihre etwas zu lange Nase die Unterseite des Deckels, die auch von Honig klebt, und als sie den Kopf zurückbewegt, zieht der Honig einen langen Faden von ihrer Nase. Ungemein elastisch, so ein Tropfen. Dem Verkäufer ist das sehr unangenehm, er entschuldigt sich vielmals, aber noch immer hält der Faden, obwohl Bea den Kopf schon zurückbeugt, bis sie ihn endlich mit ihrem Finger trennt. Lachend steht sie da, mit honigglänzender Nase, schleckt am Finger, versucht auch, ihre Nasenspitze mit der Zunge zu erreichen, aber trotz deren entgegenkommender Länge gelingt es nicht. Sie nimmt eine Dose Honig, mehr, um den Verkäufer zu beruhigen, der fürchtet, sie beleidigt zu haben. Mir gefällt der Markt ganz außerordentlich. Ich nehme auch eine Dose Akazienhonig, ohne daran zu riechen.)

Bea erzählt weiter:

Sie sahen sich betroffen an, nachdem der Vorhang zurückgefallen war, und da sah sie ihn das erste Mal bei vollem Licht. Ein ganz gutaussehender Mann, noch keine dreißig, mittelgroß, athletisch. Ein gut geschnittenes Gesicht mit prominenten Backenknochen, über die sich die Haut straff spannte. Nur unmittelbar unter den Augen hing sie lose. Sowohl die unnatürliche Spannung der Haut als auch ihr kraftloses Durchhängen unter den Augen verrieten tiefe Müdigkeit.

(Beim Gemüsestand bestelle ich mit meinem sauberen Schulfranzösisch Petersilie und errate auch richtig, daß die Frage des Verkäufers »glatt oder kraus« heißen muß, beantworten kann ich sie aber nicht. Bea übersetzt für mich.)

Beide atmeten auf, als sie hörten, wie der Wagen unten anfuhr. Der Chinese senkte den Kopf. Er brauchte eine Minute, zwei, um sich zu sammeln. Bea wies nochmals auf einen ihrer Korbstühle, und er setzte sich. Er ließ sich nicht erschöpft fallen, es war nichts Dramatisches in seiner Bewegung, aber es war deutlich, daß er am Ende seiner Kraft war. Körperlich? Emotional? Bea hatte nicht die geringste Ahnung, was sie nun tun sollte.

Er begann seine Erzählung mit einer Entschuldigung. Er sprach englisch mit Akzent, oft fehlten ihm die Worte, dann wieder verwendete er sonderbare, ausgefallene Vokabeln statt der geläufigeren, so sagte er zum Beispiel »spouse« statt »wife«. Er entschuldigte sich in seinem ungeschickten Englisch bei Bea für den Schreck, den er ihr eingejagt hatte, und dankte ihr dafür, daß sie ihm geholfen hatte. Er werde gehen, sobald er sich ein wenig gefaßt habe. Er habe ein Problem. Er müsse zur Polizei, doch zuerst müsse er mit jemandem sprechen. Er wolle sich der Polizei stellen, aber da er damit automatisch auch jemand anderen verraten würde, müsse er das zuerst absprechen und ihn davon überzeugen, daß das der einzige Weg sei. Sie müßten um Asyl nachsuchen. Frankreich sei diesbezüglich großzügig, nach dem Vorfall am Tiananmen seien viele Studenten hier aufgenommen worden. (Bea brauchte einen Moment, bevor sie »Tiananmen« verstand – sie hatte es noch nie chinesisch ausgesprochen gehört.) Aber sie hätten geplant, illegal hier unterzutauchen, zumindest fürs erste. Er könne ihn jetzt nicht einfach verraten, ohne mit ihm zu sprechen.

(Wir stehen vor dem Fischstand, der ziemlich stark riecht. Sowohl aus diesem Grund, als auch um Beas Geschichte nicht schon wieder zu unterbrechen, beschließe ich, heute keinen Fisch zu kaufen. Wir gehen weiter zum Obststand.)

Dann stellte er sich ihr vor. Sehr förmlich – gerade, daß er nicht aufstand dazu – nannte er seinen Namen, Zhan Guang, und Beruf: Mathematiker, zuletzt Assistenzprofessor an der Shenyang-Universität. Verheiratet, seine Frau unterrichtet ebenfalls in Shenyang. Bea unterbrach ihn kurz, holte zwei Dosen Bier aus dem Kühlschrank und stellte ihm eine davon hin. Thank you. Hungry? No, thank you.

(Beim Obststand verläßt mich meine Beherrschung: Es gibt frische Lychees! Ich kaufe ein halbes Kilo, ohne Bea zu unterbrechen. »Un demi-kilo« kann ich allein sagen. Sie erzählt weiter. Ich schäle eine Lychee, biete sie ihr an. Sie will nicht, aber ich beginne eine Naschorgie, die voraussichtlich in einer Lychee-Vergiftung enden wird.)

Bevor er weitersprach, sah er sie lange an – zum ersten Mal, er hatte sie nicht gleich zu Anfang gemustert. »I must not get you involved«, sagte er. Schlimm genug, daß die Männer sie gesehen hätten. (»Haben sie gar nicht«, sagte Bea; sie war im Schatten des

Haustors, als die beiden gelaufen kamen, und gleich darauf fiel das Tor ja zu.) Sie wüßten, wo sie wohne. (Ja, aber nicht, wer sie ist. Im Haus wohnen Dutzende Parteien.) Er wolle so bald wie möglich aufbrechen, um seinen Freund zu sprechen (Wen?? Wo??), aber ... er schwieg wieder. Bea sagte ihm, daß sie Journalistin sei. Sie drängte ihn, ihr mehr zu erzählen, bot ihm ihre Hilfe an. Sie könnte ihn zur Polizei begleiten und bestätigen, daß er verfolgt wurde, oder seinen Fall an die Presse bringen oder ... aber Zhan winkte entsetzt ab. Er wolle sie nicht involvieren. »Please, it is dangerous.«

Dann bat er sie um einen weiteren, letzten Gefallen: ob sie ihm Papier und Kugelschreiber (»Ball-point pen«! Wann hatte Bea dieses Wort zum letzten Mal gehört? 1967!?) geben könnte? Er möchte sein Geständnis schreiben, für den Fall, daß ihm etwas zustößt. Und ob Bea es zur Polizei bringen und dort alles, was sie gesehen und gehört hatte, erzählen würde, wenn er nicht (kurzes Nachdenken) morgen abend bei ihr anrufen würde? Hier hatte Bea ihre Bedingung gestellt: Papier und »ball-point pen« okay, aber nur, wenn er erst einmal ein paar Stunden geschlafen und dann ein Frühstück gegessen hätte. Und, ja, sie würde zur Polizei gehen, wenn er sie nicht anrief.

Sie hatte ihm eine Decke und ein Kissen gebracht, ihm das Badezimmer gezeigt, ihm ein Handtuch gegeben und dann Good night gesagt. Sie ging in ihr Schlafzimmer, legte sich ganz angezogen auf ihr Bett und machte es sich mit einem Buch gemütlich, Dolores Claiborne von Stephen King. Dem Mann, der ihr Englisch in Form hielt. Sie schlief die ganze Nacht nicht, schuld daran war aber mehr King als Zhan. King machte ihr mehr angst als Zhan.

Um acht Uhr bereitete sie ein Frühstück vor, Brot, Butter, Marmelade und Kaffee (Nes) für Zhan, und machte unnötig viel Lärm dabei, um ihn zu wecken. Er war schon auf, als sie ins Wohnzimmer kam, hatte offenbar auch in seinen Kleidern geschlafen und sah erheblich besser aus als am Abend zuvor. Nach einem bißchen Small talk (Sleep all right? Breakfast okay?) gab sie ihm Schreibblock und ball-point pen und ließ ihn allein, ging ins Bad – doppelt abgesperrt, man weiß nie –, duschte ausführlich, wusch sich die Haare. Bea hat langes, mittelbraunes, leicht gewelltes Haar, das sie völlig altmodisch, dafür um so pariserischer, tief gescheitelt und offen trägt. Sie machte noch eine Gesichtsmaske, denn nach der durchwachten Nacht sah sie um das Stück müder aus, um das er frischer wirkte. Als sie ins Wohnzimmer kam, hatte er schon gegessen, auch die Tasse war leer, aber er schrieb noch. Chinesisch, wie sie mit ein bißchen Bedauern sah. Sie hätte lieber gewußt, was sie da zur Polizei bringen sollte. Sie gehe kurz hinunter, sagte sie ihm, und sei gleich wieder da.

(Wir sind auf dem Nachhauseweg. Nach den Lychees habe ich nichts mehr gekauft, ich esse sie ununterbrochen weiter. Wie mit den Maroni in Wien weiß ich jetzt mit den Lychees nicht, wohin mit der Schale (und dem Kern). Ich lasse sie zurück in den Beutel fallen, in dem auch die ganzen Lychees liegen, und muß mich mittlerweile an vielen leeren Schalen und glitschigen Kernen vorbeitasten, bevor ich wieder eine Frucht finde. Gerade so wie in Wien mit den Maroni. Nur mit klebrigen Fingern.)

Durch den Hintereingang ging Bea in die Bar. Der Wirt war schon da – wann schlief er jemals? – und polierte wieder die ohnedies glänzende Theke. Balladur nicht zu sehen. Bea trank ihren Kaffee, plauderte ein bißchen über dies und das, bis sie den Wirt dann um eine Gefälligkeit bat: Heute ist doch Dienstag, da kommt doch Génin, der Bierlieferant, mit seinem Sohn? Mit den Fässern? Ob der jemanden mitnehmen könnte, von der Bar aus, nur ein Stück? Sie selbst kennt Génin auch, aber nicht so gut. Er ist schon über sechzig, klein und drahtig und vif, aber sein Sohn ist das genaue Gegenteil, groß und schwerfällig, nicht gerade behindert, aber sehr langsam. Die beiden kommen regelmäßig, um eine Bierspezialität zu liefern, auf die der Wirt großen Wert legt, die hat sonst keine Bar weit und breit, und Génin bleibt dann gern ein bißchen und hebt zusammen mit dem Wirt das eine oder andere Glas. Den Wagen fährt der Sohn, der auch die Fässer schleppt.

Sie hatte, als sie morgens um acht auf die Straße runtersah, den Wagen von gestern nacht wieder gesehen. Auf der anderen Straßenseite. Diesmal ordentlich geparkt. Natürlich konnte sie nicht sicher sein, ob es derselbe Wagen war, aber er sah so aus. Und ein

Mann saß darin, Zeitung lesend. Ab und zu schaute er zum Haus herauf.

Bea ging zurück in ihre Wohnung, wo Zhan gerade seine Notizen beendet hatte. Er legte den Block zur Seite.

»More Coffee, more bread?«

»No, thank you.«

Sie sagte ihm dann, daß der Wagen wieder da war. Und daß der Wirt in Kürze anläuten würde, über die Gegensprechanlage (hier fehlte ihr die englische Vokabel, sie sagte »speaking system« – Zhan verstand wohl nicht ganz, nickte aber – er hatte wieder Angst in den Augen), und ihr Bescheid geben würde, wenn der Bierlieferant käme. Der würde Zhan im Lieferwagen von der Bar aus mitnehmen. So daß er nicht aus dem Haustor oder aus der Bar gehen müsse, allein. Zhan könne dann irgendwo aussteigen, wo es ihm passe. Zhan nickte weiter.

Sie gab Zhan eine karierte Baskenmütze, die ihr Exfreund bei ihr vergessen hatte, und eine alte Lederjacke, die sie einmal billig in Clignancourt gekauft hatte, die ihr aber zu groß war. Seinen Mantel – ganz gutes Material, wie auch Hose und Jackett – nahm er unter den Arm. Kurz darauf läutete der Wirt. Bea brachte Zhan hinunter, durch den Hintereingang und das Lager in die Bar, wo der alte Génin soeben austrank, während der Wirt ihm den Lieferschein bestätigte. Der Sohn war schon im Wagen, direkt vor dem Eingang. (Den habe ich auch schon gesehen, fällt mir jetzt ein, denn er steht manchmal den halben Vormittag vor der Bar an der Ecke – in altmodischem, leuchtendrotem Schriftzug steht »Génin – bières de pression vraiment spéciales« auf der Breitseite des Wagens, mit Telefonnummer und Adresse. Fast erinnere ich mich sogar an das Gesicht des Fahrers, aber nicht ganz, nur, daß es irgendwie leer war.) Neugierige Blicke des Wirts, aber keine Fragen. Zhan setzte sich die Kappe auf, drehte sich zu Bea um, sagte nochmals: »Thank you so much.« Bea hatte auf einem Zettel ihre Telefonnummer aufgeschrieben und gab ihn Zhan in die Hand. Der sah ihn an, bewegte kurz die Lippen, gab ihn ihr zurück.

»You will remember?«

»I'm a mathematician«, grinste er.

»You need money?«

»No, thank you.«

Was sie ihm dann doch noch gab, waren einige Métro-Fahrscheine, die sie in ihrer Jackentasche hatte.

Zhan folgte dem Bierlieferanten auf die Straße. Der Wirt hatte ihm den Lieferschein in die Hand gedrückt, und Zhan klemmte ihn zu seinem Mantel unter den Arm, als er sich auf den Beifahrersitz des Lieferwagens neben den alten Génin schwang. Sie fuhren ab. Der Wagen schräg gegenüber rührte sich nicht von der Stelle. Der Mann darin las weiter seine Zeitung.

Dann, so gegen zehn, ging Bea schlafen; zuerst las sie aber noch den King fertig. Sie blätterte kurz den Schreibblock durch, auf den Zhan geschrieben hatte – fleißig war er gewesen, fünf Seiten fast vollgeschrieben. Lesen konnte sie nur ein paar Ziffern und Namen, eine Adresse. Den Namen einer Bar, gleich um die Ecke (aha!). Nochmals sah sie aus dem Fenster: Der Wagen war immer noch da. Aufgewacht ist sie dann ein paar Minuten vor vier, kurz bevor ich anläutete. Hundemüde, noch immer.

~

Wir biegen eben in Beas Straße ein, ich wieder ein bißchen ungeschickt, mit der Einkaufstasche am Arm, den Regenschirm eingeklemmt, halte ich in der Linken eine frische Lychee, die ich mit Daumen und Zeigefinger der Rechten schäle; der Lychee-Beutel baumelt ebenfalls von der rechten Hand, und da hinein versuche ich die Schalen zu werfen, was gar nicht so leicht ist. Es geht manchmal etwas daneben, aber die Pariser sind nicht so kleinlich wie die Wiener, was Obstschalen auf Straßen betrifft. Wir biegen eben um die Ecke in Beas Straße, als sie mich plötzlich in den Arm kneift. Ich denke zuerst noch, sie will sich einhängen bei mir – eine freundschaftliche Geste, die mittlerweile zulässig wäre in unserer Bekanntschaft –, bis ich ihr Kneifen durch den dicken Ärmel meines Webpelzmantels spüre. Ich ahne auch, warum sie kneift: Genau vor uns, gegenüber von Beas Eingangstor, steht ein dunkelgrüner Wagen geparkt, in dem zwei Zeitung lesende Männer sitzen. Einer Eingebung folgend, biete ich Bea wie ein Kavalier meinen Arm an, um ihre abrupte Bewegung zu camouflieren, aber auch um sie – moralisch – zu stützen. Ohne zu zögern, hakt sie sich ein. Die Lychee, die ich gerade bearbeite, lasse ich halb geschält zurück in den Beutel fallen. Wir gehen, ebenfalls ohne Zögern, an Beas Haus vorbei, dann links hinauf in meine Straße, bis vor zu meinem Hauseingang, hinauf in den fünften Stock. Bea hinter mir, keuchend wie ich. Hinein in mein Appartement, wo Bärli auf mich wartet. Die Kinder johlen schon, als sie uns hören, verziehen sich aber gleich wieder.

»Die sind ganz schön hartnäckig«, sagt Bea, als sie wieder Luft kriegt. Ich verstehe sie nicht gleich, zuerst glaube ich, sie meint die Kinder. Dann klickt es. Was jetzt? Als erstes schreibt Bea die Nummer des Wagens auf: 723 RAF 54. Sie muß rasch zurück in die Wohnung, der Anruf kann schon bald kommen. Es ist Viertel vor sechs.

Ich schlage vor, sie zu begleiten. Aber vorher muß ich Bärli füttern. Und wenn wir dann rübergehen, nehme ich mein Wörterbuch mit, chinesisch–englisch, vor zwei Jahren in Taiwan erschienen, eines der besten einbändigen, die ich bisher gesehen habe.

Beas Katzenaugen werden ganz rund: »Du kannst Chinesisch lesen? Seit wann? Wieso?«

Als ich anfing, in Wien Sprachen zu studieren, habe ich auch ein paar Semester Chinesisch gelernt, untertreibe ich. In Wirklichkeit habe ich fast zwei Jahre ausschließlich damit verbracht, es dann aber aufgegeben. Das Studium, nicht die Sprache: Ich lese immer noch ganz fließend, wenn auch nicht regelmäßig und oft. Eine taiwanesische Freundin, die in Wien studiert hat und jetzt wieder in Taipei lebt, schickt mir manchmal neue Bücher, vor allem moderne Kurzgeschichten, die lese ich am liebsten. Sie hat mich auch schon oft eingeladen, sie zu besuchen. Ich möchte auch, aber irgendwie habe ich es bisher nicht geschafft. Entweder fehlt mir die Zeit oder das Geld. Ich habe sogar einen Lieblingsautor: Li He. Zeitgenosse. Ich habe mir für die Zeit in Paris vorgenommen, ein paar seiner Geschichten zu übersetzen, und habe dazu seine letzten beiden Bücher mitgenommen und das Wörterbuch, bisher aber noch keins der drei aufgeschlagen. Ich kann übrigens fast nur lesen, ich schreibe schlecht, mit einer sehr peinlichen Kinderschrift, und spreche und verstehe noch schlechter als Französisch. Mein aktives Vokabular ist sehr begrenzt.

~

Petersilie, Honig und Lychees lasse ich zu Hause. Aus den letzteren habe ich noch schnell die leeren Schalen und die Kerne aussortiert, während Bärli fraß. Mit Bärli an der Leine, das Wörterbuch in meiner großen Umhängetasche, wollen wir auf dem Rückweg zu Beas Wohnung die Männer im Wagen ignorieren, aber Bärli geht direkt auf ihn zu. Er läßt sich nur mit Mühe zurückziehen. Vermutlich hat Balladur eins der Räder angepinkelt. Lange genug steht der Wagen schon da.

In Beas Wohnung setze ich mich gleich zum Sofatisch, nehme den Block und beginne zu lesen. Noch einen Kaffee? Nein danke, wirklich nicht – nicht auf die vielen Lychees. Ich fange nochmals bei der ersten Zeile an, da läutet des Telefon. Es ist erst kurz nach sechs, sicher noch zu früh für Zhan? Bea sieht mich an, während sie abhebt.

»Hallo! Quoi?«

Es beginnt ein recht heftiges Gespräch in prasselndem Französisch, Bea wirkt verärgert. Ich höre zwar nicht zu, was sie sagt, und hätte ohnedies kaum etwas verstanden bei dem Tempo, es ist aber auch zu laut, um den Text weiterzulesen. Nach einigen Minuten legt Bea auf. Sie ist unverkennbar wütend, zu wütend anfangs, um etwas zu sagen. Ihre Stimme zittert noch, als sie sich zu mir wendet: »Ich muß sofort ins Büro. André hat unseren Artikel nicht fertiggeschrieben, wie er versprochen hat. Er ist nicht aufzutreiben. Ich muß sofort hin, ihn fertigmachen, den Artikel. Um zehn ist Redaktionsschluß. Die Kanaille.«

Ich bleibe allein in Beas Wohnung, um den Anruf Zhans abzuwarten (Bea hat auch einen Anrufbeantworter, aber wir sind uns einig, daß das nicht das richtige wäre), und werde, während ich warte, den Text übersetzen. Schriftlich. Zhan wird gar nicht merken, daß ich nicht Bea bin, und sobald er anruft, ist ohnedies klar, daß Bea nicht mit dem Text zur Polizei gehen soll. Ich soll dann nur versuchen, mich mit ihm zu verabreden – keinesfalls in Beas

Wohnung natürlich – oder herauszubekommen, wo er wohnt, wie man ihn erreicht. Bea will der Geschichte unbedingt nachgehen. Verständlich: Wann erlebt man schon so ein Abenteuer?

Mit Bärli neben mir auf dem Sofa beginne ich die Übersetzung:

»Ich möchte ein Geständnis ablegen, denn ich bin schuldig, illegal in Frankreich eingereist zu sein und illegal Ware nach Frankreich gebracht zu haben. Ich möchte erklären, wie es dazu kam. Ich bin kein Verbrecher. Aber ich sah keinen Ausweg.

Ich heiße Zhan Guang, geboren 1954 in Shenyang (von wegen ›noch keine dreißig‹, wie Bea ihn geschätzt hatte).

Ich habe 1985 mein Mathematikstudium an der Beijing-Universität mit dem Doktorat abgeschlossen. (Spät im Leben! Für China. Vermutlich mußte er einige Jahre auf dem Land verbringen, Spinat pflanzend oder Schweine züchtend.) *Meine Frau heißt Wang Huifang, sie hat mit mir studiert und stammt aus Beijing. Wir haben eine dreijährige Tochter. Wir leben in Shenyang, wo wir beide im Mathematikdepartment der Shenyang-Universität unterrichten. Ich habe mich 1988 habilitiert und bin seither Assistenzprofessor.*

Im Frühling 1989 fuhren Huifang und ich nach Beijing zur Hochzeit ihrer jüngeren Schwester Zuzu. Sie und ihr Verlobter Wei An hatten eben ihr Publizistikstudium beendet und bekamen die Erlaubnis zu heiraten. Dazu kam es aber nicht. Wei war tief involviert in die Demonstration am Tiananmen. Kein Führer, aber involviert. Zuzu ebenfalls. Huifang und ich gingen mit. Als scharf geschossen wurde, liefen alle um ihr Leben. Wir wurden getrennt. Auf Umwegen ging ich zum Haus meiner Schwiegereltern. Huifang und Wei waren schon da. Zuzu fehlte.

Wir versteckten uns bei Freunden. Wir hörten, daß Wei und ich gesucht wurden. Huifang fuhr zurück nach Shenyang zu unserer Tochter Xingxing. Sie ließ uns Nachricht geben, daß es ihr und Xingxing gutgehe.

Wir erfuhren, daß Zuzu verhaftet worden war. Wir wissen bis heute nicht, in welchem Gefängnis sie ist und ob sie eine Verhandlung bekommen hat. Wei und ich beschlossen, nach Hongkong zu flüchten. Freunde halfen dabei.

Ich wollte in Hongkong möglichst schnell Geld verdienen, um Huifang und Xingxing nachkommen lassen zu können. Wei hoffte auf eine Amnestie. Aber es war fast unmöglich, Arbeit zu finden. Wir haben nie gebettelt und nie gestohlen. Monatelang lebten wir auf der Straße, dann in Hausbooten. (... Unleserlich ...) *Überall waren Spitzel. Wir waren immer in Gefahr, als illegale Einwanderer angezeigt zu werden. Fast vier Jahre lang lebten wir so. Meist arbeiteten wir auf den Docks. Wir konnten langsam ein bißchen Geld sparen, aber im letzten Winter wurde ich krank. Ich hatte Lungenentzündung. Die Medikamente und das Schweigegeld für den Arzt kosteten uns alles, was wir hatten.*

Als wir nun wieder mit leeren Händen dastanden, wußten wir nicht mehr weiter. In drei Jahren wird Hongkong an China zurückgegeben. Wir konnten nicht ewig warten und arbeiten und sparen und hoffen, daß wir nicht entdeckt würden. Wir bekamen einen Tip. Wir sollten uns bei einer Adresse in Kowloon melden. Dort würden Leute für Flüchtlinge wie uns Reisen ins Ausland arrangieren. Die Adresse war Mengter St. 35, Block B, 7F C. Ich bin aber sicher, daß es ein nur vorübergehend benutztes Büro war. Es war ganz leer. Die ersten drei Tage ließ uns der Portier nicht vor. Wir sollten immer am nächsten Tag wiederkommen. Wir mußten ihm Namen und Adressen sagen und wo wir arbeiteten. Wir gaben ihm sowohl unsere falschen als auch die richtigen Namen. Wir wußten, daß wir überprüft wurden, weil am Dock nach uns gefragt wurde.

Dann wurden wir vorgelassen zu einem dunkelhäutigen Mann, vermutlich ein Araber, namens Alwan oder Alban. Etwa fünfzig Jahre, völlig kahl, mittelgroß und kräftig. Ein großer schwarzer, glänzender Schnurrbart, der gefärbt aussah. Er sprach englisch. Er nannte uns die Bedingungen. Wir würden mit zwei weiteren chinesischen »Auswanderern« als Geschäftsreisende auftreten. Wir bekämen Koffer, Anzüge, Wäsche und alles Nötige. Im Gepäck sei die Ware versteckt, die wir nach Europa bringen würden. Gut versteckt. Das Risiko, entdeckt zu werden, sei minimal. Wir wüßten aber weder, was es sei, noch wo es versteckt sei. Wir dürften nicht danach suchen, das Gepäck überhaupt nur wenn nötig am Zoll öffnen. Wir bekämen Pässe mit Visum; wohin es genau gehe, erführen wir erst am Tag der Abreise. Man würde Hotelzimmer für uns reservieren. Dort würde man uns anrufen und uns sagen, wo die Ware sei. Die müßten wir zusammen mit den Pässen abliefern. Jeder von uns würde 2000 Hongkong-Dollar in der Landeswährung bekommen. Alles sollte innerhalb einer Woche stattfinden. Wenn wir ablehnten, müßte er leider die Einwanderungsbehörden verständigen.

Wir hätten vermutlich auch so angenommen. Wir hatten keine Wahl. Er läutete nach einem Gehilfen, den er Rashid nannte. Wir wurden in ein

Haus gebracht weit draußen in den New Territories, ich weiß zwar die Adresse nicht, kann aber eine Beschreibung geben.

(... Unleserlich ...)

Es war dunkel, als wir ankamen. Wir bekamen zusammen ein Zimmer zugewiesen, und man gab uns zu essen. Wir durften nicht mehr auf das Hausboot zurück, um unsere Sachen zu holen. Wir durften mit niemandem sprechen. Am nächsten Tag sahen wir die beiden anderen. Sie waren in der gleichen Situation wie wir, kannten einander aber nicht. Ich werde hier weder ihre Namen nennen noch sie beschreiben. Ich kann nicht für sie entscheiden, ob sie sich stellen wollen. Aber Wei und ich gehören zur selben Familie. Für ihn kann ich entscheiden. Er ist in Gefahr.

Es kam eine Frau, die uns die Haare schnitt und uns die Nägel manikürte. Sie sprach kein Wort mit uns. Sie nahm unsere Maße, auch die Schuhgröße. Es gab einen Koch, den wir aber nicht verstanden. Er machte Fotos von uns. Das Haustor war immer versperrt, die Fenster vergittert. Es war außerdem noch jemand im Haus, der uns bewachte, aber wir trauten uns ohnedies kaum aus unserem Zimmer. Wir hörten manchmal Schritte und Stimmen, doch wir sahen niemanden. Einmal telefonierte jemand auf englisch – ich glaube, es war Rashids Stimme – mit einem tragbaren Telefon, denn sonst gab es keines im Haus. Mehrmals wurde der Name »Kappa« genannt.

Am fünften Tag bekamen wir morgens Anzüge, Wäsche und Gegenstände des täglichen Gebrauchs. Es standen vier Koffer und vier Reisetaschen im Flur. Rashid brachte uns zu einem Brotwagen, in den wir hinten einstiegen. Jeder bekam einen Koffer, schon mit Namensschild versehen, und eine Tasche zugeteilt.

Im Wagen war kein Fenster. Am Flughafen ließ man uns aussteigen. Wir bekamen Pässe und Geldbörsen mit einigen Dollar- und Francscheinen und vielen Kreditkarten. Wir fliegen nach Paris, wurde uns gesagt. Von Rashid und zwei anderen Begleitern wurden wir zum Schalter und dann zur Paßkontrolle gebracht. Es ging alles glatt.

Wir kamen in Paris an. Auch hier wurde unser Gepäck nicht kontrolliert. Ich weiß nicht, ob die Pässe echt waren. Meiner lautete auf Vincent Ho, geb. 1955 in Hongkong. Viele Reisestempel, besonders Indonesien. Weis Paß war auf Lesley Wong ausgestellt. Geboren 1961 in Hongkong. Mehrere Visa für Japan. Die Nummern der Pässe haben wir notiert, aber ich habe sie nicht bei mir. Wenn mein Geständnis die Behörden erreicht, lebe ich wahrscheinlich ohnedies nicht mehr. Aber vielleicht kann es Wei retten, und vielleicht genügt es, um gegen die Dealer vorzugehen.

In Paris war im Hotel Alexandre im 18. Arrondissement ein Doppelzimmer reserviert. Die beiden anderen wohnten in einem anderen Hotel, aber nicht weit von uns, sagten sie. Wir waren kaum angekommen (Zimmer 32), als bei Wei und mir das Telefon läutete. Ich wurde verlangt. Ein Mann sagte mir auf englisch mit vermutlich französischem Akzent, wo die Ware versteckt war. In meinem Koffer war sie in einer Großpackung getrockneten Rindfleisches, so wie es die Südchinesen gern essen. Es waren vier mittelgroße, undurchsichtige Plastiksäcke. In Weis Koffer war sie in eine Packung getrockneten Tintenfischs eingeschweißt. Insgesamt acht etwa gleich große Pakete. Wir öffneten die Säcke nicht. Ich weiß nichts über Drogen, ich weiß bis jetzt nicht, was es ist.

Laut unseren Instruktionen sollte ich – es wurde ausdrücklich nach mir verlangt – die Ware, insgesamt sechzehn Pakete, und die Pässe gestern abend abliefern. Dann würde ich für jeden von uns rund 1000 Francs bekommen. Abends kamen die beiden anderen zu uns, wie man sie angewiesen hatte. Sie sollten mir ihre acht Pakete geben. Aber wir hatten dieselbe Idee gehabt. Wir wollten die Ware nur zur Hälfte abliefern. Wir alle brauchen dringend Geld. Wir wollten noch zusätzlich für jeden 10 000 Francs bekommen. Deshalb ging ich gestern abend mit nur acht Paketen zu dem Treffpunkt, den man mir genannt hatte. Es war eine Bar an der Ecke Rue Simart und Rue Marcadet, ›Le Mistral‹.

Als ich gestern um halb zwei Uhr nachts hinkam, war die Bar leer. Kurz darauf fuhr ein dunkler Wagen vor, aus dem zwei Männer ausstiegen, ich glaube, es waren auch Araber. Ein dritter, der Fahrer, blieb im Wagen. Sie waren sehr nervös. Sie drängten mich in eine Nische und klopften meine Taschen ab. Ich hatte die vier Pässe dabei, die sie mir gleich wegnahmen ebenso wie die acht Pakete, die ich in einem Plastiksack bei mir hatte. Sie suchten kurz weiter nach den übrigen, da sagte ich ihnen, daß ich sie nicht bei mir hätte, daß wir 10 000 Francs für jeden von uns verlangten. Sie sahen mich an, als würden sie mich nicht verstehen, dann sprachen sie schnell französisch miteinander. Oder arabisch. Dann schlug mir der größere von den beiden plötzlich mit dem Ellbogen in die Magengrube. Der andere zog eine Pistole. Sie versuchten, mich zum Ausgang zu zerren. Ich habe lange Wushu trainiert, und es war nicht schwer für mich, die beiden abzuwehren. Ich lief davon. Den Rest der Ereignisse kann die Frau berichten, die mein Ge-

ständnis abliefert. Sie hat absolut nichts mit meinem Verbrechen zu tun. Sie ist eine ganz zufällige Passantin, die mir geholfen hat.

Die beiden Araber sind mittelgroß, der eine hat gewelltes Haar, nicht sehr dicht, einen kleinen Schnurrbart und schlechte Zähne. Sein Gesicht ist birnenförmig. Der andere, ca. 1,70, sieht fast aus wie ein Mädchen. Er ist glattrasiert, trägt die Haare bis zum Kragen, hat ein weiches Gesicht. Der jüngere war bewaffnet. Der andere hatte ein Walkie-Talkie oder ein modernes Drahtlostelefon dabei.

Den dritten im Wagen habe ich kaum gesehen, hatte aber den Eindruck, daß er um einiges älter ist als die beiden, die in die Bar gingen.

Wei und die beiden anderen sind schon Stunden vor der Übergabe aus dem Hotel ausgezogen. Wir haben einen Platz vereinbart, wo wir uns treffen. Ich darf nicht verraten, wann und wo. Aber ich habe einen zweiten Treffpunkt, von dem die anderen nichts wissen, mit Wei vereinbart. Sollte unser Plan nicht funktionieren, dann wird Wei an jedem ungeraden Kalendertag um 9:45, gleich wenn es aufmacht, ins Museum für Asiatische Kunst gehen. Er ist groß, schlank und sieht ein bißchen aus wie ein Vogel. Die Ware ist nicht bei ihm, sondern bei den beiden anderen. Ich bitte darum, Wei mein Geständnis lesen zu lassen, damit er von meinem Wunsch, er möge dabei helfen, die Dealer zu fassen, erfährt.

Zhan Guang, Paris, 28. 2. 1994«

~

Mein Rücken tut weh. Die Schultern sind verspannt. Bärli schläft. Wie lange habe ich an der Übersetzung gesessen? Es ist zwanzig Minuten nach Mitternacht. Ich sitze seit sechs Stunden hier. Der Text war schwieriger als alles, was ich bisher auf chinesisch gelesen habe, erstens, weil er in Handschrift geschrieben und stellenweise fast nicht leserlich ist (für mich). Zweitens, weil Zhan Kurzzeichen verwendet hat, die mir viel weniger geläufig sind als die traditionellen Langzeichen. Und drittens, weil er, offenbar sehr gebildet, sich immer wieder der klassischen Schriftsprache bedient, die mir erst recht fremd ist. Ich habe im Wörterbuch geblättert, bis mir die Finger krachten. Und viertens – WO BLEIBT BEA?

Zhan hat auch nicht angerufen! Nach den stillen Stunden des Übersetzens (ich habe weder zu Abend gegessen – Lychees sind kein Essen! – noch einen Schluck Wasser getrunken, mein Mund ist trocken – aus mehr als einem Grund) wache ich in der Gegenwart auf. Das einzig Beruhigende ist Bärlis leises Schnarchen.

Noch benommen von meiner Lektüre, lehne ich mich zurück.

Bea hat gesagt, daß um zehn Uhr Redaktionsschluß ist. Wo bleibt sie? Wo ist ihre Redaktion? Sie ist freie Journalistin, ich weiß nicht einmal, von wem sie heute angerufen wurde. Mein Kopf ist wirklich noch nicht klar. Hat Bea mir gesagt, wohin sie geht? Wenn es länger dauert, warum ruft sie nicht an? Aber sie weiß ja nicht, was in dem Geständnis steht, von Drogen und Pistolen.

Dann erst fällt mir noch heißer ein: Dommi! Er ruft jeden Abend um neun bei mir an, und wir besprechen den Tag und wie die Arbeit war und ob Bärli gefressen hat. Ich erzähle ihm dann von unseren Spaziergängen, wo wir waren, was wir erlebt haben. Wenn ich am Abend ausgehe, sage ich es ihm vorher, damit er sich keine Sorgen macht. Aber bisher war ich erst einmal aus, als Bea mich in einen Jazzklub mitnahm. Ich kenne ja sonst niemanden in Paris, nur ein paar Kollegen im Übersetzungsbüro, mit denen ich regelmäßige Nomenklatur-Sitzungen habe, aber nie ein privates Wort wechsle.

Ich stehe auf und strecke mich nochmals. Bärli ist sofort hellwach und streckt sich ebenfalls. Ich gehe zum Fenster und versuche den Wagen zu orten, den wir heute nachmittag gesehen haben. Aber ohne Erfolg. Was nun? Ich muß nach Hause, ich bin todmüde. Bea hat mir letztens ihren zweiten Wohnungsschlüssel gegeben, weil der Gasmann kommen soll und sie nie zu Hause ist. Und da ich gleich um die Ecke wohne, hat sie mich gefragt, ob ich ihn hereinlassen kann – klar, habe ich gesagt. Den Schlüssel habe ich dabei, weil er noch immer in meiner großen Umhängetasche ist. Ich kann also abschließen. Ich schreibe einen Zettel für Bea:

Liebe B., es hat mir zu lang gedauert, sorry. Ich bin hundemüde. Bärli auch, haha. Zhan hat nicht angerufen. Über den Text reden wir morgen, okay? Freu Dich drauf!

Gute Nacht, M.

Ich stecke mein Wörterbuch ein und nach kurzem Überlegen auch Zhans Block und meine Übersetzung. Wenn ich morgen frisch bin, schaue ich mir die Beschreibung des Hauses in Hongkong nochmals an. Vielleicht kann ich sie dann entziffern. Ich mache alle Lichter aus, sperre die Tür zu und gehe mit meinem schläfrigen Hund nach Hause. Die Straße ist totenstill. In der Bar in Beas Haus brennt noch Licht, aber Balladur ist nicht zu sehen.

2.3.94, Mittwoch

Ich habe schlecht geschlafen. Bärli war auch unruhig, ist immer wieder aufgestanden und hat sich geschüttelt oder gekratzt – ob er von seinem Freund Flöhe bekommen hat? Zwei- oder dreimal hat er leise geknurrt. Als er endlich schlief, hat er im Traum gebellt. Ein freudiges Bellen, so als ob er Dommi oder mich begrüßen wollte.

Gleich um sieben habe ich Dommi angerufen. Er war noch zu verschlafen, um gleich sauer zu sein, und das habe ich benützt, um ihn gleich mit der Geschichte von Bea und dem Chinesen zu überfallen. Zum Schluß war er interessiert, besorgt und gar nicht mehr böse. Dafür hellwach. Ich mußte ihm versprechen, gleich anzurufen, nachdem ich Bea gesprochen habe. Dommi findet, wir sollten so oder so gleich zur Polizei gehen. Mittlerweile finde ich das auch. Aber es liegt wohl an Bea, das zu entscheiden.

Es ist jetzt kurz nach acht, ich war schon mit Bärli unten und habe mein Baguette gekauft. Heute ohne Regenschirm, auch ohne andere Taschen und Pakete – da war es leicht, das Einkaufen. Ich bin sonst nicht ungeschickt – zumindest sehe ich mich nicht so – und kann im Gegenteil einige manuelle Fertigkeiten vorweisen: Ich nähe sauber, kann Türen und Fenster streichen, Zecken aus Bärlis Fell entfernen, ohne daß der Kopf drin steckenbleibt, ich koche ziemlich gut und kann zum Beispiel Zucchini in lauter gleich dicke Scheibchen schneiden. Damit habe ich mir – unter anderem – ganz am Anfang Dommis Aufmerksamkeit zugezogen. Wir haben, als wir uns noch kaum kannten, bei gemeinsamen Freunden miteinander gekocht, und da kein Salat da war, habe ich zumindest die eine Tomate, die ich finden konnte, gewaschen und sauber gefünftelt. Gar nicht so leicht. Dommi sah die fünf Teile und sagte erst: »Haha, du hast genascht«, da habe ich sie wieder zusammengesetzt – auch nicht leicht – und ihm bewiesen, daß ich kein Tomatensechstel unterschlagen, sondern das gute Stück gerecht gefünftelt hatte. Ungeschickt bin ich also nicht wirklich, zumindest nicht immer. Dolli findet mich aber langsam. Sie ist meine älteste und beste Freundin, und wir haben seit unserer Studentenzeit – sie hat Kunstgeschichte fertigstudiert, ich meine Sprachen nicht – immer wieder miteinander gekocht, jahrelang, bis wir uns eines Tages gegenseitig gestanden haben, daß wir einander gänzlich verrückt machen mit unseren Eigenheiten – glücklicherweise nur beim Kochen. Dolli findet mich dabei unerträglich langsam. Bin ich nicht, ich ziele nur genau, bevor ich zum Beispiel Schnittlauch schneide, während Dolli gleich drauflos hackt und unterschiedlich lange Röllchen kriegt. Und ihr fällt laufend etwas hinunter. Mir nie. Mir geht es dafür auf die Nerven, daß Dolli stets darüber redet, was sie gerade tut. In der Küche ist kein anderes Gespräch mit ihr möglich als übers Karottenschrappen und Apfelschälen. Seit wir uns unsere Probleme miteinander – leicht aggressiv beide, aber mehr lachend – ins Gesicht gesagt haben, kochen wir seltener zusammen, und dann machen wir uns meist über uns lustig: Ich schußle und lasse alles fallen, Dolli schnattert noch penetranter als sonst.

~

Es ist noch zu früh, um Bea anzurufen. Sie schläft sicher lang, wenn es gestern so spät geworden ist. Und ihr Anrufbeantworter ist nicht angestellt – ich wußte nicht, wie. Ich setze mich also an den Computer und übersetze ein bißchen. Als ich mich aber das dritte Mal dabei erwische, leer auf den Bildschirm zu schauen, die Hände unter die Schenkel gelegt, um sie zu wärmen (ich habe immer kalte Hände), gebe ich auf. Heute muß ich sowieso groß einkaufen gehen, das kann ich genausogut gleich hinter mich bringen. Hundefutterkochtag, besonders unangenehm, weil in der Wohnung, die ich bis Ende März gemietet habe, keine Tür zwischen Küche und Arbeitszimmer ist (Arbeitszimmer = Wohnzimmer = Gästezimmer), nur ein langer Gang, und das Hundefutter riecht doch so streng.

Einkaufen gehe ich aber gern, sowohl auf Straßenmärkte als auch in die unglaublich gut sortierten Supermärkte. Wien kann sich neben dem, was es hier in den ganz normalen Supermarchés zu kaufen gibt, verstecken. Mehrere Sorten frischer Muscheln und Dutzende frischer Fische – okay, leichter für Frankreich als für Österreich zu bewerkstelligen, aber direkt am Meer liegt Paris ja auch nicht. Dann die meterlange Theke mit offenem Käse – schon die vorverpackten Sorten sind recht üppig –, frische Nudeln und Ravioli, daneben Exotisches, Tofu und Zaziki. Lieblos aber der Brotstand, verglichen mit Wien.

Inzwischen hat sich das Wetter entschieden, schön zu werden. Die Frühwolken sind weggeputzt, die Spätwolken noch nicht zu sehen. Also auch heute wieder Vincennes, Bärli wird sich freuen. Schwer bepackt, wie ich bin, ist mir richtig heiß, als ich zu Hause ankomme. Na gut, die fünf Stockwerke haben auch dazu beigetragen.

Es ist zehn, jetzt kann ich schon bei Bea anrufen. Ich lasse es lange läuten, aber sie hebt nicht ab. Meine Sorgen, die mir heute früh bei Tageslicht albern vorkamen, sind mit einem Schlag alle wieder da.

Wenn Bea nicht abhebt, bevor ich in den Bois fahre, gehe ich in ihre Wohnung und schaue nach, beschließe ich.

Unlustig arbeite ich an der Übersetzung weiter, während Bärlis Futter kocht. Es riecht schon durch die ganze Wohnung, obwohl ich das Küchenfenster aufgemacht habe. Um so kälter sind dafür meine Hände. Das Tippen fällt mir schwer.

Um eins höre ich auf. Ich habe jede volle Stunde bei Bea angerufen und probiere es nochmals – wieder nichts.

~

Auf der Straße ist es jetzt knallhell, so daß meine Augen tränen. Das tun sie oft – ich lache auch immer gleich Tränen. Nicht so toll fürs Make-up. Ich habe aber meine Sonnenbrille zu Hause (in Wien, nicht in Paris) gelassen und denke gerade gewichtig darüber nach, ob ich mir nicht eine Zweitbrille für den Pariser Frühling kaufen soll, als Balladur aus der Bar gerannt kommt und Bärli liebevoll begrüßt. Beide werfen die Vorderpfoten hin, den Po mit heftig wedelndem Schwanz in die Höhe gestreckt – es ist ein Gehopse. Es ist eine Freude für den Hundefreund. Es ist aber auch ein Verkehrshindernis. Eine saure Mami mit Kinderwagen muß sorgfältig manövrieren, bis sie an uns verbeikommt, obwohl ich hilfreich an der Leine ziehe und halbherzig mit Bärli schimpfe. Balladur galoppiert schließlich davon. Bärli will hinterher und reißt wild an der Leine. Jetzt schimpfe ich schon etwas ernsthafter mit ihm, aber mitten im Schimpfen bleibt mir plötzlich die Luft weg.

Keinen halben Meter von mir entfernt sitzt ein Mann in einem kleinen hellen Wagen. Ich habe keinen Führerschein und habe mich nie für Autos interessiert. Ich erkenne keine Automarken, außer sie haben einen unübersehbaren Mercedesstern oder sind VW-Käfer. Dieser Wagen hat keinen Stern und ist auch kein Käfer. Der Mann schaut mir direkt in die Augen, die immer noch tränen. Er ist jung, hat längeres, glattes schwarzes Haar und mädchenhafte Züge. Einen ganz weichen Mund, etwas trotzig. Mir ist glasklar, daß er auf mich wartet.

Mit einem energischen Ruck hole ich Bärli zurück. Wir gehen weiter die Straße hinunter, auf Beas Haus zu. Ein bißchen Vernunft kehrt in meinen Kopf zurück. Warum sollte der Kerl auf mich warten? Wie kann er von mir etwas wissen – außer, wenn er Bea und mich gesehen hat? Hat er das? War er einer der beiden im dunklen Auto? Ich glaube nicht, obwohl ich die zwei Männer nur flüchtig gesehen habe. Wissen die jetzt, daß Zhan bei Bea war? Wissen sie von dem Geständnis? Woher? Wie? Mit jedem Schritt werde ich ein bißchen ruhiger, und meine Idee, daß der Mann auf mich wartet, kommt mir immer absurder vor. Trotzdem: Ich beschließe, durch die Bar in Beas Haus zu gehen. Wenn der Wirt mich durchläßt.

Er läßt mich durch, als ich sage, daß ich zu Bea will, sagt nur: »Assez fréquenté, ça.« Ich bin schon vorbei an der Theke, drehe mich aber wieder um. Ob Bea heute schon durchgekommen ist? Nein, heute noch nicht. Das hat aber nichts zu sagen. Dann hat auch der Wirt noch eine Frage: Wenn ich Bea sehe, ob ich ihr ausrichten könnte, daß er sie kurz sprechen will? Es sei dringend. Ich nicke und traue mich nicht zu fragen, was er mit ihr zu besprechen hat.

Bärli und ich gehen hinauf. Die Tür zu Beas Wohnung ist versperrt, so wie ich gestern zugesperrt habe, beide Schlösser doppelt – das hat aber nichts zu sagen. In der Wohnung sehe ich gleich, daß jemand dagewesen ist: Mein Zettel ist vom Sofatisch verschwunden. Sonst ist aber alles unverändert. Oder? Ich gehe weiter ins Schlafzimmer. Das Bett ist ordentlich gemacht. Ein Rock und eine Weste liegen auf dem Hocker vor dem Spiegel. Es ist nicht der Rock, den Bea gestern angehabt hat. Und sie trug einen Pullover. Das hat aber nichts zu sagen. In der Küche steht noch unser Kaffeegeschirr von gestern in der Spüle. Keine weitere Tasse dabei. Das hat aber nichts zu sagen. Bea trinkt oft ihren Frühstückskaffee unten in der Bar. ABER NICHT HEUTE!!! DER WIRT HAT SIE HEUTE NOCH NICHT GESEHEN!!! HAT DAS AUCH NICHTS ZU SAGEN???

Ich setze mich aufs Sofa. Bärli versteht nicht, warum wir jetzt in Beas Wohnung sitzen, statt spazierenzugehen – er weiß es immer, wenn ein langer Spaziergang geplant ist, weil ich dann meine bequemen flachen Schuhe anziehe. Er beginnt zu winseln. Aber ich brauche noch ein paar Minuten.

Es war jemand in der Wohnung. Ich glaube nicht, daß es Bea war. Bea hätte nicht zwei Tage hintereinander dieselben Kleider angezogen. Sie ist immer schick und gepflegt, wenn sie zur Arbeit geht. Sonst trägt sie Jeans. Sie hat sich gestern extra noch umgezogen, bevor sie wegging. Ich gehe wieder ins Schlafzimmer, der winselnde Hund dicht hinter mir, und mache ihren Kleiderschrank auf. Sorry, Bea, kein guter Tag für Privatsphäre. Sauber hängen ihre Röcke, Hosen, Blusen, Jacken ... der Rock von gestern fehlt. Ich erspare es mir, den Pullover zu suchen.

Zurück ins Wohnzimmer. Ich rufe Dommi an. Sorry, Bea, auch kein guter Tag für deine Telefonrechnung. Vielleicht spinne ich? Bilde mir nur ein, daß hier etwas nicht stimmt? Der Araber, der Rock, der Wirt und der Kaffee. In Dommis Büro läutet das Telefon das neunte Mal, als jemand abhebt. Sein Kollege vom Nebenzimmer, der Poiderer. Niemand weiß, wie er mit Vornamen heißt. Er ist Innsbrucker und spricht auch so. Ein netter Typ, so alt wie wir, mit dem Dommi sich angefreundet hat, und ich habe auch schon manchmal am Telefon mit ihm geplaudert. Ich muß immer ein bißchen lachen über seinen Dialekt. Er soll das nächste Mal, wenn Dommi nach Paris fliegt, mitkommen, denn er war noch nie da und kann bequem bei uns wohnen. »Nein, Dommi ist nicht in seinem Zimmer«, sagt der Poiderer, »sicher in der Mittagspause.« Na fein.

Ich bleibe nicht länger in der Wohnung. Nachdenken kann ich genausogut im Bois. Aber bevor ich aufbreche, suche ich noch Zettel und Bleistift und schreibe die Nummer des Wagens auf, in dem der Kerl gesessen hat. Ich nehme wieder den Hintereingang der Bar. Als der Wirt mich ansieht, zucke ich nur die Achseln. Ich trete aus der Tür. Das Licht sticht wieder in den Augen. Der helle Wagen steht noch da. Ganz unten am Ende der Gasse riecht Balladur an einem Pudel. Er ist wirklich zu jedem Hund freundlich.

~

In der Métro nehme ich Bärli auf den Schoß. Nicht, weil es so voll wäre, sondern weil es beruhigend ist, den Hund auf dem Schoß zu haben. Bärli hat es auch gern. Und er wärmt mir meine kalten Hände. Ich gehe so logisch vor, wie es mir nur möglich ist: Wenn nicht Bea in der Wohnung war, dann einer der ... Araber (mangels einer genaueren Bezeichnung). Oder mehrere. Sie hatten einen Schlüssel, die Tür war nicht aufgebrochen. Wenn sie Schlüssel hatten, haben sie Bea. Gekidnapped. Sie sind in ihre Wohnung gegangen, um etwas zu suchen. Sie haben keinen Grund, anzunehmen, daß Bea etwas weiß von Zhan und dem Schmuggel, außer sie wissen von dem Geständnis. Das können sie nur von Zhan selbst wissen. Sie haben auch Zhan.

Die Métro ist wie immer überheizt – ein Zugeständnis an die Clochards? Trotzdem sind meine Hände eiskalt.

Sie haben Bea und Zhan. VIELLEICHT: GEHABT! VIELLEICHT SIND BEIDE SCHON TOT! Sie brauchen das Geständnis. Sie wissen nicht, daß ich es gelesen habe. Und übersetzt. Bea hat ihnen das mit allergrößter Wahrscheinlichkeit nicht gesagt, denn sie wurde mit allergrößter Wahrscheinlichkeit nicht danach gefragt. Wie kämen sie schon darauf, die Araber? Sie waren in der Wohnung, haben das Geständnis aber nicht gefunden. Sie haben die Wohnung bestimmt durchsucht ... aber sie waren sehr ordentlich. Sie haben die Wohnung so ordentlich zurückgelassen, weil ... so schnell fällt mir kein Grund ein. Man soll nicht sehen, daß sie durchsucht wurde. WER sollte das nicht sehen? Ich? Sie haben mich mit Bea zusammen gesehen. Sie haben absolut keine Schwierigkeiten, mich zu finden: Allein an Bärli bin ich leicht zu erkennen. Wir sind gestern ohne Bärli an ihrem Wagen vorbeigegangen, kamen kurz darauf mit Bärli zurück. Sie wissen, daß ich in der Nähe wohne. Vielleicht sind sie uns sogar gefolgt. Sie wissen, daß ich gestern noch, nachdem Bea weg war, in ihrer Wohnung geblieben bin. Sie haben mit Beas Schlüssel aufgesperrt und bemerkt, daß ordentlich zugesperrt war. Sie wissen, daß ich zurückkommen würde, wenn Bea sich nicht meldet. Sie wollten mir keine durchwühlte Wohnung als Grund liefern, die Polizei zu rufen.

Besonders unangenehm daran ist, daß das bedeuten würde, einer der Kerle denkt mit!

Chatelet. Umsteigen zur Linie eins zum Château de Vincennes.

Wieder finde ich einen Sitzplatz, und wieder nehme ich Bärli auf den Schoß. In den schwarzen Tunnels der Métro habe ich schon vergessen, daß draußen ein strahlend schöner Frühlingstag ist. Erst in der Station Bastille werde ich daran erinnert. Hier überquert die Métro einen Kanal, der zur Seine führt, und die Station ist mitten auf der Brücke. Nach einer Seite hin, nach Norden, ist sie geschlossen, aber nach Süden hin kann man hinaussehen auf den Kanal, die begrünten Ufer – auch diese natürlich für Hunde verboten – und die Boote, die hier ankern. So kurz das lichte Intermezzo dauert, holt es mich doch aus meinen schwarzen Gedanken heraus.

Versuchen wir ein anderes Szenario:

Bea ging gestern abend in ihr Büro, um noch einen Artikel fertigzumachen. Sie macht zumeist die Hintergrundrecherchen für ihren Kollegen, André, der wiederum ausgezeichnete Interviews führt. Aber er ist zu schlampig und zu schusselig, um sich allein darauf vorzubereiten – er ist überhaupt der brillante, kapriziöse Primadonna-Schwule aus dem Bilderbuch –, und da springt Bea öfter ein, pünktlich und genau, wie sie ist. Auch sonst arbeiten beide oft zusammen an einem Artikel und haben sogar schon mehrere Serien gemeinsam publiziert.

Um zehn Uhr ist Redaktionsschluß. Was wäre gewesen, wenn sich dann herausgestellt hätte, daß André morgen früh einen wichtigen Termin hat? In Lyon, Marseille oder Reims? Er ist aber nach wie vor nicht zu finden? Wen hätte der Chefredakteur dann wohl an seiner Stelle hingeschickt, wenn nicht Bea? Und natürlich wäre sie gefahren. Vermutlich hätte sie ohnedies die ersten Recherchen für diesen Artikel gemacht, wäre also besser als alle anderen informiert und daher der bestmögliche Ersatz für André.

Bea wäre sicher nochmals ihre und Andrés Notizen durchgegangen, um sich für den Termin vorzubereiten. Sie wäre dann nur noch kurz in ihre Wohnung gesaust, um sich ein paar notwendige Sachen für – angenommen einmal – eine Nacht im Zug zu holen. Frische Wäsche, Waschbeutel – vielleicht längst vorgepackt für gerade solche Notfälle –, es müßte also nicht einmal ihre Zahnbürste fehlen. Sie sieht meine Notiz liegen, es ist aber viel zu spät, um mich anzurufen ... et voilà.

Oder sie bittet eine Kollegin oder einen Kollegen, für sie in die Wohnung zu fahren, weil sie selbst keine Zeit hat, und der oder die bringt ihr ihre Paraphernalien und steckt den Zettel vom Sofatisch irgendwo zwischen die Kleider, und bis Bea den findet, ist sie schon in Rouen oder in Grenoble und hat meine Nummer gar nicht dabei. Et voilà.

Oder sie ist doch ganz normal nach getaner Arbeit in die Wohnung zurückgekommen, nur etwas später, weil sie aufgehalten wurde oder mit Kollegen noch auf einen Drink gegangen ist, hat geduscht, geschlafen, vergessen, den Wecker zu stellen – und ist dann von der Redaktion angerufen worden, ob sie denn diesen Termin vergessen habe? Und Bea springt in die Kleider, die noch auf dem Hocker liegen, und rennt sofort davon, ohne zu frühstükken – doch das Bett macht sie noch ordentlich? Und nimmt sich nicht die Zeit, frische Kleider aus dem Schrank zu holen? Diese Variante gefällt mir nicht. Paßt nicht zu Bea.

Oder André ist verunglückt, und sie hört erst davon, als sie schon zurück in ihrer Wohnung ist, hat gerade meinen Zettel in der Hand, als das Telefon läutet, und steckt ihn im Hinausrennen einfach in ihre Tasche. Und vergißt mich dann ganz einfach? Und eine der wildesten Geschichten, die ihr je passiert sind? Das gefällt mir auch nicht.

Vielleicht ist auch gar nichts Ungewöhnliches passiert. Ich kenne Bea schließlich nicht sonderlich gut. Vielleicht frühstückt sie manchmal nicht. Vielleicht hat sie ihren Rock in die Reinigung gebracht.

Aber ich habe das völlig unbelegbare, jedoch unerschütterliche Gefühl, daß Bea seit gestern abend nicht mehr in ihrer Wohnung war. Daß etwas nicht stimmt mit ihr.

~

Der Bois ist heute so randvoll frühlingshaft, wie ich ihn bisher noch nie gesehen habe. Es ist fast schon zuviel: der Geruch nach warmer Erde und frischem Grün, die treibenden Bäume, der neue Glanz der Rinden, zarte Schößlinge am Boden, dazu das Lärmen der Vögel.

Auch Bärli dreht fast durch vor Lebensfreude. Normalerweise beherrscht er sich, bis wir ein gutes Stück in den Wald hineingegangen sind, bevor er seinen ersten Geschwindigkeitsrausch bekommt und in höchstem Tempo durchs Unterholz rast, über Wege jagt, im Gebüsch verschwindet und dann ganz woanders wieder auftaucht, aber heute fängt er sofort an, seine Kreise zu ziehen. Bärli ist der ideale Rennhund, hochbeinig, schlank und leicht gebaut, aber nicht so filigran wie ein Windhund. Er ist kräftig genug, um in Sekundenschnelle auf Höchstgeschwindigkeit zu beschleunigen. Die Hinterbeine sind dabei aber eine Spur erfolgreicher als die Vorderbeine, so daß er hinten schneller läuft als vorn und immer wieder herzerweichend ungeschickt ins Schleudern kommt. Er vergißt gern jede Vorsicht, wenn er sich einmal seinem Geschwindigkeitstaumel hingibt, und findet sich im dichten Unterholz wieder, aus dem er sich nur mit verzweifelt langen Sprüngen befreien kann, oder schafft es nicht, rechtzeitig zu bremsen, und landet in tiefen Dreckpfützen – und Bärli ist sonst sehr sauber –, oder er knallt mir mit voller Wucht gegen die Beine. Erst kürzlich ist ihm das wieder passiert, ich dachte schon, er hätte sich ein paar Rippen dabei gebrochen. Nach dem Aufprall blieb er benommen stehen, als wollte er erst einmal seine Knochen überprüfen, und setzte sich dann ganz vorsichtig wieder in Bewegung, bis ihm auch alle seine Beine bestätigten, daß kein Schaden vorlag. Nur ich hatte tagelang einen enormen blauen Fleck am Schienbein gleich unter dem Knie, der heute noch in zartem Grün zu erkennen ist. Richtig frühlingshaft!

Heute gehen wir nur die mittelgroße Runde, trotz des strahlenden Wetters. Ich möchte bald wieder nach Hause, Dommi anrufen und Bea, und meine Übersetzung sollte ja auch einmal wieder ernsthafter vorankommen. Und den Absatz über das Haus aus Zhans Geständnis wollte ich mir nochmals ansehen. Und Bärli hat sich ohnedies schon in der ersten halben Stunde unseres Spaziergangs verausgabt.

Wenn man links am Château vorbei in den Bois geht, kommt man erst durch eine gepflegte Parkanlage mit mehreren Kinderspielplätzen und hat dann die Wahl, sich weiterhin links zu halten, wo der Park unverändert noch ein gutes Stück weitergeht, umrandet von Boule-Plätzen, bei Schönwetter meist dicht besetzt. Das wäre unsere Minimalrunde.

Oder man geht rechts weiter, zum Beispiel die Route des Dames entlang, dann kommt man durch einen weniger parkähnlichen, aber immer noch gepflegten Mischwald nach einiger Zeit zum Lac des Minimes, einer idyllischen Anlage mit mehreren Inseln und breiten Spazierwegen entlang dem Ufer, an welchen belehrende Tafeln einem die Flora und Fauna des Lac und seiner Umgebung benennen. Das, inklusive ein bis zwei Runden um den Lac, ist unser mittlerer Spazierweg. Den lockere ich gern mit einem Umweg durch den dichteren Mischwald auf, der ein Stück abseits der Spazierwege beginnt und in dem Bärli am liebsten herumrast. Auch ich habe diese kleineren Wege am liebsten, denn man trifft auf ihnen weniger Leute. Ich kann dort ungestörter meiner kindlichen Neigung nachgehen: Ich gehe gern knapp an hohen Bäumen vorbei und schaue hinauf in ihre Kronen. Es gefällt mir, wie das Verhältnis der Äste zueinander sich verschiebt, wie die dickeren unteren Äste gleichsam den tiefen, gleichmäßigen Ton vorgeben, während die höheren, zarteren in immer neuen Konstellationen immer neue Geflechte bilden wie eine komplizierte Melodie. Gern gehe ich minutenlang so zwischen hohen Bäumen umher, den Kopf in den Nacken gelegt.

Die große Runde, das wäre dann rechts am Lac des Minimes vorbeizugehen, über die große Durchgangsstraße, danach die beiden riesigen Sportplätze zu überqueren und durch den Bois zurückzugehen zum Château, wozu wir meist gute eineinhalb Stunden brauchen. Oder wir gehen noch weiter nach Süden, um einen der vielen, verzweigten Wege (manche davon mit Tafeln versehen, die Sportler zum Kniebeugen und Rumpfkreisen auffordern) in Richtung Zoo und Lac Daumesnil zu nehmen. Auch ohne mich zu verirren, dauert jeder dieser Wege gute drei Stunden.

Meinen Vincennes-Freund sehe ich heute nur einmal kurz aus der Ferne: ein kleiner, kompakter Pensionist, der auf einem altmodisch hohen Fahrrad seine Runden durch den Bois dreht. Er trägt sonst immer blauen Anorak und blaue Mütze – daran erkenne ich ihn von weitem –, aber beim heutigen Wetter hat er erstmals auf die Mütze verzichtet. Gleich bei meinem ersten Spaziergang in Vincennes hat er mich angesprochen : »Vous marchez bien, Madame!« Ich verstand ihn nicht und lächelte nur vage an ihm vorbei. Erst mehrere Schritte weiter fiel der Groschen: Mein Tempo hat er gemeint. Ich gehe gern zügig, und das ist ihm offenbar aufgefallen. Und ein bißchen habe ich den Verdacht, daß sein Kompliment auch meinen Beinen gegolten hat. Ich trage zum Spazierengehen oft eine graue Stretchhose, kaum dicker als eine Strumpfhose, man sieht daher ziemlich viel Bein. In aller Bescheidenheit: Ich habe recht hübsche Beine. Einer der besten Bissen an mir.

Ich habe Dommi am selben Tag von meiner Begegnung erzählt, und er hat mich gleich geneckt, was für eine Stimme er gehabt hätte, der Radfahrer? Ich bin sehr empfänglich für schöne, satte, tiefe Männerstimmen. Dommi hat einen sehr angenehmen, klangvollen Baß, spricht aber eine Spur unmoduliert. Ich habe mich in einen Kunden des Übersetzungsbüros, für das ich in Wien manchmal arbeite, am Telefon verliebt. Ein Dr. Berg, der einen Auftrag für mich hatte. Er kam seither öfter ins Büro, und ich habe ihn noch nie auf Anhieb wiedererkannt. Sein Äußeres tangiert mich nicht. Erst wenn er mit seiner unglaublichen Stimme sagt: »Guten Morgen, liebe Frau Syslowsky«, läuft mir ein Schauer über den Rücken. Am liebsten telefoniere ich mit ihm. Eine Kollegin im Büro macht schon Bemerkungen, weil ich die Gespräche mit Dr. Berg immer so in die Länge ziehe.

Der Radfahrer hat aber – leider – eine ganz alltägliche Stimme. Er hat mich seitdem manchmal angesprochen, immer freundlich und kurz, nie irgendwie aufdringlich. Schönes Wetter heute, so in der Art. An meiner immer leicht verspäteten Antwort und am Akzent hat er dann gemerkt, daß ich nicht von hier bin, und ich habe ihm gesagt, daß ich aus Wien komme. Seither grüßt er mich manchmal mit »Bonjour, Madame aus Wien« – seinerseits mit Akzent, »oos Ouinn«.

~

Nach der Rückfahrt gehen Bärli und ich nicht direkt heim, obwohl wir beide müde und hungrig sind. Ich mache statt dessen einen kleinen Umweg in die Rue Ordener und gehe in das Fotogeschäft, in dem ich zuvor schon einmal gewesen bin, gleich nachdem ich nach Paris gekommen war. Mein Französisch war damals noch mieser als jetzt. Ich hatte bei einer der ersten Bärli-Runden dieses Geschäft entdeckt, das Fotos vergrößert und auf T-Shirts, Puzzles und Polster kopiert, und wollte Dommi zum Geburtstag ein T-Shirt mit Bärli darauf schenken. Ich hatte aber kein Foto von Bärli nach Paris mitgenommen und ging daher in eben diesen Fotoladen. Der Besitzer bedient selbst – an seiner Haltung erkennt man gleich, daß er der Besitzer ist –, obwohl noch zwei oder drei Leute dort beschäftigt sind. Er fand es wohl ungewöhnlich, daß ich ein Polaroidfoto von meinem Hund verlangte, wollte es aber versuchen. Ich müßte Bärli jedoch dazu bringen stillzusitzen. Auch ihm fiel bald auf, daß ich Ausländerin bin. Es entspann sich die daraufhin übliche Konversation, während ich Bärlis Halstuch neu knüpfte, so daß der Knoten ordentlich aussah, und ihn dazu brachte, sich in einen Polstersessel zu setzen. Als der Besitzer hörte, daß ich aus Wien komme (»Halt still, Bärli!«), erzählte er mir (»Gehen Sie bitte zur Seite, Madame«), daß er während des Krieges in Deutschland einer deutschen Hundestaffel Französisch beigebracht hätte (klick). Mir war auch klar, daß ich da irgendwo etwas falsch verstanden haben mußte, aber das war seine Geschichte, so wie ich sie hörte. Mangels einer passenden Antwort sagte ich nur sehr allgemein: »Ils sont très intelligents.« Vielleicht hat ihn diese Bemerkung ebenso verblüfft wie mich seine Geschichte.

Er erkennt mich jedenfalls gleich wieder, der Besitzer, als ich mit Bärli das Geschäft betrete. Er begrüßt mich aufs freundlichste. Das Foto von Bärli ist übrigens recht gut geworden – Bärli macht darauf gerade Segelohren, weil ihm das Ganze nicht geheuer ist; das T-Shirt war dann eine recht gelungene Überraschung für Dommi, der es gern als Nachthemd trägt. Diesmal kaufe ich eine Kamera mit extra starkem Zoom, angeblich völlig idiotensicher. Der Besitzer zeigt mir alle Knöpfe – es sind vertraueneinflößend wenige – und wie ich damit umgehe. Es wirkt tatsächlich sehr einfach. Er legt mir gleich, als ich ihn darum bitte, einen Farbfilm ein. Ich bezahle mit meiner Kreditkarte. Ich traue mich kaum, auf den Preis zu schauen.

Bevor ich gehe, frage ich den Besitzer noch, was wohl die kürzeste Zeit wäre, in der er den Film entwickeln könnte. Er beginnt bei zwei Tagen, läßt sich dann aber – *si vous êtes si pressée* – auf vier Stunden herunterhandeln.

Noch einen Umweg machen Bärli und ich dann, obwohl wir beide kaum mehr die Füße heben können. Wir gehen in den Lebensmittelladen des dünnen Mannes und der dicken Frau. Ich frage nicht lange, nicke nur bonjour und gehe links an der Kasse vorbei zum Schaufenster. Draußen sind die Obstkörbe gestapelt, innen bin ich bei der Kühltruhe. Ich habe freien Blick auf die Straße. Genauer gesagt direkt auf den dunkelgrünen Wagen, diesmal mit zwei Männern, die jetzt wieder statt des einen hübschen Kerls da sind, den ich Goldilocks getauft habe. Beide schauen über den Zeitungsrand hinweg auf den Eingang des Ladens, in dem ich gerade verschwunden bin. Sie sehen mich nicht. Ich hole mir zuerst den Fahrer mit dem Zoom heran (der könnte das Birnengesicht aus Zhans Text sein) und mache schnell hintereinander fünf, sechs Fotos. Ich muß nicht lange warten, da lehnt er sich zurück, und ich bekomme den Blick frei auf seinen Begleiter. Nochmals klick, klick, klick, klick, klick, klick. Als der Fahrer sich wieder vorsetzt, nehme ich beide zusammen ins Bild: klick, klick. Bärli reißt nicht ein einziges Mal an der Leine. Zu müde vielleicht. Die dicke Besitzerin schaut mir mit offenem Mund zu. Im Hinausgehen lege ich den Zeigefinger an die Lippen und sage nonchalant: »Psst! Surprise!«

Fast erwarte ich, zu Hause angekommen, meine Wohnungstür aufgebrochen zu finden. Aber alles ist ganz normal. »Le chien!« Die Kinderlawine aus dem sechsten Stock. Sie bemerken mich heute spät, ich bin mit Bärli schon verschwunden, als sie polternd und lachend ankommen. Ich stelle mir vor: Die Männer *sind* dagewesen, mit einem Brecheisen bewaffnet. Sie haben sich hinter einem Hausbewohner hereingedrängt. Vor meiner Tür angekommen, hören sie plötzlich den Kampfschrei der Kinder, es trappelt, und vier oder sieben schwarze kleine Gesichter schauen sie durch die Stäbe des Geländers an. Sie bleiben da, weil sie hoffen, den Hund wenigstens kurz zu sehen, wenn die Tür aufgeht. Sie bleiben da, erwartungsvoll. Haben die Männer den Nerv, vor so vielen Zeugen meine Tür aufzubrechen? Sie klingeln (Alibi). Nichts tut sich. Die Kinder bleiben. Sie klingeln wieder. Der eine zischt: »Fang schon an.« Der andere darauf: »Hauen wir lieber ab.« Sie ziehen ab. Die Kinder auch, enttäuscht.

Als ich zu Hause wieder Luft bekomme, rufe ich als erstes bei Bea an. Nichts. Dann bei Dommi im Büro. Auch nichts, schon zu spät. Ich füttere Bärli, mache mir ein Käsebrot und setze mich an den Computer. Überraschenderweise komme ich ganz gut voran.

Um sieben mache ich eine Pause, probiere wieder Bea und Dommi – diesmal in seinem Hotel –, wieder ohne Erfolg. Ich lege mich für ein paar Minuten auf das Sofa, todmüde, Bärli kringelt sich hinter meine Beine, den Kopf auf mein Knie gelegt.

~

Wir beide wachen erst wieder auf, als das Telefon läutet. Es ist Dommi, und es ist neun. Was ich seither getan habe? Ich erzähle ihm vorerst nichts von meinen Ängsten, ich bin überhaupt noch zu verschlafen, um meine Gedanken auf die Reihe zu kriegen, geschweige denn die komplizierten Geschichten, die ich mir zusammengereimt habe. Ich möchte außerdem nicht – jetzt schon etwas wacher –, daß er sich sorgt. Und auch nicht, daß er mich drängt, zur Polizei zu gehen, so wie ich das an seiner Stelle tun würde. Aber womit? Mit einem chinesischen Text, einer Übersetzung dazu und einer Geschichte von einer verschwundenen Freundin? Ja, genau damit, würde Dommi sagen. Aber an meiner Stelle würde er sicher auch nicht zur Polizei gehen wollen. Ich sage ihm daher nur, daß Bea sich noch nicht gemeldet hat und daß ich es weiter versuche. Aber heute gehe ich früh schlafen. Noch eine Hunderunde, c'est tout.

Mein Spaziergang um den Block verläuft ereignislos. Weder sehe ich einen der beiden Wagen noch sonst etwas Beunruhigendes. Beas Fenster sind dunkel. Ich gehe auf der anderen Straßenseite zurück, lieber am Clochard vorbei, der vermutlich ohnehin schon unter seinem unförmigen Berg von Decken schläft, als an der Bar. Ich möchte dem Wirt nicht begegnen. Um halb zehn schlafen die Kinder vom sechsten Stock schon. Unbemerkt schlüpfen Bärli und ich in die Wohnung.

~

Es ist schon spät für ein Abendessen, aber nach dem langen Spaziergang im Bois und nur einem Käsebrot bin ich hungrig. Bärli setzt sich erwartungsvoll zum Kühlschrank. Er weiß aus langer Erfahrung, daß, wenn Dommi und ich naschen, meist auch etwas für ihn abfällt. Nicht beim normalen Essen, aber wenn wir uns selbst Zwischenmahlzeiten gönnen, sind wir auch zu ihm großzügiger. Sehr einladend sieht es heute aber nicht aus im Kühlschrank. Der Rest der Lychees, etwas Käse (dringend nachkaufen!), Butter, Petersilie (gehört eigentlich ins Wasser), Karotten, Zucchini, ein

Beutel Salat, Joghurt und magerer Fromage blanc – ich wollte ein bißchen Diät machen, während ich allein in Paris bin. Unten im Gemüsefach sind noch fünf kleine Kartoffeln – heute abend gibt es also Butterkartoffeln mit buntem Salat. Dazu empfiehlt der Sommelier Bourgogne Aligoté. Während die Kartoffeln kochen, räume ich die Küche auf, schmeiße die vergammelten Mandarinen, die seit Wochen auf dem Kühlschrank liegen, angeekelt weg, wische dann noch angeekelter die graugrüne Schimmelpuderspur weg, die sie hinterlassen haben, wasche das Frühstücksgeschirr ab und mache mich endlich an die ungeliebteste aller Arbeiten: das mittlerweile abgekühlte Fleisch für den Hund zu schneiden, in Aluschalen zu füllen, etwas Suppe darüber und ab ins Gefrierfach. Bis ich damit fertig bin und auch dieses Geschirr abgewaschen habe, sind die Kartoffeln fast gar. Aber mir hat es für den Moment den Appetit verschlagen, der Fleischgeruch hängt noch dicht in der Küche. Ich gebe Bärli seinen Extrahappen, den er wie immer zart und völlig unhündisch ohne jede Gier aus meiner Hand nimmt. Das sind die Momente, in denen ich ihn besonders gern habe, den Hund. Ich nehme mir ein Glas Weißwein (wasche mir vorher nochmals die Hände) und setze mich an den Eßtisch (= Arbeitstisch), auf dem noch der Computer steht, ein bißchen vorwurfsvoll. Heute ist mir das egal, er wird zugeklappt und muß einer weißen Stoffserviette Platz machen, die mir als Tischtuch dient. Während ich den Wein nippe, blättere ich in der heutigen *Herald Tribune* – die ich mir meistens schon beim Morgenspaziergang kaufe, aber erst abends lese – gleich zu den Funnies. Wie fast immer ist *Calvin and Hobbes* der lustigste, gefolgt von *Garfield*. Aber auch der *Wizard of Id* ist manchmal für eine Überraschung gut.

Ich wasche schnell den ohnedies sauberen Salat – eine herrliche Erfindung der Franzosen, vorgewaschener und vorgerupfter Salat! Die Marinade mache ich aus dem Handgelenk, ohne lang zu messen und zu probieren. So gelingt sie mir am besten. Ich schäle die Kartoffeln, stelle alles auf das Tablett und – bon appétit, Madame.

Nach dem Essen wünsche ich mir wieder, wie immer, eine Zigarette.

Ein heißes, langes Bad soll mir dann die nötige Bettschwere verschaffen, runzelt aber die Haut auf und trocknet sie aus, ich weiß, ich weiß. Gewaschen, die Zähne geputzt und eingecremt gehe ich zu Bett, mit der noch halbvollen Weinflasche und dem Glas. Bärli liegt schon schnarchend auf seinem Platz, säuberlich auf der Oberdecke, wo er liegen darf, wenn Dommi nicht da ist, etwa in Bauchhöhe meiner Schlafstellung. Nachts kuschelt er sich dann fest an. Meine Mutter findet das übertrieben und unhygienisch, den Hund im Bett schlafen zu lassen, und wenn er bei ihr ist, wenn Dommi und ich manchmal verreist sind, darf er nicht einmal in ihr Schlafzimmer. Bei aller Liebe. Dafür verwöhnt sie ihn sonst, füttert ihn bei Tisch und so weiter. Als Bärli einmal bei ihr krank war, mit Durchfall und Erbrechen, hat sie im Wohnzimmer auf der Couch geschlafen, um ihn nicht allein zu lassen, aber ins Schlafzimmer darf er nun einmal nicht.

Ich schalte die Nachttischlampe nicht gleich aus. Meine Überlegungen in der Métro, das Verschwinden Beas, ihre wilde Geschichte, alles will noch einmal durchgekaut werden. Aber keine der Lösungen, zu denen ich komme, gefällt mir. Und diejenigen, die mir logisch erscheinen, sind ganz schön beunruhigend.

Lange nach Mitternacht mache ich das Licht aus. Ich bin zwar zu keinem Schluß gekommen, aber zumindest zu einer Zwischenlösung: Wenn ich morgen nichts von Bea höre und wenn sich auch sonst keine plausible – und beweisbare! – Erklärung für ihr Verschwinden präsentiert, gehe ich zur Polizei.

Gute Nacht, Dommi. Sehr leer, das Bett ohne ihn. Trotz Bärli.

3.3.94, Donnerstag

Um Punkt neun Uhr vierzig rufe ich im Musée Guimet an – es öffnet um neun Uhr fünfundvierzig. Ich lasse mich mit der Kasse verbinden. Eine Männerstimme antwortet, ein leichter, sympathischer Bariton. Ob er Englisch spricht, frage ich hoffnungsfroh, denn mein Anliegen ist recht kompliziert, und manche Franzosen üben gern ihr Englisch – bingo! Ich hätte eine große Bitte, fahre ich auf englisch fort. Ein Freund von mir wollte gleich heute früh ins Museum gehen, und ich müßte ihm dringend eine Nachricht zukommen lassen. Ob er ihm die weiterleiten könnte? »Ja? Er ist Chinese, groß, schlank, sieht ein bißchen aus wie ein Vogel, haha. Er heißt Wei, das schreibt man ...« Hier unterbricht mich der Kassierer: »So wie die Wei-Dynastie?« Ich bin angenehm überrascht davon, daß er so viel von dem weiß, was hinter seinem Rücken gezeigt wird, und sage ihm das. Er lacht. Er ist Museumsführer für Englisch und springt heute nur für den Kassierer ein. Das macht den Rest sehr einfach, ich muß nicht buchstabieren. Folgende Notiz möge er bitte Herrn Wei geben:

Meet woman with dog at 12 o'clock at the Défenseur du Temps.
Signiert: *Run Zhan.*

Den Namen muß ich dem Museumsführer doch buchstabieren. Ich hoffe, daß Wei mitdenkt.

Ob er noch so freundlich wäre, Herrn Wei zu erklären, wie er zum Centre Pompidou kommt? Ich bedanke mich sehr herzlich.

Welches Museum sonst soll Zhan gemeint haben, als er den Treffpunkt als Museum für Asiatische Kunst beschrieb?

Dann rufe ich bei Bea an. Wieder nichts.

Zur Morgenrunde nehme ich heute die Kamera mit, die ich in meine große Umhängetasche stecke. Das Wetter hat sich wieder verschlechtert, es weht ein kalter Wind. Bald wird es regnen.

Den Wagen mit Goldilocks sehe ich erst, als ich schon auf gleicher Höhe mit ihm bin. Er steht hinter einem hohen Lieferwagen, fast genau an dem Platz, wo gestern der grüne Wagen stand. Mir soll es recht sein. Wieder gehe ich in die Alimentations, diesmal wünsche ich dem mageren Besitzer einen guten Tag. Ich nehme einen Einkaufskorb, lege ein Viertel Butter hinein, eine Halbkilodose Yoplait, geriebenen Emmental, vorverpackten Gouda (den Comté kaufe ich lieber auf dem Markt, wo er frisch aufgeschnitten wird). Nun brauche ich noch etwas aus der Tiefkühltruhe. Genau wie gestern schieße ich wieder sechs Fotos. Ich erwische Goldilocks schön im Profil, dann dreht er langsam den Kopf zu mir. Kurz bevor er mich anschaut – sieht er mich überhaupt? Oder spiegelt das Schaufenster? –, lasse ich die Kamera in den Einkaufskorb fallen. Ich nehme tiefgefrorenen Spinat, obwohl ich nicht direkt nach Hause gehen werde. Wenn Bea wieder nicht zu Hause ist, möchte ich den Wirt sprechen. Vielleicht sagt er auch mir, was er mit Bea besprechen wollte.

Bea ist nicht zu Hause. Die Wohnung ist unverändert. Mir fällt auch nichts ein, was mir verraten könnte, wo Bea ist und ob sie vorgestern / gestern zurückgekommen ist oder nicht. Aber ihr Adreßbuch stecke ich ein. Es liegt auf einem kleinen Seitentisch. Ich nehme es ungern. Ich habe einen Moment blanker Hysterie, als ich mir vorstelle: Ich nehme das Adreßbuch so, als wäre Bea tot, als hätte sie kein Recht mehr auf ihr Privatleben, auf Diskretion.

~

Der Wirt fragt mich höflich nach meinem Wunsch, als ich mich zu ihm an die Theke setze. »Kaffee bitte, genauso wie Bea«, sage ich, und damit bin ich auch schon beim Thema. Ob er sie kürzlich gesehen hat? »Vorgestern früh zuletzt.«

In meinem nicht sehr perfekten Französisch sage ich ihm, daß ich glaube, daß Bea in Schwierigkeiten ist. Er nickt, scheint nicht überrascht. Ja, genau deshalb wollte er sie auch sprechen. »Sie sind eine Freundin von Bea, eine gute Freundin?« Ob ich von dem Chinesen wisse, den sie letztens aus dem Haus schmuggeln wollte? Mit dem Biertransport? Der alte Génin habe ihn vorgestern nachmittag angerufen. Teils wütend und teils besorgt: Es waren zwei Kerle bei ihm im Büro, sind einfach hereinspaziert, der eine hat sich auf seinen Schreibtisch gesetzt, der andere ist bei der Tür geblieben. Zwei Araber. Der am Schreibtisch hat ihn gefragt, wo er den Chinesen hingebracht hat. Als er sich dumm stellte und fragte, welcher Chinese, schlug der Kerl sein Jackett zurück, wie in Chicago! Er trug eine Waffe. Wieder fragte er, wohin er den Chinesen gebracht habe. In dem Moment kam sein Sohn Robert herein, der, wie mir der Wirt bedeutet, etwas langsam ist – so weiß zum Beispiel niemand, wie er seinen Führerschein geschafft hat. Kaum war er durch die Tür, da zog der zweite Araber seine Pistole und hielt sie Robert an den Kopf. Da hat der alte Génin nicht lang gefackelt und den beiden gesagt, daß der Chinese zum buddhistischen Tempel in der Rue d'Ivry wollte. Sie hatten ihn zwar nicht dorthin gebracht, aber nach dem Tempel, und wie er dort hinkomme, hatte der Chinese gefragt.

Das Ganze war in drei Minuten vorbei. Die beiden Araber verschwanden so schnell, wie sie gekommen waren. Robert lief ihnen noch nach, durch den Hinterhof, wo sie immer das Bier aufladen, und den Durchgang zur Straße, aber er sah nur mehr einen dunkelgrünen Wagen davonfahren. Er glaubt, es war ein Ford. Die Nummer hat er nicht, dazu war er dann doch zu langsam.

Der alte Génin hat sich beschwert: In welche Geschichte ihn der Wirt da hineingezogen habe. Aber noch wichtiger war ihm wohl, den Wirt zu warnen: Vielleicht kämen die Kerle auch zu ihm? Und jetzt wollte der Wirt gern von Bea wissen, in was sie ihn und den alten Génin und den langsamen Robert hineingezogen habe. Was eigentlich los sei.

Ich antworte nicht gleich. Französisch antworte ich sowieso nie gleich. Dann frage ich erst einmal: »Glauben Sie, daß der alte Monsieur Génin bereit wäre, zur Polizei zu gehen? Und wären Sie auch bereit auszusagen, was hier passiert ist, mit Bea und dem Chinesen?«

Diesmal antwortet der Wirt nicht gleich. »Der alte Génin«, sagt er schließlich, »non. Der möchte sicher nichts mit der Polizei zu tun haben.« Und er selbst, bien, was wisse er schon? Da müßte ich ihm erst ein wenig erzählen, nicht?

Ich sage ihm, daß ich glaube, daß Bea entführt wurde. (Als ich diesen Satz ausspreche, wird die Geschichte wieder um einen Grad wirklicher für mich.) Von einer Bande, die mit Rauschgift handelt. Die war auch hinter dem Chinesen her, denn der sollte etwas liefern, tat es aber nicht. Mehr wisse ich im Moment auch nicht, doch es stünden hier dauernd Autos mit Männern herum, die Beas Haus beobachten und seine Bar und vermutlich auch meine Wohnung am Ende des Blocks.

Die Männer in den Autos hatte der Wirt noch nicht bemerkt, aber etwas anderes hatte er beobachtet: Der Clochard in der Nische vis-à-vis, der bekam in den letzten Tagen zweimal Besuch von einem Araber. Der Wirt wunderte sich schon, was die beiden zu reden hatten, denn der Mann war gut gekleidet und blieb mehrere Minuten lang stehen. Wenn der Sandler beobachtet hatte, daß nach der Lieferung in seiner Bar ein Mann *mehr* in den Lieferwagen des alten Génin eingestiegen ist, dann ist es gut möglich, daß er den Arabern den Namen Génin genannt hatte. Der Wirt mag ihn auch nicht, den Sandler vis-à-vis. Nicht aus Prinzip, er hat nichts gegen diese Leute, solange sie niemanden belästigten. Aber er war einmal früh am Morgen in die Bar gegangen und sah, daß der Sandler ihm genau auf die Eingangstür pinkelte. Und nicht einfach so, sondern auch noch links und rechts herumspritzte, es machte ihm wohl Spaß. Der Wirt erzählt mir das, ohne daß es ihm im geringsten peinlich ist. Er macht auch noch die Schlenkerbewegung mit dem Unterkörper nach.

Ich kann mir vorstellen, daß ihn das maßlos geärgert hat, denn er ist überaus reinlich. Auch während er mit mir spricht, poliert er Gläser und hält jedes einzelne gegen das Licht, um sich zu überzeugen, daß es makellos sauber ist. Von der Ferne sieht er ganz gut aus, aber aus der Nähe viel weniger. Er ist großgewachsen und grobknochig, mit kräftigen Unterarmen. Erst wenn man ihm näher kommt, sieht man seine schlechte Haut, seine Tränensäcke, seine gelben Zähne. Für jemanden mit so viel Sauberkeitssinn ist er erstaunlich unappetitlich.

Der pinkelnde Sandler scheint ihn mehr aufzuregen als Beas Entführung. Oder glaubt er mir nicht?

Mit oder ohne seine Aussage und die des Monsieur Génin werde ich heute abend zur Polizei gehen, sage ich dem Wirt mit einer Bestimmtheit, die ich absolut nicht empfinde. Ich versuche heute, mehrere Freunde von Bea zu kontaktieren, vielleicht ist alles ein Mißverständnis, vielleicht hängt das alles gar nicht zusammen. Aber wenn sich nichts ergibt, gehe ich am Abend zur Polizei. Und er soll die Augen offenhalten, der Wirt, und darauf gefaßt sein, daß die Kerle vielleicht doch wiederkommen. Der Wirt grinst und zieht eine Schublade neben seiner Kasse auf, in der eine Pistole liegt, die aussieht, als hätte sein Vater sie aus dem letzten Krieg mitgebracht oder sein Großvater aus dem vorletzten. Mit der und Balladur, sagt er, fürchtet er sich vor keinem. Ich finde beides nicht ganz so ermutigend.

Bevor ich gehe, schreibe ich dem Wirt noch meinen Namen und meine Telefonnummer auf, er soll mich bitte anrufen, wenn sich etwas tut. Wenn er gar Bea sieht!

Mit diesem Hoffnungsschimmer mache ich mich bereit, aufzubrechen. Auf den Kaffee bin ich eingeladen. Bevor ich aber gehe, mache ich ein gutes Dutzend Fotos von Bärli, um den Film vollzukriegen.

Als ich beim Fotografen den Film (noch in der Kamera, ob er ihn bitte selbst herausnehmen könne?) abgebe, ist er wieder so liebenswürdig, der Besitzer, daß ich mich traue, um noch einen weiteren Gefallen zu bitten: Ob ich wohl einen Text kopieren dürfte? Etwa zehn Seiten? Meine Frage entpuppt sich aber als durchaus legitim, da der Fotoladen einen Kopierapparat für Kunden hat, 1,50 Franc pro Kopie. Zweimal kopiere ich Zhans Text. Man weiß nie. Meine Fotos werden um sechs Uhr abends fertig sein. Die Kamera lasse ich solange auch dort.

~

Das größte der kleinen Mädchen vom sechsten Stock traut sich heute, Bärli die Hand hinzustrecken, damit er daran riecht. Bärli schleckt aber gleich deftig darüber, was viel Gequietsche und Gelächter auslöst. Zurück in der Wohnung, sehe ich mit Schrecken, daß es schon nach elf ist. Und ich wollte noch, bevor ich zum Centre Pompidou aufbreche, einige Freunde von Bea anrufen. Ich blättere als erstes das Büchlein nach einem André durch, weiß jedoch nicht, wie er weiter heißt. Ich finde aber einen André Duchamps gleich am Anfang der D-Seite – wenn er so hoch auf Beas Liste steht, ist es vielleicht der Richtige! Ich lasse es lange läuten, aber es meldet sich niemand. Dann probiere ich es bei einer Elisabeth Manou, die Bea zumindest gut (oder lang) genug kennt, um sie zwei Umzüge lang zu verfolgen: Zwei Nummern sind durchgestrichen. Frau Manou hebt ab und wundert sich sehr über meinen Anruf, nein, sie hat Bea Klinger schon lange nicht gesehen, monatelang. Wieso? Ich entschuldige mich nur für das Mißverständnis und lege auf. Zeitraubende Nullrunde.

Dann finde ich eine Adresse, die ihr Büro sein könnte: *Quotidien*-Hauptbüro hat Bea eingetragen. Es hebt sofort jemand ab, und ich frage nach Bea.

»Nicht hier.«

»War sie gestern da?«

Aber mein Gesprächspartner weiß es entweder nicht oder will sich nicht lange mit mir aufhalten. Ich verstehe seine Antwort zwar nicht genau – wenn ich den Leuten nicht auf die Lippen schauen kann, verstehe ich gleich die Hälfte weniger –, aber er will das Gespräch offenbar beenden. Schnell frage ich noch nach André.

»Welcher André?« fragt er zurück.

»Na, ihr Partner«, sage ich.

»Das bin ich«, sagt er.

Englisch spricht er nicht, aber Italienisch. Das hilft mir nicht. Also geht es in meinem Bonjour-Monsieur-le-professeur-Französisch weiter. Ich sage ihm, daß ich eine Freundin von Bea bin und sie schon seit drei Tagen zu erreichen versuche. »Ist sie vielleicht beruflich unterwegs?« André ruft meine Frage weiter an jemand anderen im Büro. Er weiß es nicht. Niemand weiß es. Bea hat einen Artikel für ihn fertiggeschrieben am – Dienstag war das? –, seit damals war sie nicht mehr im Büro. Aber sie ist freie Mitarbeiterin, und da ist das nichts Außergewöhnliches. Das hilft mir auch nicht weiter. Blöde Tunte, denke ich mir, schäme mich aber gleich dafür.

~

Während der Métro-Fahrt – ohne Umsteigen direkt nach Les Halles – überlege ich, wie ich mich Wei, sollte er tatsächlich aufkreuzen, gegenüber verhalten soll. Der erste Gesetzesbrecher, den ich persönlich kennenlerne, zumindest von dem ich's weiß.

Der *Défenseur du Temps* ist eine Metallkonstruktion, einige Meter über dem Boden an einer Hausmauer montiert, gleich um die Ecke vom Centre Pompidou. Um zwölf Uhr mittags, um sechs und um zehn Uhr abends soll sich die Gruppe laut Reiseführer in Bewegung setzen: Ein Menschenskelett in Ritterrüstung kämpft dann gegen einen Drachen, einen Vogel und eine Krabbe, symbolisch – laut Reiseführer – für die Elemente Erde, Luft und Wasser. Ich habe den *Défenseur* gleich zu Beginn meines Paris-Aufenthalts bei einem Spaziergang entdeckt und daraufhin eben im Reiseführer erfahren, daß sich das Werk sogar bewegt. Bewegen soll. Ich habe es geschafft, gemeinsam mit Dommi – und Bärli natürlich – bei seinem vorletzten Besuch in Paris rechtzeitig um zwölf Uhr mittags dort zu sein, zusammen mit einer Schar ebenfalls gutinformierter Touristen. Es wurde zwölf, die Spannung stieg, das Werk aber blieb still. Ein hilfreicher Lebensmittelhändler von vis-à-vis hat uns dann gesagt, daß der *Défenseur* repariert werden muß, er regt sich schon lange nicht mehr. Enttäuscht sind daraufhin Dommi, Bärli und ich sowie die Touristen – *alle* deutschsprachig, schien's – wieder unserer Wege gegangen. Dem hilfreichen Lebensmittelhändler war allerdings seine riesige Schäfermischlingshündin gefolgt, die Bärli partout auffressen wollte. Mit viel Geschrei von uns und dem Lebensmittelhändler, Drohgebärden und Wegscheuchgesten konnten wir das vorerst verhindern, aber erst als Dommi Bärli aufhob, war der Wirbel vorbei. Die deutschen Touristen sind also doch noch zu einem Spektakel gekommen.

~

Die Schäfermischlingshündin fällt mir erst wieder ein, als ich schon fast beim Centre angekommen bin. Bärli hat sie wohl vergessen, er ist recht vergnügt. Das Wetter hat sich wieder gebessert, manchmal kommt sogar für ein paar Minuten die Sonne durch.

Vor dem *Défenseur* steht wieder eine Gruppe von Menschen versammelt, mit Blick nach oben, die Kameras bereit. Es ist fünf vor zwölf. Wieder höre ich viel Deutsch, drei Japanerinnen sehe ich, eine Familie mit vier Kindern, aber keinen Chinesen – und Gott sei Dank vorerst auch keinen Schäfermischling. Ich warte. Diesmal versucht ein Mann aus dem Fotogeschäft schräg gegenüber, uns zu erklären, daß wir umsonst warten, aber wir glauben ihm nicht und harren aus. Der Camouflage halber lege ich auch den Kopf in den Nacken. Es wird zwölf, der *Défenseur* steht nach wie vor still. Die Touristen ahnen langsam, daß der Mann doch recht hatte, beziehungsweise sie beginnen zu verstehen, was er gesagt hat. Die Köpfe sinken wieder. Allgemeiner Blick auf die Uhr. Man zuckt mit den Achseln, lacht ein bißchen verärgert. Ich mache alle Bewegungen mit.

Als alle gehen, gehen wir auch. Ich stelle mich vor das Schaufenster des Fotogeschäftes, um im Spiegel der Glasscheibe den Platz überschauen zu können, ohne allzu offensichtlich ... da sehe ich ihn schon: Zhan hat nicht weiter ausgeführt, inwiefern Wei wie ein Vogel aussieht, ich hatte daher höchstens ein Vogelgesicht erwartet. Aber Wei hat nicht nur ein Vogelgesicht, sondern auch eine Vogelgestalt: Er bewegt sich wie ein Stelzvogel, wie ein Schreitvogel, macht kleine, ruckartige Bewegungen mit dem Kopf, als wolle er einem entspringenden Frosch nachschauen. In dem Moment, als ich ihn sehe – er hat mich noch nicht entdeckt –, kommt die Schäfermischlingshündin aus dem Lebensmittelladen. Ich habe keine Zeit zu verlieren.

Ich gehe direkt auf Wei zu, der mich mit blanken Vogelaugen anschaut, und sage zu ihm: »Mr. Wei, let's go.«

Schnell gehen wir durch den Durchgang hinaus auf die Rue St. Martin. Wei deutet meine Eile falsch, er schaut sich mehrmals um, sucht vermutlich Verfolger, Polizisten, Feinde. Sein erster Satz an mich ist: »You are not with the police.« Er hat sich sichtlich schon gedacht, daß die Polizei keine solchen Zettel schreibt, und selbst wenn ich mit Ach und Krach Polizistin in Zivil sein könnte, Bärli ist nie und nimmer ein Polizeihund.

Ich werde gleich erklären, wer und was ich bin, er soll nur erst einmal mitkommen.

Wir gehen zur Parkanlage von Les Halles, wundersamerweise *nicht* für Hunde verboten. Ich lasse Bärli von der Leine. Wei und ich setzen uns auf eine Steinbank. Eben kommt die Sonne wieder durch. Wortlos gebe ich ihm Zhans Geständnis. Neidisch schaue ich ihm zu, wie schnell er es liest. Ich habe Stunden gebraucht, um mich durchzubeißen! Ich warte seine Frage, wie ich dazu komme, nicht ab, sondern erzähle ihm gleich von Bea. Und von meinen Ängsten. Stimmt es, daß Zhan auch verschwunden ist? Ja, natürlich stimmt es. Wei ist krank vor Sorge.

Er faltet die Blätter sorgfältig zusammen und fängt an, mir zu erzählen, was darinsteht. Ich mache schon den Mund auf, um ihn zu unterbrechen, sage dann aber doch nichts: Ist doch ganz interessant, ob er alles wahrheitsgemäß wiedergibt. Mit einigen Kürzungen tut er das, was ich ganz beruhigend finde. Er nimmt offenbar an, daß Zhan Bea und Bea mir von dem Treffpunkt im Museum erzählt hat.

Dann bekomme ich seinen Teil der Geschichte zu hören. Wei spricht gutes, fließendes Englisch, mit weichem amerikanischen Akzent.

Mit den beiden anderen ist er ins Chinesenviertel bei der Porte d'Ivry gefahren. Sie haben zweimal das Taxi gewechselt. Sie haben sich dann in einem billigen Hotel einquartiert, in der Nähe des buddhistischen Tempels. Den Koffer mit der Ware haben die beiden mit in ihr Zimmer genommen. Die Verabredung war, um vier Uhr früh und dann immer in Sechs-Stunden-Abständen beim Tempel vorbeizukommen. Wei war immer pünktlich dort, aber Zhan kam nicht. Als er um zehn Uhr abends das vierte Mal zum Tempel ging, wartete er auch auf die beiden anderen vergebens. Dafür sah er zwei Araber, die in einem Auto vor dem Tempel saßen. Er ging zurück ins Hotel. Die beiden anderen waren verschwunden. Mit der Ware natürlich. Er ging immer wieder zum

Tempel, den ganzen nächsten Tag lang. Die Dealer wußten schließlich nicht genau, wie er aussah, sie hatten nur sein Paßfoto, und er hielt sich immer im Hintergrund, dort gibt's schließlich viele Chinesen. (Weiß er denn nicht, daß er wie ein Vogel aussieht? Jetzt hat er es doch sogar schriftlich von Zhan!) Aber Zhan kam nicht.

Sie haben ihn, keine Frage. Was jetzt?

Wir schweigen. Dann sagt Wei, zur Polizei könne er jetzt noch nicht gehen. Es bestehe die Chance, daß Zhan noch lebt. »Und Bea«, fügt er schnell hinzu. Wenn jetzt die Polizei auftaucht, werden sie die Zeugen verschwinden lassen. Er sieht die einzige Chance darin, mit den Leuten zu verhandeln. Das Geständnis gegen die beiden Geiseln? Ein bißchen wenig, was er zu bieten hat.

Ich muß ihm in beiden Punkten recht geben. Sowohl was die Polizei, als auch was ein Tauschgeschäft betrifft. Und den Stoff hat er nicht.

Bärli hat einen Spielgefährten gefunden, einen braunen Mischling, etwas kleiner als er, doch das Nachlaufenspiel will nicht so recht gelingen: Bärli hat ihn immer schon nach ein paar Sekunden eingeholt, umgekehrt hat der Kleine keine Chance, Bärli jemals zu erwischen. Er wartet dann großmütig, sieht sich aber schon nach neuen Gespielen um.

Schweigend sitzen Wei und ich in der Sonne. Kalt ist es trotzdem.

Ich spreche dann zuerst aus, was wir uns offenbar beide gedacht haben. Wei nickt dazu sein Vogelnicken. Ich glaube, Wei will nur nicht sagen, was offensichtlich auf der Hand liegt, weil es für mich jedenfalls unangenehm wird, für ihn hingegen nicht. Aber es läßt sich, wie immer ich es drehe und wende, nicht umgehen: *Ich* muß mit den Dealern ins Gespräch kommen und ihnen den Tausch vorschlagen. Sobald sie Wei hätten, würden sie ihn einfach zwingen, die Säcke herauszugeben, und wenn er sie dann nicht vorweisen kann, *eh bien*. Daher muß ich als Vermittlerin dazwischenstehen. Nur wie und wann? Was biete ich an? Gehe ich auf den einen der beiden Wagen zu, der gerade dasteht, klopfe höflich ans Fenster und sage: »Entschuldigung, Monsieur, es geht mich ja nichts an, aber ich habe hier ein paar Seiten Text, die ich gern gegen Ihre zwei Geiseln tauschen möchte«?

Die Sonne verschwindet wieder hinter dunklen Wolken. Wei und ich frösteln.

Ich sage ihm nichts von den Fotos und den Autonummern. Ich glaube zwar nicht, daß er ein doppeltes Spiel spielt, aber jetzt ist nicht die Zeit für Vertrauensseligkeit. Statt dessen schlage ich ihm vor, daß wir beide die Sache nochmals überdenken und einander am Abend anrufen. Vielleicht fällt uns etwas Besseres ein als mein Text-gegen-Geisel-Tauschversuch. Etwas Handfesteres. Ich möchte zum Beispiel wissen, ob die Fotos etwas geworden sind.

Wir verabreden, daß ich ihn um sechs Uhr abends anrufe. Sollte ihm etwas dazwischenkommen, so werden wir beide versuchen, jeweils zur vollen Stunde erreichbar zu sein, und dann eben sehen, wer wen zuerst erwischt. Wir prägen uns jeweils die Nummer des anderen ein. Weis Hotel hat zwar kein Zimmertelefon, aber er wird gerufen, wenn ein Anruf für ihn kommt. Ob er Geld braucht? Nein, danke, wirklich, er habe noch genug.

~

Es ist erst kurz nach eins, als ich wieder in der Métro sitze. Das Treffen mit Wei hat mich tief deprimiert, vor allem seine Ratlosigkeit. Er weiß genausowenig wie ich, was in so einer Situation zu tun ist, noch dazu ist er Fremder ohne Paß, ohne Sprachkenntnisse. »Displaced persons« nannte man, glaube ich, zum Beispiel die überlebenden KZ-Insassen nach dem Krieg – Wei kommt zwar aus einem ganz anderen Alptraum, wirkt dennoch unsäglich »displaced«. Seine Verlorenheit sitzt tief – ich vermute, daß er, seit seine Verlobte verschwunden ist, kein wirkliches Leben mehr hat. Er wirkt ausgebrannt, mutlos, schicksalsergeben.

~

Ich gehe nur für einen Sprung zurück nach Hause. Kurz überlege ich, ob ich noch versuchen soll, weitere Freunde von Bea anzurufen, doch ich glaube mittlerweile nicht mehr an ein Mißverständnis: Bea ist entführt worden, ich weiß es. Ich ziehe mich schnell um: dunkelgraue Stretchhose, braune Sportjacke, die bequemen

Schuhe, und verlasse die Wohnung, kaum drei Minuten nachdem ich zurückgekommen bin. Ich keuche sogar noch, als wir wieder hinuntergehen. Die schwarzen Kinder sitzen noch auf der Stiege, von der aus sie Bärli nachgeschaut haben.

Wir fahren in den Bois. Bärli kann sein Glück kaum glauben. Auch mir wird ein flotter Spaziergang, Frischluft, Frühlingswind guttun. In der Wohnung habe ich noch einen weiteren Frühlingsboten entdeckt: Der Spannteppich im Wohnzimmer ist schwarz von Bärlis Haaren – er verliert schon den Winterpelz.

~

Das Wetter ist nach wie vor unbeständig, aber ich habe ohnehin meinen Schirm dabei. Ich mache lange Schritte, flott, federnd. Ich brauche den Auslauf fast dringender als Bärli. Langsam lockert sich mein Stimmungstief. Es ist geradezu unmöglich, in einem so herrlichen Wald, begleitet von einem so übermütigen Hund, länger depressiv zu sein. Ich versuche zwar, an Bea und Zhan zu denken und was zu tun sei, aber meine Gedanken fliegen weg, hoch in die Baumkronen. Kraß schwarzweiß gezeichnete Vögel schreien im Geäst. Bärli zieht Runde um Runde.

Ich gehe den üblichen Weg Richtung Lac de Minimes, einen kleinen Pfad entlang hinein in den Wald, wo Bärli so gern herumtollt. Dann wieder zurück zur Route des Dames – und wieder nach rechts, um ein eingezäuntes Geviert herum, in dem Jungbäume aufgezogen werden. Hier wird der Wald schon dichter, man sieht nur ein Stück den Weg entlang, solange er gerade verläuft; auf beiden Seiten verstellt hohes Buschwerk, das eben die ersten zarten Blätter entrollt, den Blick. Ab und zu lichtet sich das Gestrüpp.

Ich bemerke Goldilocks erst, als er etwa zwanzig Schritte vor mir steht. Mitten auf meinem Weg. Den zweiten Mann sehe ich fast im selben Moment, er nähert sich von links, ist aber noch ein Stück entfernt. Noch weiter weg höre ich Bärli durchs Unterholz fegen. Rechts.

Ich gehe noch ein paar Schritte weiter, dann bleiben meine Beine einfach stehen. Goldilocks wartet kurz, setzt sich dann in Bewegung. Laufe ich davon? Wie denn, wenn ich nicht einmal einen Schritt machen kann? Meine Beine empfangen im Moment keine Befehle von meinem Kopf! Goldilocks kommt näher, der Mann links ebenfalls. Es rauscht in meinen Ohren, ich kann Bärli nicht mehr hören, ich kann gar nichts hören. Goldilocks öffnet seine Jacke und zieht eine Pistole aus dem Gürtel, alles in Zeitlupe. Er kommt immer noch Schritt für Schritt näher, aber ich höre nichts, nicht das Rascheln des Laubs unter seinen Füßen, nicht den Wind in den Bäumen, nur mein Blut rauscht laut wie ein Wasserfall in meinen Ohren. Goldilocks sagt etwas, ich sehe, daß sich seine Lippen bewegen, doch ich kann ihn nicht hören. Dann, als käme seine Stimme von unendlich weit her, lese ich mehr von seinen Lippen, als ich es höre: »Les clés, vite.« Er streckt mir die leere Hand entgegen, die Pistole in der Rechten zeigt auf mich. Plötzlich ist Bärli da, mit gesträubtem Fell und geblecktem Gebiß rast er auf Goldilocks zu. Knurrt er, bellt er? Ich stehe immer noch wie unter einer Glasglocke, nur ganz weit hinten in meinem Kopf ist eine dünne, wütende Stimme, die sagt: Tu etwas, beweg dich endlich, steh nicht da wie ein Trottel, laß nicht alles einfach passieren! Aber ich kann nicht, noch nicht.

Meine Lähmung löst sich erst, als Bärli fast bei Goldilocks angekommen ist, immer noch höre ich ihn nicht, aber zum ersten Mal in meinem Leben, glaube ich, beziehungsweise in *seinem* Leben, wird mein Hund jemanden beißen. Nicht tief, nicht gefährlich, dazu ist er zu klein, aber Bärli wird jetzt an Goldilocks hochspringen und in sein Fleisch beißen, wo immer er es erwischt. Goldilocks hat denselben Gedanken. Immer noch langsam, wie unter Wasser, dreht er den Oberkörper hin zu dem heranjagenden Hund, dreht auch den Arm mit der Waffe, richtet sie auf Bärli, zielt.

Goldilocks ist knappe fünf Meter von mir entfernt, Bärli vielleicht ebensoweit von ihm, als ich endlich meine Glieder wieder unter Kontrolle bekomme. Es bleibt keine Zeit zu überlegen, ich werfe das einzige, was ich werfen kann, zwischen Bärli und den Mann: den Regenschirm, auf dessen Griffknopf ich noch im Werfen drücke, so daß er im Flug erst aufklappt. Bärli erschrickt immer, wenn plötzlich ein Schirm aufgespannt wird, so auch jetzt: Quietschend springt er zur Seite. In dem Moment schießt Goldilocks, schießt auf den Schirm, aber nicht auf Bärli. Der Schuß geht daneben, reißt ein kleines Loch in den Schirm, der aber getreu seiner ursprünglichen Flugbahn weiterfliegt, mit absurder Grazie auf den Boden sinkt.

Mein Gehör bekomme ich als letztes wieder: Ich höre das Fahrrad erst, als es mich schon rechts auf meinem Weg überholt. Es zischt an mir vorbei, als Goldilocks eben zum zweiten Mal den Arm hebt, die Pistole auf Bärli richtet, der noch verdattert vom Knall dasteht, und da sehe ich ihn erst: meinen Helden, meinen Retter, meinen Pensionisten! In seiner hocherhobenen Linken hält er eine Waffe, die ich nicht auf den ersten Blick erkennen kann, erst als er sie mit einem wilden Schlag auf Goldilocks Kopf heruntersausen läßt, erkenne ich am wegflatternden Luftschlauch eine alte Fahrradpumpe, so wie es sie in meiner Kindheit gab: eine Metallröhre mit aufklappbarem Griff. Goldilocks ist seinerseits wie betäubt von seinem Schuß, der vermutlich entsetzlich laut durch den Wald geknallt ist, aber ich habe ihn kaum gehört. So konzentriert ist er auf den angreifenden Hund, daß er den Radfahrer erst sieht, als es schon zu spät ist. Er reißt den Arm mit der Waffe herum, dann den linken hoch, um den Kopf zu schützen, aber zu spät.

Er fällt nicht der Länge nach hin, sondern kippt langsam nach hinten, bis er das Gleichgewicht verliert, bleibt dann aber fast lachhaft korrekt aufrecht auf dem Weg sitzen, mit gerade durchgestreckten Beinen, die Arme, auf die er sich stützt, seitlich nach hinten gestreckt. Blut rinnt ihm übers Gesicht. Der Pensionist wird von der Wucht seines Schlages fast vom Fahrrad geschleudert, nur mühsam balancierend vermeidet er den Sturz, steht jetzt regungslos da. Er fängt sich als erster: »Venez, Madame, venez vite!« Er deutet auf den Gepäckträger seines Fahrrads, dann auf den anderen Mann, den zweiten, der sich mittlerweile in Trab gesetzt hat und auf uns zuläuft: »Venez vite!«

Ich laufe nach vorn zu seinem Rad, mache einen Bogen um den immer noch still dasitzenden Goldilocks, pfeife nach Bärli, der sofort angesprungen kommt, und schwinge mich auf den Gepäckträger – seit ich zwölf bin, habe ich nicht mehr huckepack auf einem Fahrrad gesessen, doch das verlernt man nicht, heißt es.

Mein Retter im blauen Anorak tritt in die Pedale, wir schwanken, wir wackeln, aber dann sind wir in voller Fahrt, der begeisterte Bärli rennt neben uns her.

Der Pensionist bringt mich bis zum Ufer des Lac, dann geht ihm die Luft aus. Mit klapprigen Beinen steige ich ab, er ebenfalls. Er hält sich am Griff seines Rades fest, die Pumpe immer noch in der Linken, er hat sie quer über die Lenkstange gelegt.

»Merci mille fois, Monsieur.«

Er lächelt mich an, immer noch atemlos. Er ist der dritte fremde Mann, dem ich heute nahe komme, und weitaus der angenehmste der drei. Er sieht sauber aus, glatt rasiert und frisch geschrubbt, er riecht auch leicht nach Seife. Im Stehen ist er noch kleiner, als ich gedacht hatte.

Nochmals danke ich ihm und frage dann, ob er mir bitte seine Telefonnummer geben kann? Ich werde ihn, sobald ich kann, anrufen und ihm alles erzählen, aber jetzt ist nicht die Zeit dazu.

Ob er mich noch ein Stück irgendwohin fahren soll?

»Danke, Monsieur, aber Sie sind zu ...« »Visible« fällt mir ein, auf dem Fahrrad, in Blau. Ich werde jetzt einfach im Wald verschwinden, nach rechts durchgehen bis zur Porte Dorée. Ja, ich weiß, daß das noch ein schönes Stück ist, doch *je marche bien, n'est ce pas?*

Er hat aus seinem Portemonnaie in der Innentasche seines Anoraks eine Visitenkarte gezogen und gibt sie mir mit einer kleinen Verbeugung, die bei ihm ganz selbstverständlich wirkt. Er wird sich freuen, von mir zu hören. Und jetzt soll ich gut auf mich achtgeben. Er glaubt, daß sogar noch ein dritter Mann hinter mir her war. Er hat sie – und mich – schon beobachtet von dem Moment an, als ich die Route des Dames betrat. Ob ich sicher bin, daß ich nicht zur Polizei will?

»Non, vraiment. Et au revoir. Et merci.«

~

Bärli und ich überqueren die Durchgangsstraße – ein heikler Moment, so exponiert, aber ich glaube nicht, daß die Kerle sich so schnell bewegt haben. Sie sind schließlich auch zu Fuß unterwegs.

Bärli hat seinen Schreck schon vergessen und ist fröhlich wie eh und je.

Wenn wir uns heute nicht verirren, können wir in eineinhalb Stunden, vielleicht sogar etwas schneller, an der Porte Dorée sein, so gegen vier bis Viertel nach. Dann brauchen wir noch ungefähr vierzig Minuten mit der Métro nach Hause. Einmal umsteigen. Ich habe also zwei bis zweieinviertel Stunden Zeit, um mir etwas einfallen zu lassen.

Ich habe drei Probleme: Erstens muß ich ungehindert nach Hause kommen. Zweitens muß ich den Arabern den Tausch vorschlagen. Und drittens muß ich irgendwie – *wie in aller Welt?* – dafür sorgen, daß sie ihren Teil des Abkommens einhalten.

Aber ich habe jetzt erstmals einen Vorteil auf meiner Seite: Ich bin wütend. Seit Goldilocks auf Bärli angelegt hat, ist eine Wut in mir hochgestiegen, die ihren Gipfel noch immer nicht erreicht hat. Das ist gut so, denn irgendwoher werde ich ziemlich viel Mut brauchen. Und Wut ist doch so was ähnliches.

In erster Linie bin ich wütend auf mich selbst: Ich habe es zugelassen, daß es soweit kommt. Seit drei Tagen lasse ich es zu, daß meine Freundin irgendwo festgehalten wird und weiß Gott was durchmachen muß. Es ist noch Winter: Ist der Raum geheizt, in dem sie sitzt? Kriegt sie zu essen? Darf sie auf die Toilette gehen? *Lebt sie noch?*

Und was denkt sich Bea wohl? Sie kennt mich lange, aber schlecht. Sie wird sich ausmalen können, daß ich nicht die ganze Nacht in ihrer Wohnung gewartet habe am Dienstag. Dann waren die Männer in ihrer Wohnung und haben das Geständnis gesucht, aber nicht gefunden. Sie weiß, daß ich es habe. Sie weiß, daß ich es lesen konnte. Ich habe sicher versucht, sie am Mittwoch anzurufen, oder? Und heute? Und ich muß doch gemerkt haben, daß hier etwas nicht stimmt – und da habe ich doch gewiß etwas unternommen! Leider kennt mich Bea wirklich schlecht: Nichts habe ich getan, um ihr zu helfen. Statt dessen habe ich an meiner Übersetzung weitergearbeitet und Bärli gefüttert und mir abends Butterkartoffeln gekocht. Und Bea irgendwo sitzenlassen und anderen Leuten noch erzählt, daß man sie entführt hat, aber unternommen habe ich nichts.

Sogar der alte Monsieur Génin wurde in eine Geschichte verwickelt, mit der er nicht das geringste zu tun hat. Seinem langsamen Sohn Robert wurde eine Waffe an den Kopf gehalten, bis der alte Monsieur Génin alles verriet, was er wußte, damit der Mann seinen Sohn wieder freigab. (Selbst in meiner Wut merke ich, daß ich über das Ziel hinausschieße, denn bis zu dem Zeitpunkt, als die Dealer bei Génin anklopften, hätte ich noch gar nichts unternehmen können.)

Ich habe es zugelassen, daß Bärli glaubt, einen Menschen anfallen zu müssen, um mich zu verteidigen. Ich weiß bis jetzt nicht, wie er überhaupt spitzgekriegt hat, daß etwas faul ist. Habe ich geschrien? Um Hilfe gerufen? Meine Panik war so allumfassend, daß ich gar nichts mit Sicherheit sagen kann. Oder hat Bärli nur gespürt, daß da etwas nicht in Ordnung ist? Er ist zwar recht sensibel, unser Hund, doch irgend etwas muß er gesehen oder gehört haben, um so zu reagieren.

Und wie hätte ich es Dommi erklärt: Leider ist mir beim Spaziergang im Bois de Vincennes irrtümlich Bärli erschossen worden. Da waren ein paar Leute, die wollten Schlüssel von mir. Ich habe sie zwar schon zuvor gesehen und sogar fotografiert, ihre Autokennzeichen aufgeschrieben, und ich weiß, daß sie Bea gekidnappt haben und Zhan und daß sie Rauschgift schmuggeln und alte Männer und langsame Söhne bedrohen – aber getan habe ich nichts. Ich habe lieber abgewartet, bis sie mich wie Rotkäppchen im Wald dabei erwischen, wie ich Fliegenpilze pflücke und ein Liedchen trällere, und da haben sie mir halt leider meinen Hund erschossen.

Ich habe mir die Wahrheit mittlerweile in drei Sprachen erzählen lassen und jede Menge Beweise dafür gefunden, aber geglaubt habe ich sie leider nicht.

Dem Mann, der sich vor der Polizei und vor mörderischen Dealern versteckt und der nicht weiß, wo seine Verlobte ist und wie es ihr geht, dem habe ich die trostreichen Worte gesagt, ich würde über sein Problem nachdenken. Und ich war sogar großzügig, ich war bereit, ihm ein paar hundert Francs zu schenken, wenn er sie gebraucht hätte.

Und schließlich zu dir: Wenn man uns dann den Hund erschossen hätte und wenn dann nicht wie Gott aus der Maschine ein französischer Pensionist mit guten Manieren und scharfen Augen und eiserner Fahrradpumpe dahergekommen wäre und dem bösen Buben eins über den Schädel gezogen hätte, ja, dann weiß ich immer noch nicht, in welchem Zustand du denn deine Freundin wiedergekriegt hättest.

Das alles, weil ich nicht imstande war, jemanden um Hilfe zu bitten, zur Polizei zu gehen – ich hätte mich ja geschämt, mit so einer Geschichte und meinem schlechten Französisch zur Polizei zu gehen und dort alles zu erzählen, denn vielleicht hätte man mir nicht geglaubt, und dann hätte ich mich ja blamiert, also lasse ich lieber Bea in einem dunklen Zimmer verrotten und Bärli erschießen, weil ich schließlich nicht riskieren kann, daß jemand über mich lächelt und vielleicht gar zu seinem Kollegen sagt, eine recht phantasiebegabte Frau, die da.

Ich bin beim Lac Daumesnil angekommen, jetzt sind es noch zwanzig Minuten bis zur Porte Dorée.

Ich habe jetzt noch sechzig Minuten Zeit, meine drei Probleme zu lösen.

~

In der Métro nehme ich Bärli nicht gleich auf den Schoß, sondern mache zuerst meine große Umhängetasche auf. Ich habe knapp über 500 Francs dabei. Gut so.

Und jetzt muß ich endlich nachdenken. Komm, Bärli, hops auf den Schoß. Ausnahmsweise auch mit Dreckpfoten.

Vierzig Minuten später steige ich in der Station Simplon aus, das ist eine Station weiter, als ich sonst fahre. Aber ich will diesmal nicht direkt nach Hause. Ich habe Erledigungen zu machen. Zuerst in einen Hundesalon: Ich kaufe für Bärli einen rosa Regenmantel, einen von diesen länglichen Plastiklappen mit Druckknöpfen, die Hunde vor dem Regen schützen sollen. Bärli hat so etwas noch nie angehabt, er wehrt sich ein bißchen, als ihm das Stück anprobiert wird, läßt es dann aber über sich ergehen. 120 Francs (!).

Dann zum Friseur: Ich kaufe mir eine schwarze, glatte Kurzhaarperücke. Ich probiere sie nur kurz auf. Die Größe paßt, mehr brauche ich gar nicht. Sonderpreis 195 Francs. Der Friseur führt auch Kosmetika. Ich nehme das dunkelste Make-up, das noch für Weiße konzipiert scheint. Es gäbe noch dunklere, aber mir genügt das so – hoffentlich. 65 Francs.

Beim Friseur habe ich meine Sportjacke ausgezogen und umgedreht, obwohl sie keine wirkliche Wendejacke ist. Jetzt habe ich außen keine Taschen, dafür aber statt der dunkelbraunen wasserabweisenden Außenseite das weiche, warme Flanellfutter mit albernem Muster: rosa Eisbären und blaue Pinguine vor einer Schneelandschaft mit ein paar Iglus.

In einem Billigladen an der Ecke kaufe ich dazu passende Leggings in Rosa und Blau. 50 Francs.

Dann noch zum Lebensmittelhändler, 3 Kilo Mehl, 18 Francs. Eine Packung weißer Plastiksäcke, 4 Francs.

Dann zum Fotografen: Es ist zwar noch nicht sechs, aber meine Fotos sind schon fertig. Sie sind sogar gut geworden: Die Männer im Auto sind deutlich zu erkennen. Der Besitzer ist wieder selbst im Laden. Ich frage ihn, ob er die Fotos auch in Fotokopie vergrößern kann, sie müssen nicht sehr gut sein, die Kopien, Schwarzweiß ist auch okay, aber ich brauche sie gleich. Er hilft mir, den Kopierer so einzustellen, daß ich die zwei Fotos, die ich ausgesucht habe, stufenweise bis zu A4 vergrößern kann. Ich mache von beiden Fotos je 15 A4-Kopien. Dann sage ich dem Besitzer gleich, daß ich jetzt leider nicht bezahlen kann, denn ich habe meine Kreditkarte zu Hause liegenlassen. Ob ich ihm die Kamera weiter dalassen kann, ich hole sie mir dann morgen und begleiche die Rechnung?

»Pas de problème, Madame.«

Zuletzt gehe ich mit Bärli in eine Münztoilette. Die 2 Francs habe ich noch. Eine dicke Frau mit noch dickeren Einkaufstaschen schaut mir entgeistert zu, wie ich mit dem Hund hineingehe. Warte nur fünf Minuten, meine Liebe, denke ich mir, warte, bis ich wieder herauskomme mit dem Hund: Dann kannst du dich noch mehr wundern.

In der Kabine – es stinkt, aber mehr chemisch als nach sonst was – schmiere ich mir das dunkle Make-up aufs Gesicht und auf die

Rückseite der Hände. Ich stülpe mir die Perücke über den Kopf. Ich sehe jetzt aus wie eine mittelhelle Mulattin. Die Jacke lasse ich mit dem Futter nach außen und ziehe die rosa-blauen Leggings gleich über meine Stretchhose. Ich sehe nicht mehr aus wie die hellhäutige Frau in dunklen Kleidern; ich bin jetzt dunkelhäutig in hellen Kleidern. Aus der Nähe erkennt man, daß ich eine billige Perücke aufhabe und dickes Make-up im Gesicht, aber auf eine gewisse Entfernung merkt man beides hoffentlich nicht.

Auch Bärli schmiere ich Make-up auf den Kopf, den Schwanz und die Beine. Es hält ganz gut auf seinen Haaren. Er sieht jetzt aus wie ein schmutzigbrauner Hund, nicht mehr wie ein schwarzer. Der Regenmantel entstellt ihn noch mehr.

Ich schlüpfe aus dem linken Jackenärmel und hänge mir die Tasche unterhalb der Jacke um die Schulter, ziehe dann den Ärmel wieder an. Die Jacke ist weit genug, man sieht nicht, daß ich etwas darunter trage.

Ich angle die Schlüssel aus der Jackentasche, die jetzt innen ist statt außen. Ich halte sie in der Rechten bereit. Dann kommt das Schwerste: Ich lasse Bärli von der Leine. Die Pariser lassen ihre Hunde am liebsten frei laufen. Ich befehle ihm scharf, bei Fuß zu gehen.

Ich mache die Toilettentür auf und trete auf die Straße. Die dicke Frau ist weg. Mit dem Hund dicht an meinem rechten Bein (wir haben Bärli das falsch beigebracht, erst später haben wir erfahren, daß *bei Fuß* links gehen heißt, aber das war uns dann egal) marschiere ich (*bien!*) die Straße hinunter und biege links in die Gasse ein, in der ich wohne. Ich habe noch etwa vierzig Meter bis zu meinem Haustor zu gehen.

~

Statt der Weißen mit dem schwarzen Hund, den dunklen Kleidern und der Umhängetasche geht eine dunkelhäutige Frau mit schwarzen Haaren, braunem Hund und hellen Kleidern ohne Tasche zügig, aber nicht schnell auf unser Haus zu. Von weitem schon sieht sie die Kerle: Zu dritt stehen sie genau vis-à-vis von ihrem Haustor auf der anderen Straßenseite. Ihr brauner Hund geht brav bei Fuß. (Es hilft, daß er müde ist.) Die Frau beachtet die drei Männer nicht, sondern geht unbeirrt weiter. Nach einiger Zeit merkt die Frau, daß sie manchmal doch atmen muß, und tut es. Im Kopf der Frau singt eine Kinderstimme ein schrilles Lied: Bärli und Gretel verliefen sich im Wald ...

Die Frau verlangsamt den Schritt nicht, als sie sich ihrem Haustor nähert, sondern sie geht stur weiter, bis sie davor ankommt, hält dann ruckartig, *na bravo, auffälliger geht's wohl nicht*, und gibt mit eiskalten, steifen Fingern den Türcode ein. Die Männer auf der anderen Straßenseite haben ihr zwar entgegengeschaut, sich aber nicht bewegt. Die Frau sieht nicht, was die Männer machen, aber unter der Perücke sträuben sich ihre Haare. Der Frau gelingt es auf Anhieb, den richtigen Code einzugeben. Der Hund steht brav neben ihr. *Gott sei Dank ist kein anderer Hund in der Nähe.* Die Frau drückt auf den Messingknauf der Tür, aber die rührt sich nicht. Das passiert manchmal. Ruhig gibt die Frau nochmals den Türcode ein. Es gelingt ihr wieder, ohne sich zu verhaspeln. Diesmal hört sie den Mechanismus in der Tür klicken und weiß, sie wird aufgehen.

Da hört die Frau eine Männerstimme hinter sich rufen: »C'est elle!«

Aber die Frau drückt unbekümmert die Tür auf, läßt dem Hund den Vortritt – *geh schon, Bärli!* – und geht selbst durch die Tür, und kaum, daß sie durch ist, schmeißt sie sich von innen dagegen, so daß die Tür schneller zufällt, als sie es sonst getan hätte. Im selben Moment wirft sich auch außen ein Gewicht gegen die Tür, aber zu spät.

Mit eisigen, steifen Fingern sperre ich die Glastür auf, die zum Treppenhaus führt, und drücke auch diese hinter mir zu. Ich höre nicht, ob sich die Männer noch gegen die Tür werfen, ob sie klopfen, trommeln oder rufen. Ich höre wieder nur das Rauschen meines Blutes in meinen Ohren.

Auf der Treppe zwischen viertem und fünftem Stock bekomme ich einen Krampf im linken Oberschenkel, der mich fast umwirft. Bärli ist schon oben, er erwartet mich an der Wohnungstür. Ich ziehe mich am Geländer die restlichen Stufen hoch. Es tut höllisch weh.

Ich schließe die Tür hinter mir, keuchend, sperre beide Schlösser der Wohnungstür doppelt ab, schiebe den dicken Riegel vor und klicke die Kette ein. Dann setze ich mich gleich hinter der Tür auf den Boden und massiere mein Bein. Langsam läßt der Krampf nach.

~

Ich habe nicht viel Zeit: Es ist Viertel vor sechs. Ich kann mich nicht zu lange in der Wohnung aufhalten. Bisher waren mir immer die Kerle einen Schritt, ach was, tausend Kilometer! voraus, aber jetzt muß ich einmal die Schnellere sein. Bevor sie sich einfach Zutritt verschaffen und das Geständnis bei mir abholen, wie sie sich das gedacht haben.

Zuallererst wasche ich mir aber die Farbe von Händen und Gesicht. Es tut unwahrscheinlich gut, das heiße Wasser über meine steifen Finger laufen zu lassen, ich seife sie viel länger und gründlicher als nötig. Weg auch mit der Perücke. Dann wische ich auch den armen Hund schnell ab, nicht so hundertprozentig, aber ich befeuchte sein Handtuch, das ich immer neben der Tür liegen lasse für den Fall, daß Bärli mit dreckigen Pfoten nach Hause kommt, damit ich sie ihm gleich sauberwischen kann. Man wird es nicht glauben: Das ist eine Idee meiner Mutter. Ich wische Bärlis Kopf ab. Wie schon so oft bin ich hoffnungslos gerührt von Bärlis Vertrauensseligkeit, mit der er alles über sich ergehen läßt, was wir ihm zumuten. Reisen in fremde Länder, Impfungen mit vier Flüssigkeiten, Fast-erschossen-Werden im Bois: Bärlis Vertrauen zu uns ist grenzenlos.

Dann füttere ich ihn: Das Futter steht schon fertig im Kühlschrank, ich muß es nur ein bißchen anwärmen, dann die Metallschüssel wieder in kaltem Wasser abkühlen, damit er sich nicht die Schnauze verbrennt. Sorry, Bea, Zhan, soviel Zeit muß sein. Ich habe vergessen, den Tiefkühlspinat ins Gefrierfach zu geben, eine grüne Lache hat sich um den Einkaufsbeutel gebildet. Ich nehme mir dann noch eine Extraminute, um Bärli beim Fressen zuzuschauen. Es ist so beruhigend, wenn ein kleiner Hund gut bei Appetit ist. Bärli ist heute hungrig. Ich ja weniger.

Die ganze Zeit horche ich: Kommen sie? Schritte auf der Stiege?

Alles bleibt ruhig.

Ich gehe ins Wohnzimmer und rufe in Weis Hotel an. Er kommt sofort an den Apparat, als man ihn ruft. Er hat sich in dem Hotel als Mr. Wang eingetragen, man hat bisher noch keine Papiere von ihm verlangt, hat er gesagt.

Ich vergleiche die Uhrzeit mit ihm, wie ich es in hundert Gangsterfilmen gesehen habe: Es ist Punkt sechs. Dann sage ich ihm, daß er sich, wenn er vorher nichts von mir hört, genau um sieben Uhr der Polizei stellen soll, um eine Aussage zu einem Drogenschmuggel zu machen. Er soll sich selbst anzeigen. Und dann soll er der Polizei meine Adresse geben – ich lasse sie ihn sicherheitshalber wiederholen – und sofort zu mir schicken, denn hier würden die Drogenpakete soeben weitergeleitet. Er muß die Polizei davon überzeugen. Sie sollen nach drei Arabern Ausschau halten, die einen großen grünen Wagen fahren. Fotos der Männer werde ich aus dem Fenster werfen.

Idealerweise soll er versuchen, sich mitnehmen zu lassen, er muß sagen, daß er die Leute identifizieren kann. Mit je mehr Blaulicht und Uniformen er ankommt, um so besser. Aber nicht vor sieben Uhr beginnen damit, okay?

Okay.

Dann lasse ich mir von ihm die Größe, den Umfang, die Dicke der Pakete beschreiben, die Zhan und er und die zwei anderen geschmuggelt haben. Sie waren etwa 10 x 10 Zentimeter, flach, nicht prall gefüllt. In weißes Plastik eingeschweißt, aber es sah so aus, als wäre darunter noch eine Schicht Plastik, man konnte die äußere Schicht ein wenig hin- und herschieben. Wie viele Pakete den Gangstern noch fehlen? Ich weiß, es sind acht, frage aber nur so zur Sicherheit. Ich verstehe die Welt nicht mehr, als Wei vierzehn sagt, *fourteen*. Bei unserem Treffen bei Les Halles hat er nur von einem Teil gesprochen, den sie nicht abgeliefert hatten, ich habe das nicht genauer hinterfragt, weil ich ja schon wußte (?), wie viele es sind. Ich frage nochmals: »Sind Sie sicher, vierzehn Päckchen?«

»Ja.«

~

Das wird eine feine Bastelarbeit. Aber nicht für jetzt. Jetzt genügt mir ein Sack.

Ich bin übernervös, klapprig und müde, und mein linkes Bein in seiner gräßlich rosa-blauen Hose tut mir noch immer weh.

Ich fange an, denn die Uhr läuft bereits: Ich schalte das Bügeleisen an, Plastiksack Nr. 1 wird zurechtgeschnitten – ich halte ein Lineal daneben, damit ich die Größe richtig hinkriege –, mit Mehl flach, aber nicht prall gefüllt, mit dem heißen Eisen versuche ich dann, den Rand des Sackes, den ich zwischen zwei Lagen Geschirrtücher lege, zusammenzuschweißen. Na bitte, es gelingt! Dann die zweite Plastikschicht darüber, den Rand schneide ich sauber ab. Ich habe ein perfektes, kleines, handliches Drogensäckchen vor mir, das nicht einmal ein Laie von einem echten unterscheiden kann. Ich lache ein bißchen hysterisch.

Ich schalte das Bügeleisen wieder aus, fürs erste genügt mir dieses Musterexemplar. Was noch? Die Kopien der Fotos, bis auf zwei, die ich für die Polizei aufhebe, ebenso wie die ersten Abzüge. Zhans Geständnis. Meine Telefonnummer schreibe ich auf einen Zettel, den ich ebenfalls einstecke. Ich ziehe mich nicht um, drehe nur die Jacke wieder zurück, mit der braunen Seite nach außen. Soll ich Bärli mitnehmen? Er hat gerade fertiggefressen und kommt schwanzwedelnd ins Zimmer gelaufen. Ich füttere ihn in der Küche, weil er immer ein bißchen kleckert. Am liebsten würde ich ihn mitnehmen, einfach, weil er mein Hund ist, in guten wie in bösen Zeiten. Aber er würde mich behindern. Wenn andere Hunde da sind zum Beispiel. Und ich würde ihn unnötig in Gefahr bringen. In der Wohnung ist er sicher – die Typen werden keine Zeit haben, hier einzubrechen, ich werde sie beschäftigt halten.

Das erste Problem hat sich ja glatt lösen lassen: Ich bin unbehelligt in die Wohnung gekommen. Die zweite Phase wird schwieriger. An die dritte denke ich noch gar nicht. Jetzt brauche ich aber noch ein paar Vokabeln. Rasch schlage ich im Robert & Collins nach: Geständnis heißt »aveu«. Na bitte.

Ich checke nochmals den Inhalt meiner Taschen. Links das Säckchen, rechts der Zettel mit meiner Telefonnummer und die Kopie von Zhans Text, zusammengefaltet. Die kopierten Fotos klemme ich unter meinen linken Arm. »Ciao, Bärli, paß gut auf dich auf. Geh schön Platz, ich gehe nur – einkaufen.«

Ich sperre die Wohnungstür doppelt ab und laufe die Treppe hinunter. Mein linkes Bein tut noch weh. Ich habe immer noch meine bequemen, festen Laufschuhe an, lederne Halbschuhe mit harter Sohle. Gut so. Im Stiegenhaus wiederhole ich im Kopf meinen Text, wie ein nervöser Schauspieler. Ich bin mehr als nervös: Mir ist schlecht vor Angst.

~

Auf der Straße angekommen, überrascht es mich nicht, daß die Kerle nicht mehr dem Haus gegenüber stehen. Nach meinen Überlegungen müßten sie sich ins Auto gesetzt haben, denn sie wissen ja nicht, ob ich nicht doch die Polizei gerufen habe. Dann müßten sie natürlich schnell weg. Sie müssen unerkannt und unauffällig bleiben. Ich aber nicht, gerade im Gegenteil.

Rechts hinter der Kreuzung vor meinem Haustor sehe ich den grünen Wagen hinter einem gelben kleinen Wagen geparkt. Davor noch zwei weitere Autos. Die Schnauze schaut in meine Richtung, das heißt, der Fahrer sitzt auf der Straßenseite.

Es ist jetzt sechs Uhr fünfundzwanzig. Die Pariser sind auf ihrem Heimweg vom Büro, vom Geschäft, von der Fabrik. Die Straße ist belebt. Viele tragen das abendliche Baguette unter dem Arm. Eltern holen Kinder aus der Kinderkrippe weiter unten in der Straße ab. Bei der Bäckerei noch weiter unten stellen sich Leute bis hinaus auf die Straße an. Hunde werden Gassi geführt. Beide Seiten der Straße sind zugeparkt, aber noch nicht so dicht, wie sie das in einer Stunde sein werden. Es ist Zeit zu beginnen. Ich gehe direkt auf den grünen Wagen zu. Mein Herz klopft mir bis zum Hals, in meinen Ohren rauscht es wieder.

Drei Männer sitzen im Wagen. Es sind Birnenkopf (am Steuer), der andere, ältere, den ich fotografiert habe, auf dem Beifahrersitz und ein dritter – vielleicht der, der im Auto saß, als Bea und ich dran vorbeigingen? – auf dem Rücksitz. Goldilocks ist nicht dabei. Ich freue mich bei dem Gedanken, daß die Luftpumpe ihn ramponiert hat. Der Wagen ist viertürig. Das ist schlecht.

Fahrer und Beifahrer sehen mir stumm entgegen, als ich auf sie zugehe. Beide greifen zum Türgriff, bleiben aber sitzen. Ich gehe bis dicht vor den Wagen, hebe den rechten Fuß und trete mit voller Wucht das Blinklicht ein. Es kracht, Glasscherben fallen klirrend zu Boden, mehrere Leute schauen auf. Auch der Mann auf dem Rücksitz, der mich bisher noch nicht gesehen hatte. Ich sehe aber keine Flics. Gut so. Ich schaue noch einige Sekunden stumm in den Wagen, drehe mich dann um, gehe auf die andere Straßenseite, ziehe eine der Fotokopien unter dem Arm hervor und stecke sie dem nächstgelegenen Wagen unter den Scheibenwischer. Bildseite nach vorn. Gehe dann zum nächsten, auch hier ein Foto. Zwischendurch schaue ich immer wieder zurück zu den dreien. Der Mann auf dem Rücksitz will aussteigen, aber der Fahrer hält ihn zurück. Ich stecke noch drei weiteren Autos die Fotos auf die Windschutzscheibe wie übergroße Strafzettel. Wie Werbezettel.

Die drei im Auto haben noch nicht gesehen, was auf den Zetteln ist. Mehrere Leute, die mich den Blinker eintreten gesehen haben, schauen halb belustigt, halb befremdet zu.

Ich wechsle wieder zurück auf die Straßenseite, auf der der grüne Wagen steht. Auch dort wird Auto um Auto mit den Fotos bestückt, ich arbeite mich langsam zurück zu den dreien. Ich gehe auf den Gehsteig, mache einen Bogen um ihren Wagen. Ich schaue dem Beifahrer gerade in die Augen. Er weiß ja nicht, daß ich mich jeden Moment übergeben muß vor Angst.

Ich lasse ihren Wagen aus, gehe weiter und verteile meine Zettel an die nächsten drei Autos. Mein Stapel wird dünner. Immer wieder drehe ich mich um. Die drei schauen mir nach, manchmal sagen sie etwas zueinander, ohne den Kopf zu bewegen, ohne die Augen von mir abzuwenden. Ich komme wieder zurück zu ihrem Auto. Auf der Gehsteigseite. Ich trete den dortigen Blinker ein.

Dann stecke ich das Foto von Goldilocks unter den rechten Scheibenwischer, das Foto von den zwei Männern, die im Wagen sitzen – ich umrunde den Wagen wieder – unter den linken Scheibenwischer. Die Bildseite zum Wageninneren gewendet. Die Männer haben die Großaufnahme direkt vor der Nase. Ich klopfe auf der Seite des Fahrers an das Seitenfenster. Er kurbelt es herunter. Wenn er statt dessen die Tür aufgemacht hätte, wäre ich schreiend weggelaufen. Seine Augen sind klein, hart, sehr schwarz. Die Haare lichten sich schon auf seiner Birnenstirn. Sein kleiner schwarzer Schnurrbart sieht wie eine dritte Augenbraue aus, er ist genauso lang und breit wie die dichten Brauen über den kleinen Augen. Ob er ihn mit Absicht so zurechtrasiert? wundere ich mich.

Mehrere Passanten, die das Klirren des zweiten Blinkers gehört haben, sehen mir zu, als ich mich zum Fenster hinunterbeuge.

Ich sage meinen Text auf:

»Wenn Bea Klinger und Zhan Guang nicht binnen einer Stunde in Bea Klingers Wohnung sind, unverletzt, bekommt die Polizei Ihre Fotos. Und Zhans Geständnis, das ich übersetzt habe.«

Ich ziehe die gefalteten Kopien des Textes aus meiner rechten Jackentasche und halte sie dem Fahrer vors Gesicht. Noch bevor er seine Hand hebt, um nach dem Text zu greifen – er dreht erst die Schulter ein wenig zurück, um die Hand freier bewegen zu können –, ziehe ich die Papierseiten wieder zurück, stopfe sie in meine Jackentasche.

Weiter:

»Und das bekommt natürlich auch die Polizei.«

Ich nehme den Plastiksack mit dem Mehl aus der linken Jackentasche und halte ihn hoch. Mehrere Leute schauen vom Gehsteig aus zu. Einige ahnen wohl in etwa, was in dem Sack sein soll, aber niemand greift ein.

Ich beuge mich nochmals zum Fenster und werfe den Zettel mit meiner Telefonnummer hinein.

»Bea wird das brauchen. In genau einer Stunde, um sieben Uhr dreißig, erwarte ich ihren Anruf. Compris? Wenn sie innerhalb der Stunde anruft, bekommen Sie die Drogen und die Negative der Bilder. Compris?«

Ich drehe mich nicht um, sondern gehe drei Schritte rückwärts. Noch einen. Am linken Blinklicht hängt noch ein loser Glasscherben. Mit einem letzten Tritt, so fest, daß es mir das Bein hinauffährt bis in die Hüfte, mache ich ihm den Garaus. Dann drehe ich mich um und gehe zurück zu meinem Haus. Meine Ohren biegen sich nach hinten wie bei einem Hund. Die Nackenhaare stehen auf kalten Gänsehautknötchen zu Berge. Meine Finger sind taub, als hätte ich Erfrierungen. Mehrere Leute auf der Straße, auf dem Gehsteig schauen mir voll ins Gesicht. Ich nicke ihnen noch zu. Gut so. Ich brauche Zeugen. Ich will, daß die Kerle sehen, daß ich viele Zeugen habe.

Dann höre ich die Autotür aufgehen, und mit neuer Wucht kommt mein Brechreiz zurück. Werden sie schießen, auf offener Straße? Versuchen, mich zu kidnappen? Ich höre keinen Motor anspringen. Ob meine Rechnung aufgeht?

Meine Nerven machen nicht mehr mit, ich muß mich umdrehen. Meine Rechnung geht auf: Anstatt zu versuchen, mich zu schnappen, müssen die Kerle ihre Fotos einsammeln. Genau vor ihnen stehen zwei Männer und eine Frau, die eben, neugierig von dem Spektakel, das Foto an dem kleinen gelben Wagen unter dem Scheibenwischer vorziehen. Der Birnenkopf reißt es ihnen rüde aus der Hand. Der Mann vom Rücksitz ist ausgestiegen und holt die Fotos von den Scheibenwischern der Autos vis-à-vis. Der Beifahrer steigt ebenfalls aus und sammelt die Fotos vom eigenen Wagen, dann von den Autos davor ein. Mehrere Leute bleiben stehen und schauen ihnen dabei zu.

Ich laufe los, erreiche mein Haustor, gebe den Code ein und drücke wieder die Tür zu. Die Dealer haben mein Ultimatum angehört, es aber mit keiner Silbe bestätigt. Nicht einmal genickt.

Ich weiß nicht, ob wir im Geschäft sind.

Zurück in der Wohnung, begrüßt Bärli mich liebevoll. Er schmiegt sich an mich und springt mir, als ich mich aufs Sofa setze, auf den Schoß. Ich weiß nicht, ob er Trost sucht oder geben will, aber beides klappt, nach ein paar Minuten sind wir ruhiger. Ich schalte das Bügeleisen wieder an. Viel Zeit bleibt nicht mehr.

Ich bastle die restlichen dreizehn Mehlsäckchen rasch zusammen. Ich arbeite wie am Fließband: Zuschneiden, Füllen, Zuschweißen, zweite Schicht, Zuschweißen, Glattschneiden. Es ist sieben Uhr zehn. Draußen ist es fast schon dunkel. Vor zehn Minuten ist Wei zur Polizei gegangen. Bald muß Bea anrufen. Ob ich ihnen zu wenig Zeit gelassen habe mit einer Stunde? Dann fallen mir noch die Fotos ein. Ich nehme die Negative aus ihrem bunten Umschlag und verstecke sie in der Küche. Die Kerle werden den Umschlag bekommen, aber leer.

Dann setze ich mich zum Telefon und warte. Bärli setzt sich zu mir auf die Couch.

Als achtundzwanzig Minuten nach sieben das Telefon läutet, bin ich auf alles gefaßt. Nur darauf nicht, wirklich Beas Stimme zu hören:

»Margi, bist du das?«

»Bea, bist du zu Hause? Und Zhan? Bist du okay? Und ...«

Sie unterbricht mich:

»Soweit ja, aber es sind zwei Männer da mit Waffen, und ich soll dir sagen, daß du sofort mit dem Stoff kommen sollst, sonst werden sie schießen, sagen sie, und ...«

Jetzt unterbreche ich sie:

»Bea, die beiden Männer werden jetzt gleich deine Wohnung verlassen. Sperr hinter ihnen zu und ruf dann die Polizei, einen Wagen zu dir und einen zu mir, und sag ihnen, sie müssen von eins bis fünf und wieder zurück zählen, sonst machen wir nicht auf. Und jetzt sag den Kerlen ...«

Diesmal unterbricht mich eine Männerstimme, man hat Bea den Hörer weggenommen, heiser, wütend:

»Ecoutez! Si vous ne venez pas ...«

Aber ich schreie noch lauter zurück:

»Non, *vous* écoutez!« Und brülle wieder einen sorgfältig vorbereiteten Satz:

»In zwei Minuten fange ich an, den Stoff aus meinem Fenster auf die Straße zu werfen, und mir ist es egal, wer ihn fängt, aber wenn Sie ihn fangen wollen, dann kommen Sie jetzt mit Ihren Kollegen, sofort!«

Und lege auf. Zitternd. Ich weiß nicht, ob Bea das noch gehört hat, mit der Polizei.

Ich schaue auf die Uhr.

Genau zwei Minuten später gehe ich hinaus auf den schmalen Balkon. Bärli kommt mit. Die Säcke habe ich in meine Jackentaschen gestopft. Ich friere so, ich habe die Jacke immer noch an.

Ich höre schnelle Schritte auf der Straße, weit unter mir. Noch bevor ich sehen kann, wer da um die Ecke biegt, werfe ich das erste Säckchen hinunter, bewußt und gemein nach links, denn die Männer kommen von rechts. Alle drei kommen angelaufen, sie haben auch den Fahrer mitgebracht. Der zweite Sack, noch weiter nach links, der dritte. Ich sehe nur undeutlich, was auf der Straße vor sich geht, aber einige Passanten sind wohl stehengeblieben, sie schauen den Männern zu, wie sie versuchen, die Säcke zu fangen, einige Leute schauen auch herauf zu mir, ihre Gesichter helle Flecke auf der dunklen Straße. Ungerührt werfe ich weiter, links, rechts, Mitte, links, rechts, Mitte, zwischendurch den Fotoumschlag, links, rechts, Mitte, soeben den elften Sack, als ich unten einen Wutschrei höre, es klingt wie »Sh-hlla-hllam« oder so, und mühelos übersetze ich aus dem Arabischen: »Das ist Mehl.« Einer hat offenbar mitgedacht und gekostet. Zeit für mich, aufzuhören mit der Frau-Holle-Rolle.

In der Ferne höre ich Sirenengeräusch, das rasch näher kommt. Tumult unten auf der Straße.

Schnell gehe ich zurück in die Wohnung, hole die vergrößerten Kopien der Fotos und die ersten Abzüge und werfe alles vom Balkon hinunter, ohne auch nur zu schauen, was da unten los ist, ohne mich über das Geländer zu beugen und zu sehen, ob sich jemand die Fotos holt und wer.

Bärli und ich ziehen uns zurück. Ich mache die Balkontür zu und den Vorhang. Und warte, wer zuerst kommt: die Araber oder die Polizei.

Ich rufe bei Bea an: Es ist besetzt.

Als sieben Minuten später die Gegensprechanlage läutet, hebe ich ab.

»Madame, Police, ouvrez s'il vous plaît!«

»Le code?«

Aber der Polizist wiederholt nur: »Ouvrez.« Entweder er ist keiner, oder Bea hat ihm nicht gesagt, daß er bis fünf und wieder zurück zählen soll. Ich mache nicht auf. Wenn es die Dealer sind, kommen sie aber auch so herein, sans doute.

Bärli setzt sich auf meinen Schoß. Ich friere immer noch entsetzlich.

Wieder rufe ich bei Bea an. Ihre Nummer kann ich schon seit Tagen auswendig. Diesmal hebt sie ab: Ja, es geht ihr gut, Zhan ist bei ihr, aber verletzt, die Männer sind weg, und ihre Tür ist versperrt und verriegelt, aber sie hat Angst, sie hat bei der Polizei angerufen, die ist angeblich unterwegs und die Ambulanz auch, aber noch ist sie allein, sie hat endlos lang telefonieren müssen, bis sie einen Notarztwagen finden konnte …

Und noch einmal unterbreche ich sie. Es tut mir fast gut, daß jemand noch verängstigter ist als ich, ich hätte das nicht für möglich gehalten.

»Bea, hast du der Polizei gesagt, daß sie bis fünf und wieder zurück zählen soll?«

»Was? Zählen? Wieso denn?«

Hat sie mich also nicht mehr gehört. Zurück zum Ausgangspunkt.

»Bea, hör zu …«

Da läutet es an meiner Tür, lang und drängend. Bärli beginnt zu bellen.

»Ich rufe dich zurück, laß niemanden rein!«

So riefen noch die Zwergelein.

»Ouvrez, Madame, Police!«

Aber anstatt aufzumachen, blättere ich mit immer noch klammen Fingern in meinem Telefonbuch nach Madame Leroux, der Nachbarin, die unter mir wohnt und der ich gleich am ersten Tag, als ich in die Wohnung eingezogen bin, eine Überschwemmung in ihrem Schlafzimmer beschert habe: Ich wußte nicht, daß das Abflußsystem zu gebrechlich ist für Vollbäder und anschließendes Wäschewaschen. Seither sind Madame Leroux und ich recht gut bekannt, und eine der ersten französischen Vokabeln, die ich in Paris auffrischen konnte, war »plombier«.

Ich finde ihre Nummer, wähle, es läutet dreimal, vier – und sie hebt ab!

»Madame Leroux, entschuldigen Sie, ich brauche kurz Ihre Hilfe. Ich bin es, Margi Syslowsky von der Etage über Ihnen. Könnten Sie bitte nachschauen, ob vor meiner Tür Polizisten stehen oder Männer in Zivil? Bitte seien Sie leise, und lassen Sie Ihre Tür offen, damit Sie schnell wieder zurückkönnen, lassen Sie sich nicht sehen, ich warte am Telefon … merci.«

An meiner Tür klopft es weiter, Bärli bellt erneut, und ich sitze stumm da mit dem Hörer in der Hand. Es vergeht eine Minute.

»Madame Syslowsky? Oui? Oui! C'est la police.«

Ich mache auf. Ein junger schwarzer Polizist und ein älterer weißer stehen vor der Tür. Bärli beruhigt sich. Ich bedeute den Polizisten hereinzukommen, da läutet das Telefon.

Es ist Dommi, der heute früher anruft als sonst. Ob alles in Ordnung ist, fragt er, er mache sich doch Sorgen, wegen Bea und so.

»Dommi? Sie haben meinen Regenschirm erschossen!«

Ich merke erst, daß ich weine, als Bärli mir die Tränen vom Kinn leckt.

Teil II

18.3.94, Freitag

Zwei Wochen später sitze ich in meiner neuen Wohnung vor der offenen Balkontür, es ist zehn Uhr morgens, und noch scheint die Sonne schräg über den Fernsehsessel hinüber auf mein Bett – die Wohnung ist sehr klein. Es gibt ein Wohn-Arbeits-Schlafzimmer, eine Küche, überraschend komplett, ein Bad (nur Dusche), Klo und Abstellraum (= Kleiderschrank). In einer Stunde wird die Sonne die Balkontür schon verfehlen, dafür schrittchenweise die Hausfront vis-à-vis erreichen, die dann das Licht zurückwerfen wird. Auch der Balkon ist winzig, gerade groß genug, daß Bärli sich draußen sonnen kann.

Ich sitze ganz still, leicht nach vorn gebeugt, die gefalteten Hände zwischen die Oberschenkel geklemmt. Bärli sitzt auf dem Balkon und schaut hinunter auf die Straße. Im Haus gegenüber – es liegt noch im Schatten – wird eine Balkontür geöffnet, eine junge Frau schüttelt eine Decke aus. Es ist fast kein Verkehrslärm zu hören, alles ist still, wie in Watte gepackt. Ich starre vor mich hin. Ich bin unter Schock, sage ich mir vernünftig. Das ist man meistens, wenn man Nachricht von einem Todesfall bekommt.

Die Polizei hatte mir dringend angeraten, die Wohnung zu wechseln, bis die Ermittlungen abgeschlossen wären. Alle sind entwischt: Birnengesicht und die beiden anderen, und von Goldilocks keine Spur. Sie haben zu früh entdeckt, daß die Säckchen mit Mehl gefüllt waren, und sich davongemacht. (Ich sage ja, ich habe auch der Polizei gesagt: Einer der Burschen denkt mit.) Anhand der Fotografien hat die Polizei eine vielversprechende Fahndung eingeleitet, und die Autonummern und die Aussagen mehrerer Passanten, Augenzeugen meines Vandalismus und des anschließenden Säckchenwerfens, haben wertvolle Hinweise ergeben ...

Soviel Französisch kann auch ich, um das zu übersetzen: Bisher haben sie nichts, gar nichts gefunden.

Bea ist abgereist, nach Wien. Sie wohnt jetzt in unserer Wohnung, kann sich endlich intensiver um ihre Mutter kümmern, macht wohlverdienten Urlaub, braucht Erholung; auch hierzu gibt es einen Klartext: Auf Anraten der Polizei sollte sie schleunigst weg aus Paris. (Dolli hat mich vor ein paar Tagen angerufen, ob das denn wirklich stimmt, was Bea erzählt?)

Mir hatte man das auch empfohlen, aber mit einem Umzug in ein anderes Stadtviertel – wir wohnen jetzt im Süden von Paris, nahe der Avenue d'Italie – gab man sich zufrieden. Ich glaube, es ist den Beamten ganz recht, mich im Zweifelsfall zur Hand zu haben für Gegenüberstellungen und ähnliches.

~

Bea hat die zwei Kerle auf meinen Fotos sofort erkannt, es waren ihre Kidnapper. Goldilocks hatte sie nicht gesehen. Ihre Beschreibung des dritten Mannes stimmt mit meiner und der der Passanten überein. Sie hat das Abenteuer soweit gut überstanden, man hat sie nicht mißhandelt, sie bekam zu essen (Baguette und harte Eier – niemand weiß, warum gerade das) und durfte auch aufs Klo gehen (diese Frage von mir amüsierte sie ein bißchen, sie hat offenbar andere Phobien als ich). Sie hat Angst gehabt, wie auch nicht. Meistens war sie gefesselt, man verband ihr anfangs auch die Augen, aber seit sie ihren Entführern übersetzen mußte, was auf meinem Zettel stand, den ich auf ihrem Wohnzimmertisch hinterlassen hatte – sie log natürlich, sagte nicht, daß ich den Text übersetzen konnte –, ließen die Kerle die Augenbinde weg. Bea hatte sie sowieso schon gesehen. Das machte ihr dann noch mehr angst. Sie konnte sonst praktisch nichts aussagen, was der Polizei weitergeholfen hätte.

Mit Zhan ging es genauso, nur mit bösem Ausgang: Man hat ihn offenbar übel zusammengeschlagen. Er ist noch auf der Intensivstation, hieß es, denn er hat auch innere Verletzungen und hat dazu eine Lungenentzündung entwickelt, nicht unter Kontrolle zu bringen. Ich habe ihn nur kurz gesehen, als ich mit den beiden

Polizisten an dem Donnerstagabend rüber zu Bea ging. Als wir auf die Straße kamen, sah ich zwei weitere Polizeiautos und Wei, der auf dem Rücksitz des einen saß, eingeklemmt zwischen zwei Uniformen. Bea machte erst auf, als ich in die Gegensprechanlage sagte, daß ich es sei und daß alles okay wäre. Als wir in ihre Wohnung kamen, saß sie bei Zhan auf dem Sofa und tupfte ihm die Stirn ab. Sie weiß, scheint's, nicht viel mehr über Krankenpflege als ich. Dann stand sie mit wackeligen Beinen auf, umarmte mich fest, küßte mich auf beide Wangen und stieß mich im selben Moment lachend (und ein bißchen weinend) von sich weg: »Geh weg«, sagte sie, »ich stinke.«

Sie trug noch den Rock und den Pullover, in denen ich sie zuletzt gesehen hatte.

Dann folgten endlose Gespräche, Aussagen, Protokolle. Nach zwei Stunden bestand ich darauf, daß mir ein englischsprechender Beamter zugeteilt würde. Ich hatte einen langen Tag gehabt, und mein Kopf tat weh, auch ohne daß man französisch auf mich einredete. Um Mitternacht rief ich zu Hause an: Dommi und der Poiderer waren gerade angekommen. Nach unserem Telefonat haben die beiden das letzte Flugzeug von Nizza nach Paris erwischt. Wir waren nicht sicher, ob es klappt, aber ich habe Dommi sicherheitshalber einen Zettel hingelegt: »*Dear D. – ich bin okay, muß aber auf die Polizei, ruf Dich an, gib dem P. die rosa Bettwäsche links oben im Schrank. Bussi M.*«, mißtrauisch beobachtet von dem jungen schwarzen Polizisten, der meine Geheimsprache nicht mochte, er schaute mir über die Schulter, als ich schrieb – um ihn zu ärgern, malte ich ein großes Herz unter mein »M.«.

Dommi fragte besorgt, ob er mich abholen solle, ob ich ihn brauchte, er könne für mich übersetzen – sein Französisch ist viel besser als meines –, doch ich sagte ihm nur, daß ich ohnedies bald nach Hause käme. Es wurde aber drei Uhr früh.

Ich hatte Bärli mitgenommen aufs Kommissariat, und die erste Begrüßung zu Hause war daher Bärli-Dommi, dann Bärli-Poiderer, dann Dommi-ich, dann Poiderer-ich. Der Poiderer war mir gleich sympathisch, er schaute genauso aus, wie Dommi ihn mir beschrieben hatte, sehr dünn, mittelgroß, mit verfrühter Stirnglatze. Er ist sehr manierlich, mit nur einem Schuß Frechheit in seinen Augen. Wer mir nicht so gut gefiel, war Dommi. Nachdem die Polizei mich bis an die Wohnungstür eskortiert hatte, saßen wir zu dritt bei je einer Dose Bier, und ich erzählte noch ganz lustig vom Wiedersehen mit Bea, da fiel mir erstmals auf, wie finster Dommi geworden war, wie er an mir vorbeischaute. Er nahm sich vor dem Poiderer zusammen, er wollte jetzt vor Dritten keinen Krach machen (Dommi macht nie Krach), aber ich spürte deutlich, wie es mir kalt den Rücken hinunterlief: Dommi war so wütend auf mich, wie er es bisher noch nie war.

Er ist es bis heute geblieben. Er hat mir geholfen, meine Koffer zu packen, er hat mir einen Karton gebracht, in den ich die Küchenutensilien stellen konnte. Das frisch gekochte Hundefleisch habe ich hinunter in die Bar gebracht, für Balladur, ein Abschiedsgeschenk von Bärli, habe ich gesagt, denn meine neue Wohnung hat kein Gefrierfach.

Dommi hat das Telefon für mich beantwortet, Frühstück gemacht für den Poiderer und mich, er hat mir sogar einen neuen Schirm gekauft, aber er ist immer noch bitterböse auf mich. Er weiß, daß ich es weiß. Ich habe versucht, ihm von meinem Marsch durch den Bois zu erzählen, bei dem mir klar wurde, was ich alles riskiert hatte, aus Faulheit, aus Feigheit, aber ich fand nicht die richtigen Worte, und Dommi blieb unversöhnlich. Er brachte am Sonntag den Poiderer zum Taxistand – der P. flog schon zurück nach Nizza –, nahm sich am Montag drei Tage Urlaub, half mir beim Umzug, ging mit Bärli Gassi, unterhielt sich mit Bea, begleitete mich zum Kommissariat, holte mich wieder ab, aber darunter bleibt er kalt und wütend, und ich kann nichts tun.

Auch vor den Dalassios benahm er sich bestens, kein Außenstehender hätte bemerkt, daß wir im Eisfach unserer Beziehung stekken, in getrennten Abteilen. Wir gingen mit den Dalassios am Samstag, bevor der Poiderer abreiste, in unser Lieblingsrestaurant, ins Brin de Zinc, zum Abendessen. Zu sechst, Bea war mit dabei. Zu siebt: Bärli unterm Tisch.

Madame Dalassio hat Alzheimer. Ihr Mann, Gilbert Dalassio, hat es uns erzählt, als Madame kurz aufs Klo ging, wohl um uns zu erklären, warum er ihr in ein paar Minuten folgen würde (nicht ganz bis auf die Damentoilette, versteht sich) – sie vergißt manchmal, wo sie ist oder wie sie zurück an den Tisch kommt, und erlebt dann, unbemerkt von anderen, qualvolle Momente der Orientierungslosigkeit. Daher sorgt Monsieur Dalassio dafür, daß sie ihn immer gleich sieht, wenn sie irgendwo auswärts essen und sie, wie er es nennt, Hände waschen geht.

Gilbert Dalassio ist natürlich der Mann mit der Fahrradpumpe.

»Le Alz« nannte Dalassio die Krankheit, und Dommi flüsterte dem Poiderer und mir »Alzheimer« zu, als er unsere leeren Blicke sah. Darin sind die Franzosen Meister: Sie begeistern sich für »le foot«, kaufen sich »un pull« und zahlen uns (Dommi, den Poiderer und mich) gut dafür, daß wir »le soft« übersetzen.* Andererseits verwahren sie sich mit großem Ernst gegen Sprachüberfremdung, bestehen auf »ordinateur« statt »Computer« und »libre service« statt »Self-service«. Wochenlang habe ich vergebens in Pariser Wäschereien auf freien Service gewartet.

Mit den Dalassios sprechen wir französisch, obwohl der Poiderer da noch verlorener ist als ich und Madame Dalassio Englischlehrerin war. Aber Monsieur Dalassio, der Geschichte und Geographie an derselben Schule wie Madame unterrichtet hat, hat sich nie für Sprachen interessiert, er kann nur einige Brocken Deutsch, weil er der französischen Besatzungstruppe in Wien zugeteilt war. (Nein, nicht der Hundestaffel. Mein Französisch bessert sich täglich.)

Mit den Dalassios (die Familie hat sich am selben Tag von d'Alassio zu Dalassio umschreiben lassen, als die Battenbergs Mountbattens wurden, erzählte G. D. – er nahm wohl an, daß alle wüßten, wann das war, der Geschichtslehrer) kamen wir von Anfang an gut aus. Mein Eindruck von M. Dalassios appetitlicher Geschrubbtheit verstärkte sich noch, als ich ihn im Anzug sah. Gott sei Dank habe ich Dommi – Krise oder nicht – in eine Krawatte geschwatzt und die Schuhbürste so offensichtlich neben seine Schuhe gelegt, daß er auch wirklich einmal darübergefahren ist – Gilbert D. merkt so etwas. Und der Poiderer schaut sowieso recht ordentlich aus. Madame (Sophie) Dalassio ist eine großgewach-

* Football, Pullover, Software

sene, trotzdem zarte graue Dame (Haare, Augen, Kleider, Schuhe – alles grau) mit sanfter Stimme und weichen Konturen, die aussieht, als würde man sie ständig durch einen Weichzeichner sehen.

Nachdem alle einander vorgestellt waren und die Sitzordnung nach einigen Justierungen paßte, gab es vorerst nur Konversation über das Restaurant, französisches Essen im allgemeinen, österreichische Küche, wie M. Dalassio sie nach dem Krieg kennengelernt hat (nämlich gar nicht), italienische, wie seine Großmutter sie noch gekocht hat (formidable); dann wurde, ohne das Thema zu wechseln, bestellt, die Vorzüge einer leichten Vorspeise und eines deftigen Hauptganges gegenüber denen eines füllenderen Entrées (Avocados in Vinaigrette) und, sagen wir, Lachs mit Blattgemüse als *plat* besprochen – über die Desserts reden wir erst anschließend, einigten wir uns.

Bis dahin war das Eis gebrochen, Bea entzückte M. Dalassio mit ihrem fließenden Französisch, unterstützt von Dommi, während der Poiderer und ich uns dankbar von Madame auf englisch erzählen ließen, wie sie Fisch am liebsten zubereitet, wie sie etwa den Rochen ungehäutet kauft, ihn pochiert und die Haut, zusammen mit etwaigen Fetträndern, sorgfältig abzieht und für den Fond aufhebt, der dadurch einen feinen Oberton von Rochen erhält, was auch Schollenfilets zum Beispiel durchaus zum Vorteil gereicht. Ich revanchierte mich mit dem Tip, eine Weinsauce, die leicht etwas zu säuerlich gerät, mit einem winzigen Stück Bitterschokolade abzurunden. Das macht auch die Farbe schöner. Der Poiderer spricht ein weiches, leicht amerikanisch akzentuiertes Englisch. Ganz ohne seine harschen Tiroler Kehllaute.

Erst bei der Nachspeise, in der Stille, in der alle das erste Löffelchen *Crème brûlée* oder verschiedener *Gâteaux* probierten, wandte ich mich wieder an Monsieur Dalassio, der das offenbar bereits erwartete, denn ich fand seine sauberen blauen Augen schon aufmerksam, als ich endlich begann: »Ich schulde Ihnen noch meine Geschichte, Monsieur.«

Wir alle tranken Kaffee, dann noch Cognac, und als Dommis Pfeife schon ausgeraucht war und Madame Dalassio ihren zweiten dünnen Zigarillo ausdämpfte, war auch ich mit meiner Erzählung fertig. Dommi und Bea hatten mir manchmal ausgeholfen, wenn mir Worte fehlten, aber so oder so war es der längste Monolog, den ich je auf französisch gehalten habe.

Ich verkürzte natürlich hier und dort. Ich erzählte von Beas Entführung, weil sie von einem Rauschgiftschmuggel und illegaler Einwanderung erfuhr, von den Kerlen, die mir folgten, weil sie annahmen, daß ich auch etwas wüßte, von der Szene im Bois, als einer von ihnen mich mit einer Pistole bedrohte und sogar auf Bärli schoß (hier dankte ich ihm nochmals, dem M. Dalassio), und von der späteren Freilassung Beas – beschränkte mich also auf das Knochengerüst der Geschichte. Die Dalassios sahen so schon schockiert aus, ein bißchen ungläubig, und ich habe in Madame Dalassios Augen einen Moment lang denselben Zorn gesehen, als sie ihren Mann ansah, den Dommi auf mich gerichtet hat: Er hatte ihr offenbar nur von einer »Damsel in distress« erzählt, der er pumpenschwingend ausgeholfen hatte, nicht aber von Pistolen und Schüssen, und sie sah ihn kurz mit einer Wut an, als hätte er sie betrogen.

~

Der Poiderer ist am Sonntag abgereist, Dommi am Mittwoch.

Meine neue Wohnung liegt viel näher am Bois de Vincennes; ich muß zwar immer noch einmal umsteigen in der Métro, aber wenn ich günstige Verbindungen habe, kann ich in zehn Minuten an der Porte Dorée sein. Meistens gehen Bärli und ich den Weg, den ich damals genommen hatte, als ich vor Goldilocks und seinen Freunden davonlief, nur eben in umgekehrter Richtung und nie bis zum Château de Vincennes. Die Polizei hat mich überflüssigerweise davor gewarnt, auf alten Wegen spazierenzugehen, in bekannten Geschäften einzukaufen. Am besten sollte ich um meinen früheren Wohnblock jetzt einen weiten Bogen machen.

Fast täglich treffe ich bei meinem Spaziergang M. Dalassio, der seither auch seine alten Radwege meidet, wenn er, wie er mir erzählt, seiner Frau das Feld räumt, damit sie ungestört zu Hause wirtschaften kann. Sie mag es nicht, wenn er dabei im Weg ist. Monsieur Dalassio erkundigt sich immer wieder nach dem Fortschritt der Polizei: ob sie schon jemanden festnehmen konnten, ob sie die beiden untergetauchten Chinesen finden konnten, ob der Stoff aufgetaucht ist. Im Lauf der Zeit habe ich ihm einige Details erzählt. Sie tut meinem Französisch unendlich gut, meine Spazierstunde mit G. D. – er steigt dann meistens ab und begleitet mich ein Stück. Ob er sich immer noch als meinen Beschützer sieht? Es macht mir nichts aus, er ist höflich, altmodisch und korrekt und doch – witzig? Nicht gerade witzig: schalkhaft, auf altherrenhafte Weise. Aber es gibt nur wenig Neues. Der Mann mit dem Birnengesicht ist als Abdel Laridhi identifiziert, polizeibekannt, aber nicht vorbestraft. Vermutlich wurde Bea in seinem Haus am Nordrand von Paris gefangengehalten; Bea wird es sich ansehen müssen, wenn sie zurückkommt. Man hat nichts Inkriminierendes in dem Haus gefunden. Die Kerle hatten auch genug Zeit, gründlich sauberzumachen.

Dalassio erzählt mir auch von sich, von seiner Frau. Sie sind seit dreiundvierzig Jahren verheiratet. Er ist schon in den Siebzigern, sie etwas jünger. Typisch für ihn, ihr genaues Alter nicht zu nennen. Sie hatten eine Tochter. Hatten, denn sie lebt nicht mehr, ein Unfall. Monsieur Dalassio will nicht viel darüber reden, er sagt nur, ein dummer Unfall, mit dem Auto, und sie war sogar angeschnallt, aber der Autositz hat sich gelöst, er war nicht richtig eingeschnappt, denn es war sein Auto, das von M. Dalassio, und er mußte den Sitz immer vorstellen, denn er hatte viel kürzere Beine als seine Tochter, großgewachsen war sie, sehr schlank und sehr schön, ganz wie ihre Mutter. Sie hat den Sitz zurückgestellt, aber nicht richtig, und da ist es passiert. Sie hatte innere Blutungen – und, eh bien.

Kurz darauf gingen seine Frau und er in Pension. Sie teilten sich die Hausarbeit auf: Monsieur ist fürs Einkaufen, für den Wagen – einen neuen natürlich –, für den Garten (ihre Wohnung liegt im Erdgeschoß, mit Gemüse- und Kräutergarten und genug Grünfläche, um im Sommer draußen zu sitzen) und für das Müll-Raustragen verantwortlich. Madame besorgt den Hausputz – er darf manchmal helfen –, die Wäsche, das Bügeln. Beim Kochen und Abwaschen wechseln sie sich ab. Sie besteht darauf, daß er die Wohnung verläßt, wenn sie am Putzen ist. »Geh in den Park«, hat sie gesagt, »geh Boule spielen oder in die Bibliothek, aber steh mir nicht im Weg herum.« M. Dalassio lächelt, als er das erzählt. Er ist immer unruhig, wenn er nicht mit ihr zusammen ist, gesteht er schließlich. Seit etwa einem Jahr, als sie nach dem Frühstück fragte: »Willst du noch Kaffee? Milch? Zucker?« Sie lebten damals schon seit zweiundvierzig Jahren zusammen, und in zweiundvierzig Jahren hat er nie Milch oder Zucker in seinen Kaffee getan. Und langsam wurde es schlimmer, mit wenigen Pausen, wie immer bei dieser Krankheit. Eines Tages sagte sie, sie wolle Tür essen. Sie meinte Kirschen, und es war mitten im Winter, und während M. Dalassio es erzählte, fröstelte er in der Frühlingssonne. Sie weiß es natürlich auch, daß sie krank ist, aber entweder sie vergißt es, oder sie tut so, damit er sich nicht grämt. »Einen Vorteil hat es ganz bestimmt. Sophie ist glücklicher, als sie es seit dem Unfall unserer Tochter jemals war. Ich habe anfangs nicht gewußt, warum sie gelöster ist, ausgeglichener, leichter lacht seither, aber dann wurde mir klar: Sie vergißt meistens, daß wir eine Tochter hatten. Elle a ses avantages, cette maladie ...«

Sie leben bescheiden, die Dalassios, von ihrer Pension und leisten sich als einzigen Luxus ein Opernabonnement. Das halbe Vergnügen für sie ist es, sich auf ihre Opernabende vorzubereiten, sie hören sich die Opern zu Hause auf CD an und lesen das Libretto dazu – sprachbegabt, wie seine Frau ist, erzählt mir Dalassio, hat sie auf diese Art schon recht gut Italienisch gelernt. Er ja weniger. Im Sommer möchte Madame sogar eine Sprachstudienreise nach Italien machen, zwei Wochen in die Toscana, mit intensivem Lernprogramm. Mitfahren wird er wohl, der Monsieur, doch nicht am Kurs teilnehmen (wer bis zweiundsiebzig noch keine Fremdsprache gelernt hat ... n'est ce pas?). Aber auch er hat etwas vor: Gemeinsam mit einem Historikerkollegen wird er im Herbst voraussichtlich ein Lexikon der Résistance in Paris herausgeben. »Nein, wie interessant«, sage ich. Ich habe gerade einen dicken Wälzer darüber gelesen, eine Chronik der deutschen Besatzung, erst kürzlich in Berlin erschienen, ob er das kennt? Kennt er nicht, und ich werde Dolli bitten, mir den Band herzuschicken: Dalassios Kollege liest Deutsch.

~

Der Bois hat sich inzwischen voll auf den Frühling eingelassen. Was vor zwei Wochen noch zögernd, kindlich rührend war, steht heute selbstbewußt, strahlend und neu da, der Frühling hat keine Botschaft mehr, er ist sich Selbstzweck geworden. Er pfeift auf die Menschen. Er pfeift auch auf alte Allianzen: Die immergrünen Blätter, die anfangs die dicksten Freunde des neuen Grün waren, werden jetzt in all ihrer Schäbigkeit bloßgestellt. Grau, fahl und schlapp, sind sie obsolet, unerwünscht, peinlich. Er ist immer noch schön in seinem Prunk und seinem Gefunkel, der Bois, aber er geht mich nichts mehr an.

Dommis Kälte verstört mich tief. Er ruft zwar immer noch täglich an, zur selben Zeit, fragt nach Bärli, nach mir, ob es mir gutgeht, aber wir lachen nicht, und wir blödeln nicht.

Ich arbeite viel. Meine Übersetzung geht blendend voran, ich lüge immer, wenn ich im Büro anrufe und sage, ich bin erst bei Kapitel soundso.

Zwei, drei Tage nachdem Dommi abgereist war, entdeckte ich erst, daß ich nur wenige Straßen entfernt vom Pariser Chinatown wohne: Die Avenue d'Ivry, die Rue de Choisy und die Gassen dazwischen sind dicht bestückt mit chinesischen und vietnamesischen Restaurants, Supermärkten, Jade- und Porzellangeschäften. Die abendliche Runde mit Bärli mache ich seither immer in dieser Richtung, schaue mir die Auslagen an, studiere die Speisekarten und Fotos vor den Restaurants, lese mit leisem Stolz die Geschäftsschilder und werde langsam mutiger: gehe durch Hauseinfahrten, hinter denen sich in den Hinterhöfen kleine Freßbuden finden, Bierlokale, thailändische Hotels (was in aller Welt ist ein thailändisches Hotel?). Oft gehe ich abends ein, zwei Stunden durch diese Gassen – aber höchstens bis neun, denn dann ruft Dommi an. Es beruhigt mich einfach, in Bewegung zu sein, es zerstreut mich, die Dämpfe der Garküchen, den Geruch von würzigen Speisen zu riechen, das oft wiederverwendete Öl, fast schon ranzig. Seit Dommi abgereist ist, habe ich nicht mehr ferngesehen, nicht einmal Nachrichten, ich lese auch nicht mehr. Wenn ich mich abends mit einem Buch ins Bett setze, drehe ich meist das Licht ab, ohne auch nur eine Seite umgeblättert zu haben.

Zhan ist von den Arabern geschnappt worden, als er den Treffpunkt suchte, an dem Wei und die beiden anderen auf ihn warten sollten: bei einem Tempel. Ich war nun schon etliche Male durch das Chinesenviertel gegangen und hatte immer noch keinen Tempel gefunden, da blieb einmal genau vor mir, als ich die Avenue d'Ivry überqueren wollte, ein Reisebus stehen, und an die dreißig Holländerinnen stiegen aus, still und diszipliniert. Sie folgten ihrer Reiseleiterin in eine Parkhauseinfahrt, die in die Eingeweide eines riesigen Wohn-, Kino- und Amüsierblocks führte, und Frage und Antwort fielen mir präzise zugleich ein: Was macht eine Reisegruppe in der Garage? Da drin muß der Tempel sein! Langsam folgte ich der Gruppe, bis auf den Hund könnte ich ja ohne weiteres eine von ihnen sein. Dann sah ich auch an der Kurve zur Garageneinfahrt das chinesische Schild, das mir bisher noch nie aufgefallen war: Tempel der Guanshiyin Pusa. Ich werde bald einmal wiederkommen, ohne Hund, und mir den Tempel ansehen.

~

Aber nicht heute. Heute werde ich auch nicht übersetzen. Die Depression, die mich schon kurz nach Beas Abreise eingeholt und die sich seither in langsamen Spiralen tiefer gearbeitet hat, hat eben ihre Gangart aufgegeben, eine schnellere entdeckt: den freien Fall.

Vor ein paar Minuten hat die Polizei angerufen: Letzte Nacht ist Zhan gestorben.

Man hat mir das nicht aus Nettigkeit gesagt, sondern um mir meinen neuen Status klarzumachen: Bisher war ich Zeugin eines undurchsichtigen Rauschgiftschmuggels und eines ebensolchen Kidnappings, aber jetzt bin ich, wenn auch indirekt, Zeugin eines Mordes – wenn ich Paris verlassen möchte, muß ich mir das Okay der Polizei dazu holen. Zhan ist an den direkten Folgen seiner Mißhandlung gestorben. Und es wird heute in die Zeitungen kommen. Ich kann den Polizisten, der mich anruft und der auch mehrere Befragungen mit mir durchgeführt hat, nicht ausstehen; er hat ein dumpfes, unmoduliertes, heiseres Organ.

Ich sitze seit dem Anruf vor meinem sonnigen Balkon, und wieder einmal tränen mir die Augen, weil das Licht zu grell ist. Ich denke an Wei, den großen, traurigen Vogel.

Ich rufe Bea bei uns zu Hause an, aber es läuft nur unser Band. Ich möchte nicht, daß sie es von einem Apparat erfährt, und rufe daher bei Dolli an. Auch hier nur das Band – sie steht nie vor Mittag auf, wenn sie nicht muß –, aber okay: Sie soll bitte Bea sagen, daß Zhan an seinen Verletzungen gestorben ist. Ich rufe dann am Abend wieder an, sage ich der Maschine.

Und das mit dem Buch für Dalassio sage ich ihr auch gleich: ob Bea mir das bitte schicken könnte. So hört sich meine Nachricht gleich viel normaler an, als wäre es nur ein weiteres Ereignis des Tages, das mit Zhan. Ich glaube aber nicht, daß ich Dolli damit hinters Licht führen kann, denn im Gegensatz zu Bea kennt sie mich lange und gut, und sie weiß nur zu genau: Wenn sich mir eine Depression anbietet, nehme ich sie meist auch.

Dann ziehe ich meine graue Stretchhose an und meine flachen Laufschuhe. Bärli schaut mir schon aufmerksam zu. Als ich zur Leine greife, kommt er freudig zu mir gehopst. Macht einem viel Freude, so ein Hund. Auch jetzt sprengt er mir einen kleinen Riß in den Betonklotz, der mir im Hals sitzt und mir die Brust füllt. Dann werde ich eben die Beine bewegen, allons.

An einem Freitagvormittag sind auch am Lac Daumesnil, sonst ein beliebtes Ausflugsziel, nur wenige Spaziergänger, in der Mehrzahl Leute, die Kinder und / oder Hunde ausführen. Ich komme von Anfang an gut voran und falle in einen zügigen Gang. Der Frühling freut mich nicht und die Sonne auch nicht, nur die rhythmische Bewegung meiner Beine und die Fröhlichkeit meines Hundes. Bald lasse ich den Lac hinter mir, dessen Ufer mir ohnedies zu künstlich und geschniegelt sind für einen richtigen Spaziergang, und tauche in den Bois ein.

So schnell ich auch gehe, meine Depression hält Schritt. Als ich am Zoo vorbeikomme, der an den Lac anschließt, möchte ich hineingehen, mich vor den Löwenkäfig setzen und darauf warten, daß ein Löwe ausbricht und mir den Kopf abbeißt. Im Bois sehe ich mir heute ohne mein sonstiges Vergnügen die hohen Bäume an mit ihren dicken, schweren Ästen unter den zarteren, fein gewebten Zweigen. Ich möchte, daß so ein Brocken herunterkommt und mich am Haupte trifft. Hätte ich bloß einen Strick dabei: am Halse zu hängen, bis daß der Tod eintritt. Nach viel zu kurzer Zeit komme ich an den Rand des Bois und verlasse die noch morgenfeuchte Dämmrigkeit, um hinauszugehen auf ein knallhelles, freies Fußballfeld; hoch darüber durchziehen Kondensstreifen gleißender, glänzender, winziger Flugzeuge das Blau. Ich möchte, daß eines davon herunterfällt und auf meinem Kopf landet.

Hätte ich schneller reagiert, hätte ich schon am Dienstag die Polizei gerufen, hätte ich mich den Entführern früher gestellt, Zhan könnte noch leben.

Nichts passiert mir, natürlich.

Ich drehe wieder um und gehe zurück in den dunklen Bois, aber nicht in der Richtung, in der ich M. Dalassio sonst begegne. Stunde um Stunde gehe ich kleine Wege entlang, folge kleinen Wasserläufen mit häßlichen Brücken darüber, die Geländer sind aus Zement, imitieren aber die Struktur rissiger Rinden. *Ersaufen*, denke ich natürlich, aber diese Wasser sind zu flach.

Erst am frühen Nachmittag werde ich müde. Bärli trottet schon lange nur noch brav neben mir her, auch er ist geschafft. Und er wird langsam hungrig wie ich auch. *Verhungern*, denke ich zwar noch, gehe dann aber in ein chinesisches Restaurant gegenüber dem Spielplatz hinter dem Lac de St. Mandé und bestelle das Mittagsmenü. Soviel dazu.

~

Ich bin froh, daß meine neue Wohnung im vierten Stock liegt statt im fünften. Natürlich hätte ich das auch geschafft, aber ich hätte mich auf die Stufen setzen müssen, um Luft zu kriegen. In meinem rechten Oberschenkel zuckt ein Muskel, als wollte er lachen. Ich füttere Bärli, der sofort auffrißt und sich dann auf dem Balkon der Länge nach hinschmeißt: Richtig groß schaut er so aus, wie ein Schäferhund, fast. Ich mache mir einen Kaffee (Nes) und ziehe mir den Fernsehsessel näher an den Balkon. Die Sonne ist zwar schon längst weg, aber es ist trotzdem angenehm, so quasi im Freien zu sitzen. Ich muß nachdenken, sage ich mir das hundertfünfunddreißigste Mal seit heute früh, aber das läßt sich eben leider nicht erzwingen. Oder doch?

Oder doch. Ich bleibe bis zum frühen Abend vor dem Balkon sitzen, es wird schon merklich kühler. Ich habe mir noch zweimal frischen Kaffee aufgegossen. Um Punkt sieben rufe ich Dommi an, da ist er meist schon zurück im Hotel, aber noch nicht zum Essen ausgegangen. Ich weiß, ich erwische ihn. Man kennt diese Sicherheit, daß der Hörer am anderen Ende abgenommen wird. Ich habe sie heute und – bingo. Ich habe auch die Sicherheit, daß ich ihm jetzt, heute endlich sagen kann, daß es mir leid tut, daß ich ihn so rausgelassen hatte aus meinem Problem, und daß er es endlich verstehen und verzeihen wird. Ich erzähle ihm von Zhans Tod. Und von meinen Selbstvorwürfen und meiner Angst, daß damit noch nicht alles vorbei ist. Denn zumindest einer der Kerle denkt schließlich mit, und wenn sie von Zhans Tod erfahren, wissen sie auch, daß nur Bea und ich die Mörder identifizieren können.

Wie ein Igel gegen eine Betonwand reibe ich diese Stacheln so lange gegen Dommi am Telefon, bis ich endlich durchkomme zu ihm. Endlich spricht er wieder mit seiner lieben, normalen (besorgten) Stimme mit mir, fragt mich, ob er kommen soll (JA!), er könnte am Mittwoch nächster Woche da sein, wenn er dieses Wochenende durcharbeitet (JA!). Ich glaube nicht, daß ein Igel sich jemals am Beton reibt, aber wer weiß?

Dann rufe ich Dolli an, und wie ich es mir gedacht habe, ist Bea bei ihr. Wir reden nicht lange, ich weiß schließlich auch noch keine Einzelheiten zu Zhans Tod – es gibt vielleicht auch gar nichts zu wissen. Und Bea sagt mir dann den Satz, den ich schon den ganzen Tag über hören möchte, von allen Leuten, die ich kenne – und Dommi, mein Schatz, hat ihn mir auch schon gesagt: »Mach du dir bloß keine Vorwürfe deshalb, im Gegenteil, nur weil du den Tausch durchgezogen hast, hatte Zhan überhaupt eine Chance.« Bea wird noch mindestens eine Woche in Wien bleiben. Ihrer Mutter geht es besser, danke. Dann kommt Dolli noch mal an den Apparat, erstmals besorgt: »Paß auf dich auf, Gretel.« Zum ersten Mal heute grinse ich ein kleines bißchen, als ich auflege.

19.3.94, Samstag

Heute früh habe ich meine Übersetzung beendet. Ich bin damit um neun Arbeitstage zu früh dran, aber das erfährt ja keiner. Ich werde sie trotzdem erst in neun Tagen abgeben.

Um das Ende meines Jobs zu feiern, bin ich am Mittag ohne Bärli in den Tempel der Guanyin gegangen, aber es war ziemlich enttäuschend. Ein größerer Raum mit ein paar Klapptischen und -sesseln, in der Ecke stehen zwei Altäre Schulter an Schulter, davor jeweils die Opfertische, beladen mit Obst, Säcken mit Trockenfrüchten, Gemüse und Räucherstäben. Auf den Altären sitzen kunstlos gestaltete Gottheiten, eine vermutlich Guanyin, die Göttin der Barmherzigkeit, die andere männlich, mit Bart, leicht martialisch wirkend. Ich wollte nicht allzu neugierig sein und ganz nahe rangehen, aber es sah so aus, als wären die Figuren aus Pappmaché, mit Goldlack überzogen. Etwas reizvoller, aber auch nicht umwerfend, waren die Begleiter, die man ihnen zu Füßen hingestellt hatte, kleine Bronze- und Porzellanfiguren, die noch bis auf die Opfertische hin verteilt waren, wo sie recht unglücklich hinter Orangen, Äpfeln und Avocados saßen. Nicht unbedingt ein Muß für Reisegruppen, finde ich. Auch kein Platz, um Drogenpakete zu verstecken – was habe ich denn erwartet? Daß unter einer hohlen Buddhafigur ein Plastikzipfel herausschaut? Und jedenfalls nicht die Belohnung, die ich mir vorgestellt habe für meinen Fleiß (wo bleibt der Preis?). Der Bois lockt heute nicht sehr, es ist wieder kälter geworden, und ich kann mich nicht so recht entscheiden, was ich unternehmen soll. Mit einem Hund sind die Möglichkeiten doch beschränkt. Ich gehe nämlich als erstes zurück nach Haus und hole Bärli ab, stehe dann wieder auf der Straße und weiß immer noch nicht, wohin mit uns. In den Park Montsouris? Dort sind Hunde zwar erlaubt – an der Leine –, aber es gibt einen Haken dabei: Wo Hunde nicht ausgesperrt sind, ist das Grün eingezäunt. Lockt auch nicht.

Da ich am ehesten eine Spur hungrig bin, beschließe ich, wieder chinesisch essen zu gehen. Das Mittagsmenü gestern war herrlich, mit Wantan-Suppe, gebratenem Reis, Gemüse und Hühnergeschnetzeltes, zur Nachspeise dann frische Lychees! Vielleicht finde ich in der Nähe ein ähnlich gutes Restaurant. Ich mache mich also wieder auf den Weg zurück nach Chinatown. Einerseits kann ich beim Essen darüber nachdenken, womit ich mich belohnen soll, andererseits, wenn mir sonst nichts einfällt, war eben schon das Essen die Belohnung, und ich gehe dann einfach nach Hause.

Bei der Kreuzung Avenue d'Ivry / Avenue de Choisy bleiben wir ordentlich stehen, die Ampel ist rot. Vor uns warten schon fünf, sechs Leute am Gehsteigrand, mit dem Rücken zu mir. Ich erkenne Goldilocks aber auch von hinten sofort wieder, obwohl von seinem Gesicht nur die Kontur seiner rechten Wange zu sehen ist und er eine neue Frisur hat, kürzer und abgestuft. Aber es ist unverkennbar Goldilocks' Halbprofil, so hübsch, so weich. Als ob er es mir bestätigen wollte, beginnt Bärli neben mir leise zu knurren. Oder bilde ich es mir ein? Es ist kaum zu hören, ich spüre mehr das Vibrieren von Bärlis Brustkasten gegen mein Bein. Und da stehe ich Trottel und kontempliere das Knurren meines Hundes (Bärli hat jetzt auch die Haare aufgestellt), anstatt zu rennen! In der Minute meines Schrecks, der mir noch die Waden verkrampft, bin ich eingekeilt worden in eine Menge von Leuten, die alle zugleich die Avenue d'Ivry überqueren wollen – ganz Chinatown geht essen um halb zwei. Goldilocks steht direkt vor mir, ich könnte ihn anfassen, wenn ich die Hand nur ein wenig ausstreckte.

Ich bücke mich langsam, denn meine Idee, den Hund aufzuheben, der immer noch leise gegen mein rechtes Bein knurrt, muß sich erst langsam den herumstehenden Passanten mitteilen. Man schlurft ein bißchen, man schiebt die Hüfte zur Seite, man verlagert das Gewicht, man macht mir Platz. In Zeitlupe greife ich über Bärli weg nach rechts, an seinen vibrierenden Rippen entlang, fasse dann unter ihn, unter seinen Bauch, und da versteht er erst meine Absicht und kooperiert: Als ich ihn langsam aufhebe, springt er ein bißchen mit, balanciert geschickt, ich fasse mit der linken Hand nach, habe ihn jetzt auf dem rechten Arm. Die Druckknöpfe meines Webpelzmantels sind noch zu. Derb reiße ich sie mit der Linken auf, der Mantel öffnet sich, der verblüffte Hund verschwindet darunter. Zentimeterweise bewege ich mich nach hinten, wieder macht man mir Platz. Der eigenartigen Dame, sicher grün im Gesicht, mit unförmigem Paket unterm Mantel. Ich schleiche davon. Zu auffällig. Mit festeren Schritten gehe ich weiter. Ich glaube nicht, daß Goldilocks sich umdrehen wird. Wenn er es aber doch tut, sieht er nur eine Frau von hinten, mit weitem Mantel, ganz ohne Hund. Die sich gewiß ihrerseits nicht nach ihm umdrehen wird.

Daß Bärlis Maulkorb vom Träger meiner Umhängetasche baumelt, fällt mir erst ein, als ich schon um die nächste Ecke gebogen bin. Wenn sich Goldilocks doch umgedreht hat? Ich verschwinde ins nächstbeste chinesische Restaurant und suche mir einen Tisch ganz hinten aus, weg von den Fenstern.

~

Goldilocks in Chinatown!

Auf den zweiten Blick gar nicht so absurd. Bei meinen langen Spaziergängen durch das Viertel ist es mir ja auch in den Sinn gekommen, daß sich hier irgendwo vermutlich die zwei Reisebegleiter von Wei und Zhan versteckt halten. Wissen die beiden von Zhans Tod? Lesen sie Französisch? Kaum. In der Zeitung war eine kurze Notiz, aber nur über illegale Einwanderung und Mord. Und daß ein weiterer illegaler Immigrant sich gestellt hat und in Untersuchungshaft ist. Daß zwei noch flüchtig sind. Sind sie noch zusammen, die beiden anderen? Wissen sie inzwischen, was sie geschmuggelt haben? Das hat die Polizei geärgert, daß niemand wußte, was in den Säckchen war. Haben sie es schon verkauft? Oder verstecken sie es erst einmal?

Es ist nur logisch, daß Goldilocks, Birnengesicht Laridhi, der ältere Mann, der Chef, und der vierte Kerl – ein ganz normales, alltägliches Gesicht, ein bißchen rund sein Kopf und Bauch – auch in Chinatown nach den verschwundenen Chinesen und dem Stoff suchen. Hier haben sie Zhan geschnappt, von dem sie wußten, daß er mit den anderen verabredet war.

Oder?

Geht Goldilocks nur gern chinesisch essen?

Schade, daß er keinen Verband (mehr?) trägt. Ich hatte gehofft, daß Dalassio ihm eine ordentliche Delle geschlagen hätte.

Diesmal werde ich aber nicht allein Rätsel raten: Am Mittwoch kommt Dommi, sogar wieder mit dem Poiderer. Dommi habe ich heute früh angerufen, um ihm zu sagen, daß ich abends nicht da sein werde. Die Dalassios haben mich zum Abendessen zu sich nach Hause eingeladen – ich darf auch Bärli mitbringen, obwohl er haart. Für den Poiderer muß ich diesmal ein Hotelzimmer in der Nähe suchen. Bis dahin werde ich aber

1. die Augen offenhalten,
2. meine Einkaufs- und Spazierwege erratisch gestalten, Geschäfte, Wäschereien usw. wechseln,
3. Chinatown meiden,
4. Clochards gleichbleibend höflich behandeln, selbst wenn sie nach Bärli treten.

Und 5. werde ich ein bißchen darüber nachdenken, was es wohl heißen mag, daß ein Dealer, Mitglied einer mittlerweile gesuchten Mörderbande, der weiß, daß anhand seines Fotos nach ihm gefahndet wird, am hellichten Tag die Avenue d'Ivry überquert, die Hauptstraße des Pariser Chinesenviertels.

6. esse ich jetzt doch ein ganzes Mittagsmenü, nach dem Schreck habe ich um so größeren Hunger. Denn den Anruf bei der Polizei (7.) kann ich auch nachher noch machen.

~

Zu meinem Pech spreche ich wieder mit Lacombe, das ist der Kerl mit der häßlichen Stimme. Ich stelle ihn mir vor, wie er in den Hörer spricht: Die dicken Lippen sehr beweglich und immer feucht, aber er spuckt wenigstens nicht. Er trägt immer doppelreihige Sakkos, deren Knöpfe auf seinem Rumpf wie die überdimensionierten Zitzen einer trächtigen Hündin aussehen.

Als Lacombe hört, daß ich Goldilocks in Chinatown gesehen habe, fragt er noch scheinheilig, warum ich denn keinen Flic gerufen habe, der ihn verhaftet hätte? Ich mache ihm nicht die Freude zu sagen, daß ich zu gelähmt war vor Schreck, um auch nur daran zu denken, sondern frage ihn nur meinerseits kühl zurück, ob er daran gedacht hat, die Fahndungsfotos der drei Araber in Chinatown an jeden Flic austeilen zu lassen, denn dort würden sie am wahrscheinlichsten anfangen, nach den beiden Chinesen und dem Stoff zu suchen, n'est ce pas? Darauf sagt Lacombe nichts, sondern empfiehlt mir nur, in nächster Zeit nicht in Chinatown spazierenzugehen.

Seit meine Laune gestern ihren absoluten Tiefpunkt erfahren hat – bisher zumindest: Ich möchte mir nicht einmal vorstellen, daß es noch tiefer gehen könnte –, habe ich wieder eine Menge Aufwind bekommen, und Lacombes dumme Frage ärgert mich mehr, als sie mich kränkt. Jeder Gedanke an Zhan berührt nach wie vor einen rohen Nerv in mir (seine Frau! seine Tochter! Wann und wie werden sie wohl erfahren, daß Zhan nicht mehr lebt?), aber ich lerne schon, damit zu leben. Meine Selbstvorwürfe sind da schon eine andere Sache, die warten nur darauf, mich wieder in einer Talwanderung zu erwischen. Es ist ja leicht, so etwas zu sagen: Ich lerne schon, damit zu leben. Tot ist ja ein anderer.

Und heute ist schließlich Samstag. Also nur noch Sonntag-Montag-Dienstag, und am Mittwoch ist Dommi da. Ich mache daher etwas, das mich immer freut: Ich stelle Einkaufszettel zusammen, gewissermaßen die Speisekarte für das, was ich für Dommi kochen werde, wenn er kommt. Und für den Poiderer natürlich, obwohl wir zu dritt wahrscheinlich auf dem Boden essen und die Teller auf den Knien balancieren müssen.

So einen schönen Markt wie der, den mir Bea gezeigt hat, gibt es in meiner jetzigen Nachbarschaft leider nicht. Der Stadtteil, in dem ich wohne, hat überhaupt eine ganz andere Struktur als das schöne Bürgerviertel am Fuß des Montmartre, in dem meine vorige Wohnung lag. Dort waren Reihen von Wohnhäusern tonangebend, alle fünf- bis sechsstöckig, mit schmiedeeiserner Fenster- und Balkonbrüstung und Schindeldächern. Die Häuser in ganz gutem Zustand, aber abgelebt auf eine charmante Art, ein bißchen bröselig an den Ecken, leicht verwaschen. In meinem jetzigen Viertel ist nichts von dieser ruhigen Stattlichkeit zu finden. Es gibt solche Wohnhäuser zwar auch hier, aber nur vereinzelt. Es scheint, als hätte die Expansion von Paris etwas pausiert, worauf der Bezirk voreilig mit Vorstadthäusern weiterbebaut wurde: Kleine Einfamilienhäuser mit winzigen Vorgärten, zum Teil mit leicht mißlungener Landhausoptik, die Fassaden mit groben Steinstrukturen, haben sich zwischen die Stadthäuser gedrängt. Zu guter Letzt hat dann der in Paris offenbar immer latente Wohnungsmangel den Rest der freien Bauflächen für hochgeschossene Appartementblocks beansprucht, besonders viele davon gibt es in Chinatown. Es ist kein sehr schönes Viertel von Paris, in dem wir jetzt leben. Bärli hat auch erst einen einzigen neuen Freund, einen großen Schäfermischling, der manchmal vor der Bäckerei auf uns wartet. In Zukunft wird er aber vergeblich davorsitzen, denn Bärli und ich werden immer zu anderen Zeiten in verschiedenen Geschäften einkaufen. Wir sind nicht heimisch geworden in unserem neuen Karree. Wir haben auch kaum mehr Zeit dazu. Wenn nicht bis Ende des Monats eine Verlängerung des Projekts beschlossen wird, fahren wir Anfang April zurück nach Wien.

Ich bin vielleicht nicht mehr ganz so depressiv wie gestern, aber die Umgebung drückt auf mich, und das Bewußtsein, daß ich jetzt, da auch Bea weg ist, mit niemandem in Paris befreundet bin, tut sein übriges. Die Dalassios kenne ich noch nicht so gut. Sonntag-Montag-Dienstag werde ich durch Straßen gehen, die wenig Reiz für mich haben, werde mit kaum jemandem sprechen, und meine größte Freude ist es, Speisefolgen im Kopf zusammenzustellen. Im Vergleich zu gestern ist das alles eine große Verbesserung, aber wohl fühle ich mich nicht. Sie sollen bitte schnell vorbeigehen, die drei Tage.

~

Für Madame Dalassio habe ich auf dem Rückweg vom Restaurant einen hübschen Strauß Tulpen besorgt, dann für den Poiderer ein Zimmer im Hotel Leduc reserviert, das nur drei Minuten von meiner Wohnung entfernt liegt, und mir dann zu Hause ein Ratespiel im Fernsehen angeschaut, in dem drei Kandidaten so lange Buchstaben in Leerstellen einsetzen müssen, bis sich ein Begriff ergibt. Ich habe eifrig mitgeraten, und dafür, daß mein Französisch immer noch miserabel ist, war ich gar nicht so schlecht.

Dann habe ich mich geduscht, umgezogen und schöngemacht und mit einem weiteren hochwillkommenen kleinen Freudegefühl gemerkt, daß ich etwas dünner geworden bin. Seit Dommi und ich vor vier Jahren aufgehört haben zu rauchen, sind wir beide ein bißchen in die Breite gegangen. Nur meine Beine bleiben immer ganz okay, vielleicht, weil ich soviel mit Bärli herumlaufe. Es freut mich, daß der graue Rock, in dem ich Mme Dalassio bestimmt gefalle, nicht mehr zwickt. Und daß ich Dommi in den Jeans die Tür aufmachen kann, in die ich schon lange nicht mehr reingepaßt habe. Depressionen und Schuldgefühle haben auch positive Seiten, wie Alzheimer.

Die Dalassios wohnen ein schönes Stück von Vincennes entfernt, in der Nähe des Square Sarah Bernhardt. Um Punkt sieben Uhr dreißig läute ich an der separaten Haustür der Dalassios. Über ihnen gibt es noch zwei weitere Stockwerke, aber die haben ihren eigenen Eingang um die Ecke. Auch der kleine Vorgarten wird daher nur von den Dalassios benutzt.

Sie wohnen sehr hübsch, die Dalassios, und sind stolz darauf. Sie zeigen mir den Wintergarten, der in den hinteren Garten hinausführt, das gemütliche Wohnzimmer mit dicken Teppichen, polierten dunklen Möbeln – modern als einziges die prominente Stereoanlage – und einer kleinen, ebenfalls sehr anheimelnden Speiseecke. Der liebevoll gedeckte Tisch versetzt mir einen kleinen Stich: Ich merke plötzlich, daß ich schon lange weg bin von zu Hause. In Wien wohnen Dommi und ich auch recht hübsch. In der kleinen, modernen Küche riecht es schon gut. Dahinter liegt die Bibliothek, die auch als Gästezimmer benutzt wird – früher das Zimmer ihrer Tochter Estelle vermutlich.

Das Essen ist herrlich, leicht und phantasievoll. Keta-Kaviar auf kleinen Keksen zum Sekt als *amuse gueule*. Duftende Steinpilzconsommé. Ein kleines Forellenfilet kommt von Selleriepüree begleitet. Der Hauptgang, in Honig gebratene Täubchen, ist von Wildreis umringt, einige *haricots verts* (extra-fins, dünn wie Grashalme) liegen malerisch darübergestreut. Die Sauce dazu ist ein sämiger Traum und riecht ganz leicht nach Orangen. Als Nachtisch gibt es einen frischen Früchtesalat, in dem ich einen Schuß Cointreau entdecke. Als ich um zehn Uhr abends mein letztes Stückchen Erdbeere aufspieße, zwickt der graue Rock schon wieder.

Bisher ist der Abend mit den Dalassios sehr gelungen. Sie haben mir viele Geschichten aus ihrer Schule erzählt, einem gemischten Gymnasium. Ich habe mehrmals Tränen gelacht. Wir sprachen viel übers Essen, natürlich. Von Madames Krankheit ist heute abend nichts zu bemerken, sie ist blendend gelaunt und wohl ganz zufrieden mit ihrem gelungenen Diner, und nur einmal habe ich das Gefühl, daß ihr Blick, mit dem sie mich über den Rand ihres Weinglases anschaut, plötzlich leer wird, als wüßte sie einen Moment lang nicht, wer ich bin und was ich da mache. Einige Sekunden lang sitzt sie so versteinert (ich konzentriere mich ganz auf Monsieurs Geschichte), dann schaut sie zu ihrem Mann hinüber, der gerade mit viel Gusto erzählt, wie er einem Bengel (aus mir unbekannten Gründen, ich habe nicht ganz zugehört am Anfang) aufs Bubenklo folgt (wir sind soeben fertig geworden mit dem Essen). Und entweder hat sie bis dahin den Faden schon wiedergefunden, der ihr kurz entfallen war, oder sie ist einfach beruhigt, ihren Mann so gelöst zu sehen, denn demnach hätte es schon seine Richtigkeit, daß eine Fremde am Tisch sitzt, und sie kann sich Zeit lassen, die Scherben wieder zusammenzufügen. Oder aber ich habe mir das Ganze ohnedies nur eingebildet, und Madame hat in der Pause, in der sie das Glas an die Lippen hielt, ohne davon zu trinken, keinen unruhigeren Gedanken gehabt als: »Ob ich wohl besser Karamelzucker anbiete zum Kaffee?« Als ich am Ende der Geschichte (die Pointe war: ... Unter dem Klofenster war aber ein dicht verwachsenes Rosenbeet, und der Concierge brauchte eine riesige Schere und fast eine Stunde, bis er den Kleinen befreien konnte ...) wieder hinüberschaue zu Madame, sind ihre Augen wieder klar, und sie lächelt über die Anekdote, als hätte sie sie eben das hundertunderste Mal gehört.

Sie erzählt mir von der Katze, die sie einmal hatten, eine hübsche graue Perserkatze mit rötlichem Schimmer, ein sehr lebhaftes, verspieltes Tier. Am liebsten setzte sie sich oben auf den großen Bücherschrank – massiv, aus schön poliertem dunklen Holz, steht er in der Eßnische –, und wenn dann jemand das Wohnzimmer betrat, sprang sie den Unglücklichen ohne jede Warnung von oben an. Und obwohl die Katze jetzt schon lange tot ist, erwischt Madame sich heute noch manchmal dabei, wie sie ängstlich den Kopf einzieht und zum Bücherschrank hinaufschielt, wenn sie das Wohnzimmer betritt.

In der Pause vor dem Kaffee überlege ich, womit ich die beiden meinerseits unterhalten könnte – ich bin bisher noch kaum zu Wort gekommen – und welche Geschichte ich erzählen könnte. (Über Bärli vielleicht, den die beiden sehr verwöhnen, sie haben ihm extra die Taubeninnereien überbrüht und auf einem Tellerchen in der Küche zu fressen gegeben.) Man hat da sein Repertoire, komm, Margi, tu schon! Da entgleitet mir mein Gefühl des Behagens, der Balance. Etwas kippt. Ich finde kein rechtes Thema. Es gelingt mir nicht, Hund auf Katze zu setzen. Was mich wirklich beschäftigt, kann ich den beiden kaum als Schwank erzählen. Alles andere würde zu gezwungen und gekünstelt wirken. Ich lache weiter über alle Späße von G. Dalassio, der den Abend sehr genießt und sich schon zum zweiten Mal Cognac nachschenkt. Gut so, M. le Professeur, feiern wir die Feste, wie sie fallen! Ich schmunzle weiterhin über die Schnurren von Mme Dalassio, die sie mir manchmal ins Englische übersetzen muß, immer noch. Aber ich weiß schon, daß der heutige Abend für mich gelaufen ist. Der Rest ist Theater, das ich mit viel gutem Willen weiterspiele, aber irgendwann zwischen Erdbeere und Kaffee ist meine gute, gelöste Stimmung baden gegangen. Noch während ich lächle, merci sage, Pläsanterien austausche, sinkt meine Laune so spürbar ab, daß man es geradezu hören kann. Alles, was ich sagen könnte, bleibt mir so lange im Hals stecken, bis es verdorben ist. Merdefrance.

Ich schaffe es, bis zum Abschied vor dem Haustor eine Fassade von Wohlbefinden aufrechtzuhalten, ich glaube nicht, daß die Dalassios etwas bemerkt haben. Sophie Dalassio hat noch ein kleines Geschenk für mich: Eine Halbliterflasche Nußöl aus der Camargue, wo ihre Schwester wohnt. Die besorgt ihr das immer, denn in Paris kriegt man das wirklich gute Nußöl gar nicht. Sie begleiten mich bis hinaus zum Taxi, Madame küßt mich auf beide Wangen, Monsieur drückt mir warm die Hand. Wir plaudern bis zuletzt, lachen und schwatzen, winken endlich.

Ich kann mir gut vorstellen, wie Mme Dalassio am Arm ihres Mannes ins Haus zurückgeht und zu ihm sagt: »Eine nette junge Frau, wirklich!« Und er sagt darauf: »Ja, nicht wahr?« Und sie sagt darauf: »Aber eine Spur langweilig.«

~

Das Taxi setzt uns vor dem Haustor ab. Ich mache das Licht an, und wir klettern beide müde und schwer die Stiegen hinauf. Im ersten Stock ist die Glühbirne im Gang kaputt. Aber die im zweiten leuchtet hell genug, um auszumachen, wo man den Fuß hinsetzt. Die im dritten ist auch okay. Aber die Glühbirne im Gang des vierten Stocks muß heute abend ins Gras gebissen haben: Ich erinnere mich nicht, daß sie schon ausgebrannt gewesen wäre, als wir weggingen, Bärli und ich.

Wir kommen vor unserer Wohnung an. Bärli schwanzwedelnd (soviel ist sichtbar im Licht des dritten und des fünften Stocks), ich keuchend (hörbar in eben diesen beiden). Ich stecke den Schlüssel in das untere Schloß. Das obere klemmt, das sperre ich nie ab. Ich drehe das erste Mal nach rechts. Ganz normales Klick. Ich will gerade das zweite Mal drehen, da höre ich leise, aber unverkennbar und deutlich ein Geräusch aus meiner Wohnung kommen, das jeder Hundebesitzer kennt: ein pustendes Quietschen. Jemand ist auf eines von Bärlis Spielzeugen getreten. Bärli hat drei, die quietschen, und eines, das nicht quietscht, einen Tennisball. Die drei quietschenden Gummispielzeuge sind ein kleiner Igel, ein Elefant und ein Eislutscher, braun mit weißem Stiel.

Ich rufe halblaut, aber dringend, scharf: »Bärli« , denn ich habe ihn schon von der Leine gelassen, drehe mich um und renne die Stiegen hinunter, so schnell ich nur kann. Den Schlüssel lasse ich stecken, in der vagen Hoffnung, daß er irgendwie das Schloß verklemmt, wenn es jetzt von innen geöffnet wird. Ich komme gerade im dritten Stock an, Bärli ein paar Schritte vor mir – da geht meine Wohnungstür schon auf. Schritte über mir, schnelle. Ich laufe weiter, in den zweiten Stock. Das Licht geht aus. Ich laufe weiter, höre aber, daß Bärli vor mir stehenbleibt. Bärli ist immer ein bißchen unsicher auf Wendeltreppen, und die in unserem neuen Haus ist aus blankem Holz, ohne Teppich. Bärli mag es nicht, wenn er rutscht. Ich auch nicht. Die Kerle über mir auch nicht. Sie bleiben stehen. Sie suchen nach dem Lichtschalter. Ich habe Bärli schon eingeholt, schubse ihn vor mir her, sanft mit dem Schuh, und das Licht geht in dem Augenblick wieder an, in dem sich mein rechter Absatz an einer Türmatte im ersten Stock verfängt, ein, zwei Schritte weit nehme ich sie mit, dann verliere ich die Balance. Wild greife ich nach dem Geländer, erwische es, ziehe mich daran hoch. Bärli hat einen Schreck bekommen von meinem Gestolper, er rennt ein paar Stufen voraus. Mit Grausen fällt mir ein, was mich jetzt erwartet: der Türöffnungsmechanismus. Das ganze Haus ist kürzlich renoviert worden, es riecht noch nach Farbe, aber der Schalter, mit dem das Haustor geöffnet wird, stammt noch aus dem Baujahr 1923, scheint's. Es dauert Sekunden, nachdem man innen neben der Tür den Schalter gedrückt hat, bis das Tor sich öffnet. Meine Hand am Geländer wird schweißnaß, mein Griff glitscht. Glitschig, schmierig, rutscht wie Öl. Die Nußölflasche von Mme Dalassio! Ich habe sie in meine rechte Manteltasche gesteckt. Im Nu habe ich sie herausgezogen, aufgemacht, dem Himmel sei Dank kein komplizierter Verschluß, nur eine große runde Öffnung. Ich reiße meinen Schuh von der Türmatte los, die auf halber Stiege liegenbleibt, laufe zwei Schritte weiter, gieße in großzügigem Bogen das duftende Öl auf die Holzstufen. »Das ist kein Öl«, habe ich zu Madame gesagt, »das ist Parfüm!«

Schleudernd und rutschend erreiche ich die erste Glastür, reiße sie auf, drücke sie hinter mir ins Schloß, presse dann den Türöffner. Während der mit lähmender Langsamkeit dem Eingangstor mitteilt, daß da jemand hinausmöchte, höre ich Schritte auf der Treppe hinter mir, Poltern, Fallen, Fluchen.

Mit tiefem Summton geht die Eingangstür auf, Bärli und ich laufen hinaus auf die Straße. Wieder drücke ich die Tür hinter mir ins Schloß. Was jetzt? Was auch immer, schnell und ohne Schuhe! Ich ziehe mir schon im Laufen meine hübschen grauschwarzen Pumps aus, die ich gern zum grauen Rock trage, stecke sie mir in die Manteltaschen (frei, seit Öl weg) und renne los nach rechts, Bärli neben mir. Die Strecke bis zur linken Ecke wäre kürzer gewesen, aber eben deshalb nehme ich die andere, auf leisen Pfoten. Flott, Cinderella!

Da ich keine Ahnung habe, wo hier in der Nähe eine Telefonzelle sein kann, ist meine erste und daher beste Idee das Hotel Leduc, drei Minuten von der Wohnung entfernt. Wenn man rennt, weniger als zwei. Die Straße hinter mir bleibt still, zumindest höre ich noch nichts, als ich nochmals rechts und dann links abbiege. Und da sehe ich schon die Lichter des Hotels, das Licht, vielmehr: Es leuchtet nur ein bescheidenes Neonlicht über dem Hoteleingang. Aber immerhin! Ich reiße die Tür auf, und Bärli und ich springen nebeneinander die Treppe hoch, die zur Portiersloge führt. »Chiens interdits!« ruft mir der Portier schon entgegen. Es ist nicht derselbe, bei dem ich das Zimmer für den Poiderer reserviert habe und mit dem ich französisch parliert habe, aber um so besser: »Please! Call the police, immediately! There are burglars in my apartment!« Ich bringe etwas Bewegung und einen Hauch der großen weiten Welt in sein Leben. Er versteht etwas Englisch, spricht aber zu wenig, um lange Fragen zu stellen, also greift er zum Telefon und wählt die Notnummer. Er spricht in raschem Französisch, läßt dabei die Augen nicht von mir, als ich mich an ihm vorbeidrücke in den jetzt stockfinsteren Frühstücksraum – ich habe mir den Speisesaal und die Zimmer angeschaut, bevor ich reserviert habe. Ich lege den Finger an die Lippen und deute mit dem Kopf zur Tür. Auch das versteht er, das versteht jeder. Mir kommt es von meinem Aussichtspunkt etwas oberhalb der Eingangstür, halb versteckt hinter der Portiersloge und dem Türrahmen des Frühstücksraums auch prompt so vor, als wären draußen Gestalten zu sehen, und ich ziehe den Kopf in dem Moment zurück, als die Tür aufgerissen wird. Ich hocke mich hin und halte Bärlis Schnauze zu. Einen Augenblick bleibt die Tür offen, ein kalter Luftzug weht herein, dann wird sie zugeknallt.

Hereingekommen ist aber niemand. Der Portier hält den Telefonhörer noch in der Hand. Mit der anderen hat er seine Schreibtischschublade aufgemacht, in der – mich überrascht so was schon längst nicht mehr – noch so ein Museumsstück liegt, ein Revolver, eine Pistole, was weiß ich. Sieht älter aus als der Portier selbst. Er wendet sich zu mir um. »On vous poursuit?« Ich zucke mit den Achseln. Kann sein, daß ich ihn nicht verstehe, kann sein, daß ich die Antwort nicht weiß. Nach einer kurzen Pause, in der ich ihm nichts anbiete als mein leeres Gesicht, sagt er, ein bißchen ärgerlich: »Police will come in five minutes.« Er merkt schon, ich prelle ihn um sein Abenteuer. Ich danke ihm höflich.

Die fünf Minuten ziehen sich sehr, bis ich Sirenen höre. Inzwischen hat bei mir die Reaktion eingesetzt, ich zittere und mir ist speiübel. Nur mit Mühe kann ich wieder in meine Schuhe schlüpfen, ohne das Gleichgewicht zu verlieren. Ob ich, nachdem ich schon Mme Dalassios Öl vergeudet habe, jetzt auch noch das ganze Diner abgeben muß? Der Portier schaut mich an, als wüßte er, daß mir schlecht ist.

Der Wagen mit der Sirene hält vor der Tür. Früher war ich immer froh, Sirenen leiser werden zu hören, weil das hieß, daß das Unglück nicht allzu nah bei mir passierte, aber jetzt bin ich schon wieder einmal froh, das Jaulen näher kommen zu hören. Ein junger, großgewachsener Polizist mit unbeschreiblichem Milchgesicht kommt herein, fragt den Portier das zu erwartende »Ks ks passe?« ... Der Portier zeigt stumm über seine Schulter, auf mich.

Ich drängle den Flic physisch zur Tür hinaus, denn der Eingang ist sehr eng. Im Wagen sitzt noch ein zweiter. Ich rede gleich englisch auf die beiden ein, daß man in meine Wohnung eingebrochen hat, ich bin sicher, daß zumindest ein Einbrecher mich verfolgt hat, aber trotzdem: Schnell zurück in die Wohnung! Ich gebe dem Fahrer die Adresse.

Vor dem Haus steht schon ein weiterer Polizeiwagen. Wir laufen die Stiegen hinauf, der jüngere Polizist voran. Gerade fällt mir ein, ihm »Watch out!« zuzurufen, da rutscht er schon auf halber Stiege aus und landet hart mit dem rechten Knie auf der Stufenkante, obwohl er das Geländer knapp noch erwischt hat. Es duftet herrlich nach Nüssen. »Jemand hat hier kürzlich Öl ausgeschüttet«, sage ich ihm unschuldig.

Im vierten Stock sind auf dem Gang fünf, sechs Personen in verschiedenen Stadien des Deshabillé versammelt. Jemand hat die Glühbirne ersetzt. Meine Wohnungstür steht offen, eine Nachbarin, die ich vom Sehen kenne, und ein Polizist kommen eben heraus. Als würde sie einen Verbrecher identifizieren, zeigt die Nachbarin mit dem Finger auf mich, als sie mich sieht, und schreit: »C'est elle!«, als wollte sie nachsetzen: Laßt sie nicht entkommen!

Man macht mir Platz, so daß ich in die Wohnung gehen kann. Sie war nicht sonderlich aufgeräumt, als ich wegging, aber jetzt ist sie nicht wiederzuerkennen. Meine Kleider liegen am Boden, auf dem Bett, unter dem Fernsehstuhl. Der Koffer steht mit offenem Maul verkehrt vor dem Balkon, ich hatte die wärmeren Wintersachen darin weggepackt. Alles liegt verstreut: Bücher, Polster, Schuhe, Haarbürste, Badetücher, Unterwäsche. Bärlis Decke.

Automatisch bücke ich mich, um die Wasserflasche aufzuheben, die umgekippt neben dem Bett liegt. Der Polizist, der von der Nachbarin gerufen worden ist, beginnt, mich auf französisch nach Namen usw. zu fragen, mein Begleiter unterbricht ihn, ich spräche kein Französisch. »Doch, ein bißchen schon«, sage ich müde, denn vielleicht mache ich mir das Leben damit doch ein bißchen leichter. Das wird ohnedies ein langer Abend.

20.3.94, Sonntag

Als ich mir kurz nach acht Butter auf mein Frühstücksbaguette schmiere, bin ich unbehaglicher Mittelpunkt des Interesses von rund hundertzwanzig Polizisten. Ohne Spaß.

Nach der Bestands- und Protokollaufnahme gestern abend – man nahm mich wieder einmal mit auf ein Kommissariat – weigerte ich mich, zurück in meine Wohnung zu gehen. Das war kurz vor zwei Uhr früh. Ich habe meine Aussage so vollständig wie möglich gemacht, mußte aber von Zhan und dem Drogenschmuggel von Anfang an alles neu erzählen, denn keiner der anwesenden Beamten war mit dem Fall vertraut. Als klar wurde, daß ich nicht eines der Dutzende Opfer eines ganz normalen Einbruchs war, sondern Grund zur Annahme habe, daß die Drogendealer ganz gezielt etwas in meiner Wohnung gesucht haben, wurden die Flics etwas freundlicher und interessierter. Ich erwähnte auch den Namen Lacombe (obwohl ich den nicht ausstehen kann – den Mann, meine ich, sein Name ist mir egal), was eine gewisse Wirkung hatte. Man versprach mir, ihm mein Protokoll sofort morgen früh vorzulegen, denn L. kommt erst am Montag wieder ins Büro.

Es fehlt nur wenig aus meiner Wohnung, aber das tut weh: mein Adreßbuch, mein blaues Notizbuch, mein Taschenkalender. Gott sei Dank nicht der Laptop und die Backup-Diskette, auf der ich meine Arbeit von fast drei Monaten gesichert habe! Die Kerle haben sich nicht einmal die Mühe gemacht, mein Geld einzustekken, rund 4000 Francs lagen lose herum. Das in erster Linie hat die Flics davon überzeugt, daß hier etwas faul ist. Aber mein Adreßbuch! Nicht nur, daß die Kerle jetzt wissen, wie ich heiße und wo ich wohne – säuberlich eingetragen auf dem Innenumschlag des

Büchleins – sie kennen jetzt Namen und Anschrift meiner Mutter, von Ralphie, meinem kleinen Bruder, von Dommis Papa, Dommis Bruder Niko, von Dolli ... von allen! Sie haben die Adresse von Dommis Schwester in Neuseeland, die Namen und Geburtsdaten ihrer vier Kinder. Meine Sozialversicherungsnummer. Inges Nummer in Berlin. Die Nummer von Dommis Büro in Nizza, die ich nicht auswendig weiß – ich muß heute meine Mutter bitten, Dommis Vater anzurufen, damit er mich zurückruft und mir Dommis Nummer gibt.

Sie können sich jetzt aussuchen, wann und wo sie mir eine Überraschung bereiten möchten, die Kerle.

Auch den Polizisten schien es dann besser, mich anderswo unterzubringen. So kurzfristig wollte ihnen anfangs nichts einfallen, aber dann sagte der jüngere, der sich immer noch das Schienbein rieb, daß morgen doch das Freundschaftsspiel sei? Die Marseiller École de Police gegen Paris. Alle vier Mannschaften der vier Jahrgänge spielen heute und morgen im Stade de la Porte de la Chapelle je ein Freundschaftsmatch, und für die Marseiller – vierundvierzig Spieler plus Ersatzspieler plus Trainer plus der ganze Lehrkörper, also rund einhundertzwanzig Polizisten – ist ein ganzes Hotel in der Nähe des Stadions gemietet worden. Vielleicht ist dort noch etwas frei! Es wurde herumtelefoniert (Bärli schlief schon auf meinem Schoß), dann kam das Okay. Sogar die übermüdeten, rotäugigen Flics sahen den Witz darin, daß ich gleich hundertzwanzig Bewacher bekam.

Der Polizist mit dem Milchgesicht fuhr mich zuerst zurück in meine Wohnung, um das Nötigste einzupacken, dann ins Hotel, wo ein Portier trotz später Stunde seines Amtes waltete: »Pas avec le chien!« – »Mais oui, avec le chien«, antwortete mein Begleiter, und Bärli und ich konnten endlich schlafen gehen.

~

Nachdem der Polizistennachwuchs Bärli unter meinem Frühstückstisch entdeckt hat, gibt es kein Halten mehr. Zwei, vier, zehn Burschen mit sehr sauberen Haarschnitten bleiben bei Bärli stehen, streicheln ihm den Kopf, kraulen ihm den Bauch, tätscheln ihm den Rücken, und obwohl ich von ihrer Berufswahl nicht viel halte, finde ich sie ganz entwaffnend. Als ausgelernte Flics (Grünflächenlehre I, II und III) werden sie dann auf der anderen Seite des Gesetzes stehen und jederzeit ein Auge darauf haben, daß Bärli und seine Freunde nicht verbotenes Gelände betreten, unter Androhung schwerer Strafen.

Ich soll bis morgen im Hotel bleiben, bis Lacombe mich anruft oder abholt, hat mir der Polizist mit dem schmerzenden Schienbein gesagt; ich habe ihn aber darauf hingewiesen, daß ich zumindest Bärli Gassi führen muß.

Nach dem Frühstück gehen wir eine kurze Runde ums Hotel, dann, zurück im Zimmer, rufe ich als erstes meine Mutter an. Ich habe mir genau überlegt, was ich ihr sagen werde, um sie nicht zu erschrecken, aber ihr doch klarzumachen, daß jetzt Leute ihre Adresse haben, die mir nicht wohlgesinnt sind. Ich erwische sie wie erwartet zu Hause. Ich erkläre ihr, daß ich schon wieder umziehen mußte, weil es da Probleme mit der Wohnung gab, und außerdem hätte ich mein Telefonbuch verloren, brauchte daher Dommis Nummer von seinem Vater. Soweit geht noch alles gut. Sie riecht den Sonntagsbraten nicht. Dann: »Und, Mami, es ist da eine blöde Geschichte passiert, was meine Übersetzungsarbeit betrifft« – ich erwähne nicht, daß es ein chinesischer Text war, mit dem für mich alles angefangen hat –, »so etwas Ähnliches wie Betriebsspionage, und ich habe anfangs allen möglichen Leuten deine Nummer gegeben, weil wir beide ja immer in Kontakt sind, falls mich jemand dringend erreichen will; aber nach dieser Geschichte gib bitte niemandem meine neue Nummer oder Adresse.« Welche Adresse auch? Ich habe keine Ahnung, wo ich morgen schlafen werde, die Marseiller Hundefreunde reisen nach den Matches ab! »Egal, wer dich danach fragt. Nur dem Vater von Dommi natürlich, weil der mich ja zurückrufen muß.« Da erst fällt mir ein, daß Dommis Vater sonntags natürlich immer in der Kirche ist, also frühestens um zwölf nach Hause kommt. Wir plaudern dann noch ein bißchen. Es geht ihr gut, sagt sie, und sie ist wieder auf Diät, hat aber bisher noch nichts abgenommen. Bärli geht ihr ab ... Dann lege ich erleichtert auf.

Zwanzig nach zwölf läutet mein Zimmertelefon, es ist Dommis

Vater, der mir Dommis Hotel- und Büronummer gibt. Ich erzähle ihm dann mehr oder weniger dieselbe Geschichte, die ich schon meiner Mutter erzählt habe, denn die beiden treffen einander ab und zu zu einem Mittagessen – beide sind verwitwet, aber es funkt nicht zwischen ihnen –, erkundige mich nach seiner Gesundheit (danke, alles in Ordnung), nach seinen Reiseplänen (zur Zeit keine, erst im Herbst fährt er wieder zu Tochter und Enkeln nach Wellington), seinen Topfpflanzen (er züchtet auf seinem Balkon herrliche Begonien – noch blüht natürlich nichts, aber die ersten Triebe sind schon sehr kräftig), dann noch liebe Grüße an Dommi, auf Wiedersehen und danke nochmals.

Ich rufe Dommi im Büro an. Er ist noch so in seine Arbeit vertieft, daß wir in den ersten paar Minuten nur über das Übersetzen reden, und ich genieße diese Minuten ganz außerordentlich: Das ist unser normales Leben, unsere größte Sorge sollte es sein, ob »Befehl eingeben« oder »Befehlseingabe« die bessere Formulierung ist! Ich mache die Augen zu, während Dommi spricht, und als ich sie wieder aufmache, sind sie ein bißchen naß. Dommi merkt es an meiner Stimme. »Was ist passiert, um Himmels willen?«

Ich erzähle ihm vom Einbruch, daß man mich verfolgt hat, vom Nußöl und dem Polizisten mit dem Schienbein (hier muß Dommi lachen), den Adreß- und Notizbüchern (er lacht nicht), den Fußballspielern und ihrer letzten Liebe zu einem Hund (er lacht wieder). Als ich fertig bin mit meiner Erzählung, inklusive Grüße vom Papa, ist Dommi erst einmal still. Dann sagt er nur: »Jetzt haben sie uns.«

~

Das Telefonat dauert eine gute Stunde. Wir kommen natürlich zu keinem richtigen Ergebnis, aber es hilft schon, daß wir miteinander die Situation durchsprechen. Ich erzähle Dommi den Reim, den ich mir auf den Einbruch in meine Wohnung mache: erstens, daß entweder Goldilocks mich doch gestern gesehen hat oder daß vielleicht einer der Kerle die ganze Zeit hinter mir stand, unbemerkt. Ist auch egal, sie haben jedenfalls herausgefunden, wo ich jetzt wohne. Zweitens glauben sie offenbar, daß ich entweder über das Versteck der anderen zwei Chinesen oder der Drogen etwas weiß. Denn sonst könnte ich ihnen doch egal sein – und aus Rache bricht man nicht ein und stiehlt Adreßbücher, oder? Des weiteren konnten die Kerle doch kaum annehmen, daß ich die beiden Chinesen in meiner Wohnung verstecke, sondern sie denken, daß ich ... die Drogen habe, was sonst? Oder irgendwo versteckt habe, und sie haben den Schlüssel für ein Schließfach oder eine Kofferaufgabenummer oder ähnliches gesucht.

Wieder schweigen Dommi und ich eine Weile, während sich das alles setzt. Wenn das stimmt, was wir uns da ausdenken, sitzen wir mit unseren vier Buchstaben tief in schwarzer Flüssigkeit mit fünf Buchstaben.

»Wenn die Dealer also annehmen, daß Wei ausgerechnet mir die Pakete gegeben hat, um sie für ihn aufzuheben, und daß wir dann halbe-halbe machen oder wie auch immer, heißt das natürlich ...«, und diesen Satz spricht Dommi für mich fertig: »... daß es die beiden anderen Chinesen nie gegeben hat.«

Das ganze »Geständnis« war eine falsche Spur, die suggerieren sollte, daß weder Zhan noch Wei die Drogen in Besitz haben, sondern daß die mysteriösen Landsleute, die natürlich nie gefunden werden, sich damit davongemacht hätten.

Oder?

Nehmen wir an, daß Zhan und Wei mit ihrem heiklen Gepäck gut in Paris angekommen sind, dann aber nicht wußten, wie es weitergehen sollte. Sie kennen ja hier niemanden, sprechen die Sprache nicht, haben keine gültigen Papiere. Sie beschlossen, die Ware, wenn überhaupt, dann nur zu einem viel höheren Preis an die Dealer abzugeben.

Wenn Zhan mit den Dealern nicht ins Geschäft kam, wollten er und Wei sich der Polizei stellen und den Stoff übergeben. Damit würden sie wenigstens eines ihrer Ziele erreichen: Entweder sie hätten die Chance, sich um Asyl zu bewerben, mit dem Pluspunkt, eine Drogenlieferung verhindert zu haben, oder hätten Geld.

Dann, in der Nacht in Beas Wohnung, hatte Zhan aber eine noch bessere Idee, wie sie sowohl um Asyl nachsuchen, als auch die Drogen zur Seite schaffen könnten. Er schrieb sein Geständnis, in dem er zwei weitere Landsleute erfand und ihnen die Drogen zuschob. Und er bat darum (scheinheilig), es Wei zu zeigen, wenn er festgenommen würde. Wei hat die Idee spitzgekriegt und hat, ganz im Sinne Zhans, die beiden verschwinden lassen, leider ohne Hinterlassung einer Adresse.

Das war aber nur für den Notfall. Zhan rechnete durchaus damit, selbst noch Wei zu treffen, bevor sie sich der Polizei stellten, denn sie mußten eine Menge Details klären, und er machte sich daher, als er mit Génins Bierwagen abfuhr, zuerst auf den Weg zu Wei und nicht zur Polizei. Er wurde aber von den Dealern geschnappt, als er noch nach dem Tempel in Chinatown suchte. Bevor er Wei sprechen konnte.

Die Araber wissen natürlich, daß es nie zwei weitere Chinesen gab. Sie wissen auch, daß Wei in Chinatown war, wo er Zhan treffen sollte. Daher haben sie das Viertel durchsucht, vermutlich Hotel- und Restaurantangestellte befragt. Dann kam der Glückstreffer (für sie): Margi S. lief ihnen wieder über den Weg, verdächtigerweise in Chinatown. Die wußte genau, wie die Drogensäcke aussahen, hatte ihnen aber statt derer Mehl untergejubelt. Und woher weiß sie denn, wie die Säcke aussehen? Weil sie mit Wei unter einer Decke steckt, deshalb weiß sie es. Und entweder sie hat das Zeug, oder sie weiß, wo es ist.

Für Fall a): Kommt, Burschen, schauen wir uns ihre Wohnung einmal gründlich an; für Fall b): Kaufen wir uns die Demoiselle!

Deshalb kamen sie hinter mir her, gestern abend. Und werden so lang hinter mir her sein, bis sie das haben, was sie wollen. Kunststück, mit kompletter Adressenliste. Oder bis sie bei dem Versuch, mich zu schnappen, selbst geschnappt werden, denke ich ganz weit hinten im Kopf, sage aber (noch) nichts.

~

Es ist halb zwei, als wir endlich auflegen. Dommi wird mich am Abend gegen neun wieder anrufen, und ich mußte ihm versprechen – es fiel mir leicht –, bis dahin weder nach Chinatown zu fahren noch in die Wohnung, noch in meine frühere Wohnung, noch in die Bibliothek, denn die Araber haben vermutlich meine

Bibliothekskarte gesehen, auch wenn sie sie nicht mitgenommen haben, noch in den Bois, aber das Wetter ist ohnedies mies – die Jungpolizisten müssen heute im Regen spielen. Nur einen Weg werde ich doch machen, sogar mit Dommis Segen: Der Poiderer hat ihn auf die Idee gebracht, daß ein Fremder, der das erste Mal nach Paris kommt, als allererstes einen Reiseführer braucht. Wei und Zhan haben zwei Treffpunkte ausgemacht, ohne je zuvor in Paris gewesen zu sein; einer davon, der Tempel in Chinatown, ist noch dazu recht obskur – es gibt einen wesentlich größeren, bekannteren buddhistischen Tempel gleich am Lac Daumesnil, im Bois de Vincennes.

Ich müßte daher den Reiseführer ausfindig machen, in dem sowohl das Musée Guimet als auch dieser Tempel erwähnt sind, denn darin findet sich möglicherweise der Hinweis, wo die Drogen wirklich versteckt sind.

Daher nehme ich Bärli und meinen neuen Regenschirm und mache mich kurz vor zwei auf den Weg zum »Le Phénix«, dem großen chinesischen Büchergeschäft auf dem Boulevard Sébastopol, in dem ich schon öfter so manche glückliche Stunde verbracht habe; vor allem in der Wörterbuchabteilung sind sie bestens sortiert, allerdings fast nur VR China, kaum Taiwan, also fast nichts in Langzeichen, die ich lieber lese.

Ich habe erst heute früh festgestellt, daß mein Hotel gar nicht so weit von unserer früheren Wohnung liegt, aber weit genug, um mich sicher zu fühlen. Ich kann daher mit derselben Métro zum Boulevard Sébastopol fahren, mit der ich auch früher gefahren bin: Linie 4, ab Porte de Clignancourt. Der Regen hat aufgehört. Ich bin hungrig, denn das Frühstück war recht bescheiden, doch ich werde erst Mittag essen gehen, wenn ich den richtigen Reiseführer gefunden habe, dann habe ich beim Essen gleich etwas zu lesen.

Im »Phénix« frage ich nach einem chinesischen Paris-Führer und werde ins Kellergeschoß geschickt. Vier, fünf Frankreich-Führer stehen da nebeneinander, und drei weitere Westeuropa-Führer, die ich natürlich auch anschauen muß. Ich beginne zu blättern. Es dauert ein bißchen, dann habe ich drei Führer gefunden, in denen sowohl das Musée Guimet als auch der Tempel in

Chinatown erwähnt ist, und bin schon mit den drei Bänden auf dem Weg zur Kasse, da drehe ich nochmals um. »Museum für Asiatische Kunst« hat Zhan das Musée Guimet genannt, und in zwei Führern ist es auch so benannt, im dritten aber wird es als »Museum für Asiatische Skulptur« beschrieben. Die Ausgabe kann ich mir also sparen. Mit nur zwei Führern gehe ich die Stiegen hinauf, zur Kasse, raus auf die Straße und dann gleich ins nächstbeste Restaurant, das ein verlockendes Mittagsmenü anbietet.

Hühnerleberterrine, Seezunge mit Safranreis und Blattspinat, anschließend Erdbeerkuchen und Kaffee – wie schön wäre der Sonntag, wenn Dommi da wäre und wenn nicht Drogendealer hinter mir her wären und wenn ich wüßte, wo ich morgen schlafen werde, und wenn man Zhan nicht so brutal geschlagen hätte ... – Mein Stück Erdbeertorte kämpft erst noch tapfer gegen den Stimmungseinbruch an, ist aber unzulänglich. Meine kurze Euphorie verpufft. Ich schiebe den Kuchen halb gegessen zur Seite, ziehe die Kaffeetasse näher und lese konzentriert weiter.

Der eine Band, mit dem ich begonnen habe, ist größtenteils ein Kunstführer, Seite um Seite beschreibt er, was in den verschiedenen Abteilungen und Stockwerken des Louvre, des Musée d'Orsay, des Musée National d'Art Moderne usw. zu besichtigen ist – und natürlich im Musée Guimet. Der Tempel in Chinatown wird nur nebenbei als Kuriosum erwähnt, sein Standort mit Rue d'Ivry angegeben, ohne die Hausnummer und die Garageneinfahrt zu erwähnen. Das Kapitel Paris endet mit einigen Tips für Reisende, wo sie günstige Hotels und Restaurants finden, die Seine-Rundfahrt mit den *Bateaux mouches* wird erwähnt, einige Einkaufsstraßen empfohlen. Die letzten Seiten des Führers sind, wie ich mit wachsendem Amüsement lese, den Striptease-Lokalen von Paris gewidmet, deren Spezialitäten mit viel Gusto und Liebe zum Detail beschrieben sind. Auch nützliche Ratschläge für den einzelnen Reisenden (männl.) fehlen nicht: Am leichtesten macht man Pariserinnen an, lernen wir, indem man sie nach dem Weg fragt. Dann lächeln sie nämlich und lassen sich gern in Gespräche verwickeln. Na denn, viel Glück!

Da es jetzt aber schon bald vier und Bärli langsam unruhig wird – er stupst schon mehrmals wie zufällig gegen meine Beine –, werde ich den zweiten Führer erst zu Hause im Hotel durchschauen, und wenn der auch auf den ersten Blick nichts bringt, muß ich wohl oder übel beide Bände von A bis Z, pardon, von Kopf bis Schwanz (so das chinesische Äquivalent) durchlesen. Ich werde Paris gut kennenlernen, fürchte ich.

21.3.94, Montag

Um Viertel nach elf kommt Lacombe – heute im grünen doppelreihigen Jackett – zu mir ins Hotel, in Begleitung eines weiteren Beamten, der, wie er mir zu meiner großen Freude mitteilt, ab jetzt meinen Fall weiterbearbeiten wird, denn er ist vom Morddezernat (ich weiß bis heute nicht genau, von welcher Abteilung Lacombe ist, ist mir auch egal): Commissaire Damesne. Er ist jünger als Lacombe und sieht auf den ersten Blick ganz sympathisch aus. Er hat einen sehr großen Kopf, weit auseinanderliegende nußbraune Augen, die sehr sanft wirken, aber auch sehr wach. Er muß so um die Fünfundvierzig sein. Ob es mir recht ist, mit ihm nochmals zum Kommissariat zu gehen, fragt er in tadellosem Englisch und rutscht damit gleich noch einen Strich auf meiner nach oben leider begrenzten Flic-Sympathieskala hinauf. »Das geht leider nicht«, erwidere ich, aber sehr höflich, »ich erwarte noch einen Anruf.« (Ich habe im Übersetzungsbüro angerufen und Nachricht hinterlassen, daß Thérèse mich bitte zurückrufen soll – ich möchte sie bitten, meine Diskette mit meiner Übersetzung, die ich ihr per Post schicken werde, zusammen mit ihrer Arbeit für mich abzugeben.)

»Können wir uns bis dahin im Frühstücksraum unterhalten?« fragt er. Lacombe verabschiedet sich, nachdem ich ihm die Protokolle unterschrieben habe, derentwegen er gekommen ist, denn er gibt den Fall noch heute weiter. Ich habe das Gefühl, daß wir beide, Damesne und ich, ihn gern gehen sehen.

Zum ich weiß nicht wievielten Mal erzähle ich meine Geschichte, diesmal Damesne. Er macht sich Notizen, fragt nach einigen Details, und im Gegensatz zu Lacombe, der mir suggerieren wollte, daß ich mit meinem Drogendeal Bea und Zhan unnötig in Gefahr gebracht und die Verhaftung der Dealer damit vereitelt habe, findet Damesne es sogar recht findig von mir, sagt er, was ich da eingefädelt habe. Aber daraufhin bin ich nur um so vorsichtiger. Haben sie sich »Good cop – bad cop« ausgedacht, Lacombe und Damesne, als Lacombe nicht weiterkam mit mir?

Den Bericht über den Einbruch in meine Wohnung hat er schon gelesen, und wir sind eben bei der Liste, was alles mitgenommen wurde von den Kerlen, als ich ans Telefon gerufen werde: Thérèse, die gern zusagt, mir den Gefallen zu tun – und ja, sagt sie, eben ist die Nachricht gekommen, daß unser Job verlängert wird, vorerst einmal bis Ende April! Zu einer anderen Zeit wäre das die wichtigste Nachricht des Tages gewesen, aber so interessiert es mich kaum: Es spielt momentan keine große Rolle.

Es ist Zeit geworden, das Hotel zu räumen, denn es ist nur bis heute nachmittag für die Marseiller reserviert, schon am Abend wird eine Reisegruppe erwartet, die ebenfalls das ganze Hotel beansprucht. Als ich daher zurückkomme zu Damesnes Tisch – wir haben noch einen Kaffee miteinander getrunken –, frage ich ihn, ob er eine Idee hat, wo ich jetzt wohnen könnte? Er überlegt kurz und sagt dann, daß er ein paar Anrufe machen wird, während ich meine Sachen packe, vielleicht kann er etwas arrangieren.

Ich gehe hinauf in mein Zimmer (hier gibt es zwar einen Lift, aber ich bin zu Fuß schneller im dritten Stock) und werfe meine Sachen in die Reisetasche. Viel habe ich ja nicht mitgenommen. Bärlis Decke hatte ich vergessen, so daß er ohne Haarisolationsschicht am Fußende meines Bettes schlafen mußte, der arme Hund. Das untere Drittel des Bettes ist schwarz von seinen Haaren. Ich grapsche das Gröbste zusammen, aber es bleiben immer noch deutliche Spuren. Ein Blick in den Schrank, das Nachttischchen, das Bad: Es scheint, daß ich nichts vergessen habe.

Unten an der Rezeption wartet Damesne schon auf mich. Das Hotelzimmer brauche ich nicht zu bezahlen, sagt er, weil ohnedies das ganze Hotel pauschal gemietet war, nur meine Telefonrechnung müßte ich begleichen. Es macht überraschend viel aus. Damesne hat aber dann gleich noch eine gute Nachricht für mich: Sein Bruder und seine Schwägerin haben kürzlich für ihre Tochter – für später, natürlich, denn das Kind ist erst vier Jahre alt – eine

Wohnung gekauft, frisch renoviert und wollten sie ab April vermieten, um von den Mieteinkünften den Kredit zu bezahlen. Sie sind aber einverstanden, mir die Wohnung ab sofort zu überlassen, für wenig Geld noch dazu, was mir ganz recht ist, denn für die erste Wohnung am Montmartre habe ich die Miete bis Ende des Monats vorausbezahlt, und das Studio im Süden wird zwar wochenweise vermietet, aber mit Kündigungsfrist von einer Woche – also muß ich auch diese Woche noch bezahlen. »Wir können uns die Wohnung gleich ansehen«, sagt Damesne, und wenn es mir passe, dann die Sachen aus meinem Studio holen.

Wir sitzen schon in Damesnes Auto, da erwähnt er erst den größten Bonus, den die Wohnung des Schwagers für mich hätte: Das ganze Haus ist von Polizisten bewohnt, jedes einzelne Appartement wurde von Mitarbeitern seines Dezernats gekauft. Sein Bruder ist natürlich auch Polizist.

~

Die Wohnung ist ein Traum! Das Haus stammt aus dem 17. Jahrhundert und liegt in einer ruhigen Straße, sogar mit Ralentisseurs, in der Nähe des Odéon. Es wurde gänzlich renoviert, der Stiegenaufgang ist frisch ausgeweißt, der Steinboden wurde ergänzt, das hölzerne Geländer schimmert wie gewachst. »Was verdienen hier die Polizisten denn, M. Damesne?« Ich bekomme keine Antwort, er grinst nur und zeigt dabei erstmals sein unglaubliches Gebiß. Alle seine Zähne ragen in verschiedene Richtungen, als wollten sie nichts miteinander zu tun haben. Das sieht nicht sehr schön aus, wirkt aber überraschend sympathisch.

Auf etwa achtzig Quadratmetern haben Bruder und Schwägerin ein hübsches Wohnzimmer mit blankem Parkettboden und hellen, gemütlichen Möbeln eingerichtet sowie ein Schlafzimmer mit Riesenbett, in dem sogar Dommi Platz haben wird, ein Kinder-/Gästezimmerchen, Küche und Bad – mit Wanne! Sogar die Software ist schon da: Teller, Besteck und Pfannen, Vasen, Kerzenhalter, Bilder. Besonders charmant ist ein kleiner, sonniger Balkon vor dem Wohnzimmer, der so aussieht, als wäre er erst später angebaut worden, mit schmiedeeisernem Geländer und weiß lakkierten Metallstühlen und einem Tischchen. Und nicht einen rechten Winkel gibt es in der ganzen Wohnung, dafür ungemein dicke Mauern und das Gefühl unerschütterlicher Solidität. Ich nehme die Wohnung natürlich.

~

Auf der kurzen Fahrt in mein Studio erzählt mir Damesne erstmals, was die Ermittlungen der Polizei bisher ergeben haben. Lacombe hat sich diese Mühe nie gemacht, im Gegenteil, er hat immer abgewinkt, wenn ich nach dem letzten Stand fragen wollte. Laridhi ist nach wie vor verschwunden, auch von seinen Komplizen keine Spur. Anhand des Fotos konnte zwar auch der ältere Mann inzwischen identifiziert werden, doch das hilft nicht viel, da er ebenfalls untergetaucht ist. Man hält ihn aber für den Kopf der Bande, richtig, Mademoiselle, das ist der, der mitdenkt. Fahndungsfotos (meine!!) wurden überall verteilt, was üblicherweise früher oder später Erfolg zeigt.

Wir sind bei meiner Wohnung angekommen. Jemand hat den Ölfleck auf der Stiege mit Zeitungspapier abgedeckt.

Die Passagierliste des Fluges Hongkong–Paris, mit dem Wei und Zhan angekommen sind, hat bisher ebenfalls nichts ergeben. Da Wei sich nicht erinnert, unter welchem Namen die beiden anderen Chinesen reisten, blieb auch diese Spur bisher kalt. Ich sage nichts dazu, sondern packe ruhig meine Koffer weiter, denn ich habe mit Dommi abgesprochen, daß wir vorerst der Polizei noch nichts von unseren Überlegungen sagen.

Wei hat bisher nur dürftige Beschreibungen der beiden anderen geliefert, und seit Zhans Tod steht er unter Schock. Er spricht mit niemandem, er ißt nicht, und seit gestern ist er in der Krankenstation, man gibt ihm leichte Beruhigungsmittel und ernährt ihn künstlich. Er ist noch dünner geworden. Ich darf ihn nach wie vor nicht besuchen. (»Leider, Mademoiselle, denn da Sie Zeugin sind, besteht sonst Gefahr, daß Sie sich absprechen oder daß einer die Aussage des anderen beeinflußt.«) Ich hätte Wei gern gesehen, denn ich kann mir nur zu gut vorstellen, wie ihm zumute ist, und ich bin scheint's der einzige Nichtpolizist, den er in Paris kennt! Ich hätte gern versucht, ihn ein bißchen zu trösten – und ihn auszuhorchen?

Wei wird voraussichtlich wegen Drogenschmuggels angezeigt. Mildernd wird aber gelten, daß er sich freiwillig gestellt hat. Noch ein Grund, der Polizei nichts von unserem Verdacht zu sagen. Wenn bekannt wird, daß Wei und Zhan die Drogen zur Seite geschafft haben, um sie später in Ruhe zu verkaufen, schaut es gleich schlechter aus für Wei – und die Idee, den Stoff zu behalten, stammt schließlich nicht von ihm! Er hat mittlerweile Asylantrag gestellt, und Damesne kann mir zumindest versichern, daß Wei vorerst nicht ausgeliefert wird.

»Dieser Fall«, sagt Damesne, »hat aber unter Umständen viel größere Dimensionen, als sich jetzt absehen läßt.« Er ist nicht zufällig damit betraut worden: Er hat im Lauf des letzten halben Jahres drei Mordfälle untersucht, die alle ungeklärt geblieben sind. Drei Asiaten, vermutlich Chinesen, sind tot aufgefunden worden, alle drei in der näheren Umgebung von Paris. Alle drei sind mit einem glatten Kopfschuß von hinten getötet worden. Sie hatten keine Papiere, keine Kleideretiketten, auch die Autopsien haben nichts ergeben, was der Polizei weitergeholfen hätte. Keiner der drei wurde als vermißt gemeldet.

Das einzige Indiz, das die drei außer der Todesart gemeinsam hatten, war, daß ihr Magen ähnlichen Inhalt hatte: Sie hatten vor weniger als zwölf Stunden eine komplette Mahlzeit gegessen, bestehend aus Vorspeise (Grünzeug oder Suppe), Hauptgang (Fisch oder Geflügel), Reis, gedünstetem Gemüse und Nachspeise (zweimal Pudding, einmal Zitronencreme). Man hat daraufhin angenommen, daß alle drei Opfer zu einem makabren letzten Essen eingeladen worden sind, ehe man sie ermordet hat. Nach dem, was er seither in den Berichten gelesen und von Lacombe gehört hat, sagt Damesne, kann es aber auch sein, daß die drei nicht in Frankreich ihre letzte Mahlzeit gegessen haben, sondern auf dem Weg nach Frankreich: daß es sich beim Mageninhalt also um Flugzeugessen handelte.

Nach dem Geständnis von Zhan sieht es aus, als ob der Dealerring einen gut organisierten, bereits gut eingespielten Ablauf ihrer Lieferungen hätte: Rekrutieren von illegalen Einwanderern in

Hongkong, ein faires (?) Angebot an die Lieferanten mit Ticket nach Europa und einem Taschengeld, mit dem man sich eine Zeitlang über Wasser halten kann. In Wirklichkeit sollten die Boten aber gleich nach Ankunft in Europa liquidiert werden. Wei, Zhan und die anderen beiden wohl auch, nur wollten diese ihr eigenes Süppchen kochen und sind daher, ohne es zu wissen, ihren Mördern knapp entkommen.

Man ist zur Zeit dabei zu eruieren, ob auch in anderen europäischen Großstädten ungeklärte Morde an Asiaten vorliegen, die in dieses Bild passen.

~

Ich habe fertiggepackt, schaue zum zweiten Mal heute in Schrank, Nachttischchen und Bad, habe wieder nichts vergessen. Damesne hilft mir mit dem großen Koffer, ich folge ihm mit dem kleineren und der anderen Reisetasche, der Umhängetasche und meiner kleinen Handtasche – die ich glücklicherweise mithatte bei den Dalassios, denn drin sind mein Paß, meine Kreditkarten, Bärlis Impfzeugnis –, dazu Hund an der Leine – jetzt sollte ich Baguette kaufen gehen!

Wir halten noch kurz beim Hotel Leduc, es ist wieder der Tagesportier da, bei dem ich das Zimmer für den Poiderer bestellt habe. Ich bestelle es jetzt ab. Der Poiderer kann im Gästezimmer schlafen.

Ein zweites Mal halten wir, um Mittag essen zu gehen, dann bringt mich Damesne in meine neue Wohnung, damit ich mich erst einmal einrichten kann. Er ersucht mich aber, jetzt dienstlich und distanziert, nachdem er beim Mittagessen noch locker und charmant gewesen ist, um fünfzehn Uhr zu ihm ins Kommissariat zu kommen; die ergänzten Protokolle wären zu unterschreiben. »D'accord, Monsieur le Commissaire«, sage auch ich förmlich und fast ganz ohne Spott.

Meine neue Wohnung liegt im zweiten Stock – natürlich kein Lift –, hat aber kein Gegenüber, so daß die Sonne direkt ins Wohnzimmer scheint. Kaum ist Damesne gegangen, rufe ich Dommi in seinem Büro an, gebe ihm meine neue Nummer und Adresse, und wir schwatzen noch ein bißchen. Ich erzähle ihm die Neuigkeiten von Damesne, beschreibe ihm die Wohnung, dann fallen mir die Reiseführer ein. Der zweite, dickere Band könnte ganz interessant werden. Ich habe ihn gestern abend nur überflogen (ich bin um halb zehn, gleich nach Dommis Gutenachtanruf eingeschlafen), aber das Interessante daran ist, daß es weniger ein Reiseführer für Touristen ist als vielmehr eine Anleitung für Studenten, Kaufleute usw., die sich für einige Zeit in Paris niederlassen möchten. Es wird darin das System der Waschsalons erklärt und die Öffnungszeiten der Supermärkte und wie man mit der Métro fährt und wo man sich die Tickets kauft. Nackttänzerinnen scheinen dagegen nicht vorzukommen. Wenn Wei und Zhan, wie wir annehmen, vorhatten, in Paris zu bleiben, dann wäre dieser Führer wohl ihre erste Wahl gewesen. Ich werde ihn jedenfalls gründlich durchkämmen.

Dommi sagt mir noch, wann genau er und der Poiderer am Mittwoch (übermorgen!) ankommen werden, sie haben noch Plätze in der Frühmaschine gekriegt und können gegen zehn Uhr da sein. Zum fünfundfünfzigsten Mal muß ich ihm dann versprechen, bis dahin brav zu sein, nichts allein zu unternehmen. Aber spazierengehen darf ich, erlaubt er mir, der Frechdachs, wenn schönes Wetter ist.

~

Bien, aber jetzt bleibt mir noch eine gute Stunde, bevor ich aufs Kommissariat muß, und da werde ich einmal die Geschäfte der Umgebung erforschen und einen neuen Speiseplan für Dommi und den Poiderer zusammenstellen, den vorigen hat man mir ja gestohlen, der war nämlich noch im Notizbuch. Und auf die Post muß ich auch, die Diskette abschicken.

Im Supermarkt, ein kleiner, aber gut sortierter Francprix – ich habe Bärli gleich hinter der Glastür angehängt und schaue ab und zu, wie's ihm geht –, hängen verschiedene Anschläge hinter den Kassen, die ich mir anschaue, während ich warte, bis ich dran bin. Ein Poster vom CAIC!!! Nachdem ich meine Einkäufe bezahlt habe – es kostet immer alles ein Drittel mehr in Paris, als man angenommen hat –, gehe ich näher an das Plakat und lese auch die kleingedruckten Informationen. Nicht uninteressant, gar nicht uninteressant – nicht nur, daß das ganz witzig werden könnte, es ergibt sich vielleicht auch eine Möglichkeit daraus –, aber stop! Darüber rede ich erst mit Dommi und dem Poiderer. Keine Alleingänge, großes Ehrenwort.

Aber Bea darf ich doch schon anrufen? Nur um vorzufühlen, ob meine Idee auch nur ansatzweise klappen könnte?

22.3.94, Dienstag

Der Tag heute könnte schön werden, von allen Vorzeichen her: Es ist sonnig und mild; meine Arbeit ist beendet und abgegeben, zumindest schon in den richtigen Händen; Damesne wird mich erst wieder anrufen, wenn er etwas braucht von mir. Seine Protokolle habe ich ihm gestern schon brav unterschrieben. Der Tag gehört also Bärli und mir – und morgen kommt Dommi! Um nicht albern zu werden vor lauter Freude, beschließe ich, heute in die Wäscherei zu gehen, höchste Zeit ist es ohnehin. Aber vorher rufe ich noch bei Bea an:

»Hallo, Bea, ça va?« Sie hat nach dem ersten Läuten abgehoben.

»Margi! Hi! Was gibt's Neues aus der Stadt?« Bea findet Wien ein Dorf, im Vergleich.

Ich erzähle ihr vom Einbruch, von meinen Umzügen, gebe ihr meine neue Nummer und lege ihr dringend nahe, bald aus unserer Wohnung auszuziehen: »Die Kerle haben jetzt unsere Adresse in Wien.« Nein, ich glaube auch nicht, daß sie jetzt gleich nach Wien fliegen werden, aber wer weiß? Wenn ich verschwunden bleibe und sich sonst nichts tut, ist es durchaus möglich, daß sie nach einiger Zeit auch bei uns zu Hause anklopfen. Ich muß Bea nicht lange auseinandersetzen, daß die Kerle sich freuen würden, sie wiederzusehen: Bea wird heute noch zu Dolli ziehen, obwohl sie zur Zeit auf Diät ist (Dolli, nicht Bea), daher unausstehlich – kenne ich, von Dolli, meine ich. Ich erkundige mich nach ihrer Mutter (sie war schon wieder auf den Beinen, hat aber gestern wieder einen Rückfall gehabt) und wie's ihr selbst geht.

»Na ja, noch nicht so toll. Mutter ist anstrengend. Und das mit Zhan, eben. Nimmt einen mit.«

Nach Austausch weiterer Politessen und Erkundigungen nach Bärli und Dommi komme ich zum zweiten Thema:

»Sag, dieser André, mit dem du da arbeitest, ist der eigentlich immer so ein Frosch?«

»André? Wieso? Nein, gar nicht!«

»Na ja, wie ich ihn angerufen habe, im Büro, und nach dir gefragt habe, hat er so gar kein Ohr gerührt, es war ihm völlig egal, scheint's, daß ich drauf und dran war, dich als vermißt zu melden!« Was ein bißchen ungerecht ist, denn von Vermißtmelden hatte ich ihm nichts gesagt, nur nach Bea gefragt.

»Das ist typisch für André, das ist seine Idee von Diskretion, das hat mit Gleichgültigkeit nichts zu tun, sondern er hat so ein kompliziertes Privatleben, daß er glaubt, bei allen anderen wäre es auch *top secret*, wann wer wo ist und mit wem!«

Das klingt schon besser.

»Ihr seid also befreundet, ich meine, auch privat seid ihr dicke Freunde?«

»Nicht gerade dick, aber vollschlank. Ich hab ihn ganz gern, und ich glaube, er mag mich auch, aber vor allem arbeiten wir gut miteinander, im Team.«

Besser und besser.

»Und sag, Bea, wenn du ihn um einen Gefallen bitten würdest, so bezüglich eines, sagen wir, eines kleinen Artikels, den er für dich rausbringen soll, würde er das tun, für dich?«

»Klar. Sicher. Aber halt mal, Margi: Was gibt's denn eigentlich? Und tu nicht unschuldig mit mir, das Ganze ist immer noch meine Geschichte, ich hab uns das alles eingebrockt, also hab ich ein Recht, alles zu wissen, was da vorgeht, klar? Also, was gibt's?«

Ich wollte ja an sich noch nicht recht deutlich werden mit meiner Idee, aber was soll's, je früher ich herausfinde, ob Bea mir helfen kann und will, um so besser. Ich erzähle ihr also, daß ich noch gar nichts in der Hand habe, nur ein Plakat von CAIC gesehen habe mit der Ankündigung, daß die Frühjahrsschau am 26. und 27. März stattfinden wird, also schon am kommenden Wochenende. Wenn ich dabeisein kann, mit Bärli – dann müßten wir uns ohnedies schleunigst anmelden, und noch geschwinder müßte ich André oder sonst wen dazu kriegen, uns in die Presse zu bringen, als

Sieger des Vorjahres der Wiener Veranstaltung – nicht existent, natürlich – oder unter welchem Namen auch immer.

Wie zu erwarten war, hat Bea vom CAIC noch nie gehört.

Der CAIC, erkläre ich ihr ein bißchen von oben herab, ist ein international sehr beachteter Wettkampf, den es aber bisher nur in Paris gibt. CAIC steht, wenn ich mich recht erinnere für »*Concours d'adresse et d'ingéniosité canine*«.

»Was?«, lacht Bea. »Machst du dir einen Spaß mit mir?«

~

Als Spaß hat es wohl auch angefangen, denn der Witz bei der Sache ist natürlich, daß bei diesen Wettkämpfen nur Mischlingshunde gegeneinander antreten, unterschieden wird dabei nur nach Schulterhöhe. Es gibt drei Kategorien. Den Wettkampf haben sich Hundehalter ausgedacht, denen die jährlichen Hundeschauen der Rassehunde mit ihren Schwanzlängenvermessungen und Dressurübungen allzu blöd vorkamen und die sich daher einen Wettbewerb einfallen ließen, bei denen ganz andere, eben hündische Kriterien gelten: Nicht Stammbaum, Gehorsam und Männchenmachen zählen, sondern selbständiges Handeln des Hundes, und nicht Unterwerfung wird belohnt, sondern Zuneigung.

Die verschiedenen Wettbewerbe sind so ausgerichtet, daß ein dressierter Bei-Fuß-Geher schlechtere Chancen auf eine gute Plazierung hat als ein halbwegs schlauer Leinenzieher. Die insgesamt zehn Durchgänge werden jährlich neu zusammengestellt, mit immer anderen Problemen, die die Hunde zu lösen haben, um zu vermeiden, daß Hunde eben auf diese Wettbewerbe hin dressiert werden.

Dommi und ich haben einen Beitrag über den CAIC zufällig im Fernsehen gesehen, kurz nachdem wir Bärli bekommen haben, und wir haben uns köstlich amüsiert dabei. Dann wurde eine Nummer eingeblendet, wo man das CAIC-Video, den Mitschnitt der fünfzig Teilnehmer, beziehen kann, und seither rufen wir jedes Jahr bei dieser Nummer in Paris an, um das neue Videoband zu bestellen. Die CAIC-Bänder sind unsere Lieblingsfernsehunterhaltung zum sonntäglichen Frühstück im Bett, wenn es keinen

Winnetou gibt und keinen Hans Moser. Wir kennen sie mittlerweile auswendig und haben so unsere Lieblingsstellen auf den einzelnen Concours. Ich kann mich zum Beispiel schieflachen über einen Bernhardinermischling, der sich beim Balancieren über eine schmale Stange, die über ein Wasserbecken gelegt ist, auf halbem Weg überlegt, daß er eigentlich ohnedies baden möchte, ins Becken springt (nicht fällt, sondern springt) und dann heftig und liebevoll sein Frauchen am anderen Ende des Beckens begrüßt. Der Gesichtsausdruck der Frau, die ihren klatschnassen Hund in den Armen hält, ist mir immer wieder eine Sonntagsfreude.

Seit ich das Plakat im Supermarkt gesehen habe, geht es mir im Kopf herum, daß Dommi und Bärli und ich an dem Concours diesmal teilnehmen könnten. Gemischt genug ist Bärli bestimmt. Und wenn wir es schaffen, ein Foto von uns in den Quotidien zu bringen und einen kurzen Artikel, daß wir heuer als ausländische Gäste an dem Wettbewerb teilnehmen, hätten wir zwei Fliegen mit einer Klappe geschlagen: Wir könnten erstens die Dealer wieder auf unsere Spur bringen, ohne daß zweitens diese wüßten, daß sie damit *uns* auf ihre Spur bringen. So ähnlich habe ich mir das gedacht.

»O nein ach Mist o merde«, sagt Bea.

»Was? Warum?«

»Bis zum Wochenende schaffe ich es nie, in Paris zu sein«, sagt sie.

Damit sagt sie zugleich ja auf meine Frage, ob sie André darauf ansetzen wird, den Artikel für sie, mit Foto, in die Freitagausgabe des Quotidien zu schummeln. Jetzt bleibt mir nur noch das viel größere Problem, Dommi und Damesne davon zu überzeugen, daß das eine gute Idee ist.

~

Ganz wohl ist mir dabei nicht. Erstens paßt es mir nicht, daß schon wieder ein gut greifbares Element Dommi-Manipulation mitspielt, und genau das haben wir bisher bewußt und gezielt vermieden, gegenseitig natürlich. Vermutlich ging es uns nicht zuletzt deshalb von Anfang an gut mit unserer Beziehung und wurde immer besser. Andererseits ist das schon eine ziemlich extreme Situation, in der wir jetzt stecken, und auch Dommi sagt jetzt Sätze zu mir, die er früher nie gesagt hätte. Sicher, aus Sorge – und Mißtrauen? –, aber trotzdem habe ich ihm erst gestern wieder versprechen müssen, alles mögliche zu tun oder zu lassen. Früher hätte er es einfach mir überlassen, solche Dinge zu entscheiden. Keine gute Richtung, in die wir beide da abrutschen, aber jetzt ist nicht die Zeit, gegenzusteuern, denn wenn eine Drogendealerbande einmal deine Adresse und Telefonnummer hat, dich noch dazu gut vom Sehen kennt und auch mit deinem Hund bereits bekannt ist, mußt du schon dafür sorgen, daß man dir nicht in die Suppe und dem Hund nicht ins Chappi spuckt. Kein Omelett ohne zerbrochene Eier. Punktrechnung vor Strichrechnung.

Ich war schon einkaufen – es gibt bereits grünen Spargel! –, habe Bärli ausgeleert, die Wohnung schon ein- und aufgeräumt, und wenn ich nach der Wäscherei und der großen Bärlirunde (keine Lust auf den Bois heute, Montsouris tut's auch, vor allem wenn ich Bärli verbrecherischerweise hinter den Büschen ein bißchen frei laufen lasse) nach Hause komme, werde ich mir die beiden Reiseführer nochmals hernehmen und etwas gründlicher durchlesen. Vor allem den zweiten, Tips für Langzeitbesucher.

Schon gestern habe ich die dicke schwarzlila Taube gesehen, die bei uns auf dem Balkongeländer wohnt. Glaubt sie jedenfalls, denn wie oft Bärli sie auch verscheucht, sie kommt immer wieder zurück. Auch jetzt sitzt sie fett und frech auf der oberen Querstange, nickt auf ihre parkinsonsche Art, zieht dann das rechte Bein hoch und balanciert auf dem linken. Geschickt verlagert sie dabei den Schwerpunkt, die Bewegung ist flüssig und grazil für so ein plumpes Tier. Nützt ihr aber nichts: Bärli hat sie eben entdeckt und fährt bellend auf sie zu. Wieder zweibeinig, stößt sie sich ab, läßt sich aber faul ein Stückchen fallen, bevor sie ernsthaft fliegt. Irgendwo scheint mir in dieser Beobachtung eine Analogie zu Wei zu stecken (wie auch nicht: Vogel zu Vogel), aber ich komme nicht ganz drauf. Ist es die unerwartete Geschicklichkeit des Geflügels? Sein indolenter Fall, bevor es abschwingt? Ich komme nicht drauf. Und wer wäre dann Bärli, ins menschliche Geschehen umgesetzt?

Meine Spätnachmittagslektüre entwickelt sich weit witziger als gedacht. Von beiden Autoren ist eine Kurzbiographie in der Innenseite des Umschlags, und genauso, wie diese nicht unterschiedlicher hätten sein können, sind auch die Beschreibungen und Anleitungen und Tips so kontrovers, daß ein armer Reisender, der sich die Führer in der Hoffnung kauft, ein besseres Verständnis seiner Umgebung zu erwerben, gänzlich verunsichert wird.

Der Langzeichenreiseführer ist von einem Taiwanesen namens Jian geschrieben, der, englischsprechend, nach eigenen Angaben zweimal Frankreich bereist hat und insgesamt über einen Monat Gast hier war – die Tiefe seiner Einblicke ist schnell ausgelotet. Er hat offenbar hauptsächlich aus anderen Reiseführern abgeschrieben beziehungsweise herausübersetzt. Daher der Kunstsinn in seinem Werk, er ist sichtlich davon überzeugt, der Kunstmetropole Genüge tun zu müssen. Seine Landsleute haben das ebenfalls so zu halten, impliziert sein Ton. Das letzte Drittel seines hundertzwanzig-Seiten-Buches ist dann Dingen gewidmet wie öffentlicher Verkehr, Essen und Trinken, Hotels und Pensionen, Trinkgelder, Beobachtungen zu Land und Leuten (»Der Franzose ist ein stolzer Mensch«) und zum Schluß eben Stripteaselokale, Sexshows, Kondome, Nutten und deren Preise.

Li, der in Kurzzeichen veröffentlicht wurde, stammt laut Umschlag aus der VR China und kam mit siebzehn zusammen mit seinen Eltern nach Paris (wie und warum bleibt unerwähnt). Erst auf der Universität, durch den Kontakt zu Austauschstudenten, dann durch Beziehungen zu chinesischen Kaufleuten, die sich zumindest für einige Zeit in Paris niederlassen wollten, kam er auf die Idee, einen Führer speziell für diese Zielgruppe zusammenzustellen, um neuen Zuwanderern, wie temporär auch immer, den Anfang ihres Paris-Aufenthalts zu erleichtern. Li gibt eingangs eine Einführung zur französischen Geographie und Geschichte, Politik und Wirtschaft, Kunst und Kultur, was etwa ein Drittel des Bandes ausmacht. Dann zu Paris: Verkehr, öffentliche Institutionen, Visabestimmungen, Anträge für Stipendien, Verlängerungsmöglichkeiten, private Fonds, die ausländische Studenten unterstützen. Für Kaufleute listet er nützliche Adressen auf: Handelshäuser, Handelsförderungsinstitute, Auskunftsquellen zu Import-Export-Bestimmungen. Dann zum Privatleben eines Neueinwanderers: wo man wohnt in Paris (er geht davon aus, daß man nur in Chinatown wohnen möchte, besonderer Bonus: Hier gibt es kaum Schwarze [!]), wie ein Mietvertrag aussehen soll, worauf man achten muß. Mieten und Anschaffung eines Autos, öffentlicher Verkehr (Monats- und Jahreskarten sind seine Dimensionen), Essen und Trinken, Einkaufen; Ratschläge, wo es was günstig gibt, vom Gemüsegroßhändler zu den Surgelés-Läden; Wäsche waschen – immer ein Abenteuer in Paris: Die Waschsalons haben subtile Unterschiede in ihren Betriebssystemen, die schon dazu führen können, daß man durch Münzeinwurf in einen Automaten ohne Gebrauchsanleitung leere Waschmaschinen oder Trockner in Bewegung setzt, während die Maschine, die man eben beladen hat, still und trocken bleibt. – Li ist sehr praktisch.

Jian und Li haben Paris sehr unterschiedlich erlebt.

TAXIS:

Jian: Der Pariser Taxifahrer ist unfreundlich, spricht kein Englisch, und Rauchen ist verboten. Teuer sind sie auch.

Li: Taxifahren in Paris ist nicht teuer, und die Fahrer sind meist sehr geduldig und hilfsbereit mit ausländischen Gästen ... (sie) geben gern Auskunft über gute Restaurants, günstige Geschäfte, Ausflugsmöglichkeiten usw.

RESTAURANTS:

Jian: Die Bestellung in Restaurants ist sehr kompliziert. Die wenigsten Kellner sprechen englisch. Wenn man das Essen bestellt hat, kommen die Kellner immer wieder und fragen einem Löcher in den Bauch: welche Getränke, vorher, während und nachher, ob man Vorspeisen will und welches Dessert ... empfohlen wird daher, in Selbstbedienungsrestaurants zu gehen, die sind billig und man wird nicht belästigt. (Wichtig: In Frankreich trinkt man Cognac ohne Eiswürfel.)

Li: Im Restaurant ... fragt man am besten nach der Empfehlung des Chefs. Getränke läßt man sich dann vom Kellner auswählen. Man sagt am besten gleich, ob man auch Entrées und Desserts möchte. Empfohlen sind kleine Bistros. Selbstbedienungsrestaurants sind zu meiden, da die Speisen meist nicht frisch sind.

METRO:

Jian: Nicht einmal ein Pariser kennt sich im komplizierten U-Bahn-Netz von Paris aus. Möglichst auf Bus ausweichen. Achtung vor schwarzen Taschendieben.

Li: Die Métro ist ... das schnellste und einfachste Verkehrsmittel. Alles ist ausführlich beschriftet, auch wer nicht Französisch spricht, kann nicht verlorengehen. Busse dagegen sind teurer und langsamer, zur Stoßzeit auch empfindlich überfüllt.

FREIZEIT:

Jian: Die Pariserin ist leichtlebig und sinnesfroh. Man kann sie in einem Lokal ohne weiteres ansprechen, und viele werden gern ins Hotel mitkommen. Professionelle Begleiterinnen kann man auch telefonisch bestellen ...

Li: Die Bibliotheken in Paris haben Dienstag bis Samstag geöffnet, meist bis in den späteren Abend.

Um sieben Uhr mache ich das Licht an. Ich habe bisher die Balkontür offengelassen, denn die Sonne hat das Wohnzimmer tagsüber angenehm gewärmt, aber jetzt kriege ich schon wieder kalte Finger. Die Taube verläßt ihren Balkonplatz erst, als ich sie schon fast berühren kann.

Ich habe nichts entdeckt in den Reiseführern, was Zhan und Wei eine Idee hätte geben können, wo sie ihre Säcke verstecken könnten. Kein Hinweis auf Schließfächer, keine Kofferaufbewahrung, kein Garagenplatz zu mieten (ich war ein bißchen stolz, daran zu denken: Vielleicht haben die beiden ein Auto geknackt und in einer Mietgarage untergestellt – aber wenn sie das getan haben, dann ohne jede Anleitung von Li oder Jian). Wenn sie die Säckchen nicht einer Nackttänzerin in einem der zahlreichen von Jian empfohlenen Lokale in den Slip gesteckt haben, weiß ich jetzt so wenig von ihrem Versteck wie zuvor.

Kurz vor acht rufe ich bei den Dalassios an. Pures Glück, daß ich die Nummer noch habe: Sie war zwar schon sauber ins – geklaute – Telefonbuch eingetragen, aber ich fand beim Umpacken noch die Karte, die Gilbert Dalassio mir damals im Bois gegeben hatte. Ich habe mich seit dem Abendessen bei ihnen am Freitag nicht mehr gerührt, nicht einmal danke schön gesagt. Gilbert Dalassio ist am Apparat, freut sich scheint's sehr, wieder von mir zu hören – im Bois bin ich schließlich gar nicht mehr anzutreffen –, ob alles in Ordnung ist? »Nicht ganz«, gestehe ich und erzähle vom Einbruch in meine Wohnung und meinem darauffolgenden Umzug. Ich gebe ihm meine neue Nummer. Vielleicht sehen wir uns nächste Woche, verbleiben wir, denn während Dommi und der Poiderer da sind, haben wir viel zu arbeiten, lüge ich. Also besser erst, wenn die beiden wieder weg sind.

23.3.94, Mittwoch

Gleich nachdem Dommi und der Poiderer angekommen sind, setzen wir uns zu Kaffee und *Gâteaux aux pommes* ins Wohnzimmer, um Konferenz zu halten. Der Poiderer ist mittlerweile so selbstverständlich mit von der Partie, als wären wir schon seit Jahren befreundet.

Dommi ist wieder gut mit mir. Schon als er zur Tür hereinkam – leicht gebückt, denn die Türen in diesem Uraltbau sind sehr niedrig, die Wände dagegen erfreulich hoch –, war auf den ersten Blick klar, daß alles wieder gut war. Wir haben uns nur kurz angeschaut, während Bärli schon mit dem Poiderer beschäftigt war, und alles war wieder gut. Mir fielen alberne Schlagertexte ein, mir ging das Herz auf, mir wurde ganz schwummrig im Kopf, ganz wohl im Bauch, ganz weich im Knie, ganz eng im Hals: Alles ist wieder gut.

Dieses Gefühl habe ich in der anschließenden halben Stunde absichtlich warmgehalten, während des Kofferabstellens, Jackenausziehens, Blumenstraußentgegennehmens – auch diese Manierlichkeit mag ich am Poiderer – und während all der Handgriffe und des Hin- und Hergerennes, bis alle auf dem Klo gewesen und alle Hände gewaschen und schnell die Hemden aufgehängt sind, bis der Kaffee durchgelaufen ist und sprudelnd die letzten Tropfen in die Kanne gegluckst sind (kein Nescafé in dieser Wohnung!), bis wir also endlich bei Kaffee und Kuchen im Wohnzimmer sitzen, halte ich an dem Gefühl fest.

Ich möchte es nämlich doch anders versuchen. Ich möchte den beiden meine Idee direkt verkaufen, ohne Kniffe und Griffe, sondern zwingend einfach, einfach zwingend, wie sie mir ja vorkommt. Kompakt wie die Taille von Heinz Rühmann. Und wenn sie die beiden nicht überzeugt, müssen wir eben schauen, was uns sonst einfällt. Ich weigere mich, gleich nachdem meine Beule verheilt ist, noch mal gegen denselben Türpfosten zu rennen. Et voilà.

Nach gut zwanzig Minuten Monolog, der wundersamerweise nicht unterbrochen wurde, komme ich zur heiklen Stelle: »Ich muß, scheint's, die Kerle nochmals auf meine Spur bringen, aber ohne daß sie es wissen, daß sie angeführt werden. Ich sehe nicht, wie das Ganze sonst weitergehen soll: Ziehen wir aus unserer Wohnung in Wien aus? Soll die Mami auch umziehen? Soll ich allen Leuten in allen Büros, in denen ich jemals gearbeitet habe, sagen, sie sollen meinen Namen vergessen? Soll ich Herrn Dr. Berg sagen, daß er niemandem Auskunft über mich geben darf? Wenn noch dazu Damesne recht hat und der Ring auch in anderen Städten Europas operiert!«

Na eben. Und da am kommenden Wochenende wieder der CAIC abgehalten wird, haben Bea und ich uns ausgedacht … Ein klein wenig schwindle ich also doch: So klingt es respektabler, schon von einer Außenstelle autorisiert.

Dommi beißt an, beim CAIC, denn die Idee, mit Bärli daran teilzunehmen, gefällt ihm natürlich. Um so kritischer ist er dann, und nach einigem Hin und Her kommen wir, unterstützt von Poiderers Tiroler Sachlichkeit, zu einem allgemein akzeptablen Ergebnis:

Wir werden nur am Wettbewerb teilnehmen, wenn Damesne einverstanden ist, uns zumindest ein paar Beamte in Zivil zuzuteilen, die ein Auge auf uns haben und eins auf andere Leute, die ein Auge auf uns haben (die leichte Hand des Tirolers). Wenn er einen Streifenwagen abrufbereit in der Nähe parken kann, um so besser. Der nächste Schritt kommt uns allen etwas James-Bondisch vor, aber bitte: Wir werden Damesne fragen, ob er uns einen Minisender beschaffen kann – besser zwei, einen für mich und einen für Bärli –, kaum komplizierter als ein pfeifender Schlüsselbund. Für den Fall, daß im Getümmel einer von uns verlorengeht und nicht mehr auftaucht. Und drittens soll nach der Veranstaltung eine Polizeiüberwachung unserer Wohnung organisiert werden, denn falls die Typen beim Concours unentdeckt bleiben, uns dann aber klammheimlich folgen, haben wir anschließend eine weitere Chance, sie zu kriegen. Die Stimme aus dem Bundesland hat ebenfalls einen hochvernünftigen Vorschlag: Es wird ja gefilmt und fotografiert bei diesen Veranstaltungen, sogar ein offizielles Video gemacht. Er, der Poiderer, ist ein ganz guter Fotograf und in der Pariser Drogenszene gänzlich unbekannt. Er wird sich daher mit meiner neuen Kamera und tollem Zoomaufsatz in unserer Nähe halten und alles fotografieren, was ihm sinister erscheint. Die Polizei könnte dann auch versuchen, bekannte Gesichter zu identifizieren.

Nach einem kleinen, leichten Mittagessen – grüner Spargel mit Sauce hollandaise, dazu Toast und ein Glas Weißwein – machen wir uns getrennt an die Arbeit: Ich rufe Bea an, damit sie André anruft, damit André mich anruft. Gleich danach spricht Dommi mit Damesne und macht einen Termin um drei Uhr mit ihm aus, um unseren Plan mit ihm durchzusprechen. Damesne ist interessiert an der Idee. Kaum legt Dommi auf, ruft André schon zurück, weit freundlicher als das erste Mal. Kein Wunder, Bea, das Luder, hat ihm versprochen, daß er die ganze Story exklusiv kriegt, sobald alle losen Enden aufgerollt sind. Mir hat sie keinen Mucks davon gesagt. André wird mich um drei Uhr abholen, zusammen mit einem Fotografen, um irgendwo vor neutralem grünen Hintergrund ein Siegerfoto von mir und Bärli zu schießen: die Vorjahressieger des Wiener Mischlingswettkampfs oder so ähnlich.

Der Poiderer kommt, noch bevor ich aufgelegt habe, mit der Telefonnummer des CAIC-Veranstaltungskomitees zurück, die er vom Poster im Supermarkt abgeschrieben hat. Dommi ruft gleich dort an, aber anstatt die vorbereitete Geschichte zu erzählen – er sollte sich als Vorreiter einer Wiener Interessengemeinschaft ausgeben, die vorhat, einen ähnlichen Wettbewerb in Österreich einzuführen –, fängt er gerade erst an zu erklären, daß er Wiener ist und sich für den CAIC interessiert, gern teilnehmen möchte usw., da wird er offenbar unterbrochen, beginnt zu grinsen, sagt ungefähr achtzigmal »Oui«, »Bien sûr« und »Pas de problème«, winkt mir dann, ihm etwas zu schreiben zu bringen, und während ich ihm über die Schulter schaue, schreibt er großkrakelig: 2 maîtres, friandises favor., Leine + Maulk., Impfpaß. FF 20.–. Nach vielen weiteren »Oui-oui« sagt er schließlich: »Sa taille? Moyenne, je crois. Oui, femelle.« Dann, mutig, weil alles so glattgeht, bittet er noch um einen letzten Gefallen: Ob man uns wohl als Sieger des österreichischen Concours des Vorjahres vorstellen kann? Es war zwar nur in kleinem Rahmen, aber. ... Nach etlichen Merci und Merci beaucoup verspricht er, am Samstag um zehn Uhr dreißig in der *École des chiens d'aveugles* zu sein, der Blindenhundeschule, wo der Wettkampf stattfindet.

Er hat gleich die diesjährige Präsidentin des CAIC-Vereins erwischt, eine sehr nette Dame, die ihrerseits begeistert war, einen Anruf von einem Wiener Interessenten zu bekommen, denn nicht nur, daß ihr gerade jemand abgesagt hat, dessen Hündin doch schon zu trächtig sein würde zum vorgesehenen Termin, man bemüht sich auch schon seit längerem, internationale Teilnehmer zu finden, mit dem Ziel, eines Tages eine europaweite Organisation von Mischlingsbesitzern aufzuziehen (um Rassehundehalter auch auf internationalem Niveau ärgern zu können?). Wir sind daher hochwillkommen, die Lücke zu füllen. Am besten sollten zwei Herrchen des Hunds dabei sein. Die Veranstaltung ist sehr familienfreundlich, ein Erw. und ein K. sind üblicherweise pro Hund angemeldet – man soll seine Lieblingsnascherei (die des Hundes) mitbringen, zur Belohnung, Leine + Maulk., Impfpaß, FF 20.–. Bärli wird als mittelgroß ins Rennen gehen, denn es wäre zu schwierig gewesen für Dommi, am Telefon zu erklären, daß unser Hund keine absolute Größe hat, sondern je nach Bedarf groß oder klein ist.

Alles läuft wie geschmiert.

Während Dommi und ich unsere Rendezvous mit Presse und Polizei haben, wird der Poiderer, wie er vorschlägt, die Pariser Bahnhöfe abklappern und sich nach Kofferaufbewahrungen erkundigen, wie lange sie jeweils Gepäck horten, ob es durchsucht oder auf Bomben durchleuchtet wird. Ganz abgesehen von den Gangstern fehlt schließlich in unserem Geduldsspiel immer noch ein wichtiges Detail: die Säcke voll Ich-weiß-nicht-Was.

~

Zum Abendessen treffen wir wieder zusammen, jeder berstend voll mit den eigenen Erlebnissen, jeder aber betont gelassen. Der Überdruck steht uns tränentreibend in den Augen, es knackt in unseren Ohren, doch wir lassen uns extra viel Zeit. Wir decken den Tisch, und da ich als erste zu Hause war und das *Filet de dinde en croûte* - vorgebraten – schon backbereit dasteht (dazu gibt's nur bunten Blattsalat, den bereits gewaschenen), setzen wir uns noch zu einem Apéritif ins Wohnzimmer. Der Poiderer sitzt auf dem Sofa, mit dem Rücken zum Balkon, Dommi und ich haben es uns in den beiden Fauteuils gemütlich gemacht. Ich habe die Beine angezogen und die Füße schicklichkeitshalber unter einem Polster vergraben, Dommi hat seine Beine ausgestreckt, zu meinem Fauteuil herüber, und die Zehen unter meine Knie gesteckt. Bärli schaut uns eine Zeitlang unentschieden an, dann springt er, sehr zu unserem Vergnügen, dem verblüfften Poiderer auf den Schoß, mit einer Selbstverständlichkeit, als hätte der P. damit einen Preis gewonnen. Langsam läßt sich Bärli dann seitwärts abrutschen, bis er neben dem Poiderer auf dem Sofa liegt, nur noch mit dem Kopf auf seinem Oberschenkel. Ein bißchen gerührt streichelt der P. ihm die Ohren. Es dämmert bereits. Die schwarzlila Taube putzt sich die Federn auf ihrem Platz auf dem Geländer. Ich stupse Dommi an seine Wade, deute auf die Taube. »Die wohnt da«, flüstere ich. »Dann heißt sie wohl Veronika«, sagt Dommi.

Als erstes darf dann der P. mit seiner Geschichte beginnen, als Gast. Außerdem nehmen Dommi und ich heimlich an, daß seine Geschichte die kürzeste wird, aber weit gefehlt: Der Poiderer hat heute das Geflügel erlegt.

Er ist zuerst zur Gare de l'Est gefahren und dort den Pfeilen nachgegangen, zur Kofferaufbewahrung. Die Bestimmungen sind recht einfach: Gepäck wird höchstens drei Wochen aufgehoben, dann kommt es aufs Fundbüro, wo es, wenn von niemandem reklamiert, drei Monate lang liegenbleibt. Anschließend wird es geöffnet und kommt zu einer Versteigerung für wohltätige Zwecke. Ebenso geschieht es mit dem Inhalt der Schließfächer, die gar nur zweiundsiebzig Stunden lang versperrbar sind. An der Gare du Nord ist es nicht anders, aber während an der Gare de l'Est die Schließfächer mit Zahlencode zu sperren sind, braucht man an der

Gare du Nord eine Lochkarte, um das Fach zu öffnen. Also nichts, was Wei oder Zhan hätten brauchen können.

Dann, erzählt der Poiderer aber weiter, ist ihm fad geworden. Anstatt weitere Bahnhöfe abzuklappern – man hat ihm ohnedies bei der Kofferaufgabe jeweils versichert, daß die Systeme in ganz Paris gleich sind –, ist er nach Chinatown gefahren, um sich dort ein bißchen umzusehen. Er hat sich wohl so was Ähnliches wie in London erwartet und war daher recht enttäuscht, die kalten, modernen Wohnblocks zu finden. Er ist längere Zeit herumgelaufen und hat Schaufenster angeschaut, Speisekarten studiert, Hotelangebote gelesen – nichts, was ich nicht schon längst gemacht habe, denke ich eben noch pikiert.

Ausgerechnet bei einem Surgelés-Laden, an dem ich auch schon an die hundert Mal vorbeigekommen bin, hat es dann bei ihm gefunkt. Er liest natürlich nicht Chinesisch, und auch auf französisch wäre ihm die Notiz sicherlich entgangen. Und daß in einem chinesischen Laden in Paris ein kleines Ladenschild, das in eine kaum einsichtige Ecke des Schaufensters gestellt ist, mit einem Angebot auf chinesisch und französisch steht, das auch noch in (grammatikalisch falschem) Englisch wiederholt wird, ist schon ein Glück!

Auf dem Schild stand: Dongpin baoliuku. Espace pour surgelés privés. Rent frozen goods space. Der Poiderer hat für mich die Zeichen abgemalt, so gut er konnte – er konnte ganz gut – und sicherheitshalber auch den französischen Text abgeschrieben, um jeden Irrtum auszuschließen. Er gibt mir den Zettel. Ich gebe ihn an Dommi weiter.

In der nachfolgenden Stille schaut der Poiderer mich an. Ich schaue Dommi an. Dommi den Poiderer. Ich den Poiderer. Der Poiderer Dommi.

»Wir haben sie«, sage ich schließlich mit belegter Stimme. »Hrmmm-krmmm«, die Stimme ist wieder klar. »Es war im Reiseführer, in dem von Li. Aber ich habe drübergelesen, ich Depp.« Ich stehe auf und hole den Führer von Li aus dem Schlafzimmer, wo ich ihn bis gestern spät nachts gelesen habe, ich weiß ganz genau, wo die Stelle ist. Na bitte, bei den Einkaufstips von Li steht es, in aller Ausführlichkeit: »Viele der Surgelés-Läden bieten als besonderen Service an, privates Tiefkühlgut in separaten Truhen für ihre Kunden aufzubewahren. Wer die Möglichkeit hat, größere Quantitäten von Frischwaren billig zu bekommen, macht gern Gebrauch davon. Die Läden stellen die Tiefkühlsäcke zur Verfügung und notieren Namen des Kunden und Einlagerungsdatum. Vermietet wird meist auf Halbjahres- oder Jahresbasis«, übersetze ich den beiden.

Der Poiderer war aber noch gründlicher: Nachdem er die Zeichen abgemalt hatte, lief er noch über eine Stunde herum auf der Suche nach weiteren Surgelés-Läden und fand prompt noch drei, die ein ähnliches Schild in der Auslage hatten. Eines davon war auch französisch geschrieben. Ein weiteres hatte einen etwas anderen Wortlaut (Wei nin fuwu: chuzu dongpin baoliuku), aber die Botschaft ist, wie der P. ganz richtig erraten hat, dieselbe. Die Adressen der insgesamt vier Geschäfte hat er sauber notiert.

In einem dieser Pariser Chinatown-Surgelés-Läden frieren somit vierzehn Säckchen voll mit Drogen unbekannter Natur. Nur wo? Und wie kommen wir ran?

Es wird wohl an mir hängenbleiben. Der Poiderer und Dommi sind zu demselben Schluß gekommen. Nur ich kann genug Chinesisch, um den Ladenbesitzern die Säcke ihrer Kunden abzuschwatzen.

»Aber du gehst nicht allein, Margimaus«, sagt Dommi, »einer von uns geht mit.«

Ich gehe – vorerst allein – in die Küche und drehe das Thermostat des Backrohrs auf 210 Grad. Es muß vorgeheizt werden, bevor ich den Truthahn reinschiebe; seine Blätterteighülle, die ich noch schnell mit Eigelb bepinsele – die Küche ist wirklich bestens ausgerüstet –, habe ich hübsch mit Streifenraster belegt. Laut *Guide Cuisine* sollen diese Streifchen, da der Grillspirale am nächsten, dunkelbraun und besonders knusprig werden. Während das Rohr heiß wird, rühre ich die Marinade an. Ich habe eine Viertelliterflasche Nußöl gekauft, in memoriam Mme Dalassios Kostbarkeit, und auch dieses riecht himmlisch. Zum Nachtisch werde ich heiße Crèpes servieren, mit Erdbeereis gefüllt, mit Erdbeeren umkränzt, mit Kirsch flambiert.

~

Als ich zurückkomme ins Wohnzimmer, haben die Burschen schon einen Zeitplan für morgen entworfen: Während der Poiderer und ich die ersten vier Läden besuchen, wird Dommi – mit Bärli – nach weiteren Surgelés suchen. Diese Aufteilung hat den Zweck, daß ich nicht allein gehen muß, und Dommi kann besser als der Poiderer in Surgelés-Läden, die nichts angeschrieben haben, fragen, ob sie auch Kundentruhen haben. Zu Mittag treffen wir uns, und wenn der P. und ich bis dahin nichts gefunden haben, fragen wir uns in den Geschäften durch, die Dommi bis dahin gefunden hat.

Wir können nur hoffen, daß Wei und Zhan ihren eigenen Namen (welchen? Wei oder Zhan?) angegeben haben, aber würden sie das tun?

Während Dommi den Braten aufschneidet und verteilt, erzähle ich von den Ergebnissen meines Nachmittags, die nach dem fulminanten Poiderer-Auftritt aber recht fad sind. André hat mich abgeholt, mit Philip, dem Fotografen. André ist genau das Gegenteil dessen, was ich mir vorgestellt habe (dicklich, besonders um die Hüften, höchstens mittelgroß, mit kurzgeschorenen Haaren und hohem, spitzem Schädel). Er ist einer der feschesten Männer, die ich je gesehen habe. Groß, schlank, blond, wie ein Fotomodell, nur zu fesch auch dafür. Ein festes Kinn, gute Zähne, leuchtendblaue Augen, es ist fast schon zuviel. Ich war ganz froh zu wissen, daß er sich nicht für Frauen interessiert, sonst wäre ich entsetzlich eckig und verlegen geworden mit so einem Bild von Mann.

Das alles kürze ich natürlich ein wenig ab, für Dommi und den Poiderer. Ein recht fescher Kerl, sage ich nur, und zu Dommi: Aber die Stimme uninteressant (was ja auch stimmt). André war von Anfang an ganz Profi. Er hatte, von Bea instruiert, schon den Entwurf des Artikels fertig, der mit dem Foto veröffentlicht werden soll, gar kein richtiger Artikel eigentlich, nur ein paar Sätze. Dick gedruckt werden mein Name und der von Bärli unter dem Foto, und dann geht es weiter: die Sieger des Vorjahres des Wiener Äquivalents des CAIC (...), die dieses Jahr am Pariser Wettkampf teilnehmen werden. Bärli, eine vierjährige schwarzbraune Hündin, wird in der Klasse der mittelgroßen Hunde starten. Auf die Frage, worauf sie den Erfolg ihres Hundes zurückführt, sagte M. S.: »Keine Ahnung. Der Hund macht, was er will, und ich lasse ihn.« Wir werden auch dieses Jahr wieder über den Ausgang des CAIC berichten.

Erscheinen wird der Artikel auf der Seite »Freizeit und Hobby«.

Der Witz bei der Sache ist, daß neben dem Foto am Rand »(Archiv)« stehen soll und der Artikel den Eindruck erweckt, daß er ohne mein Zutun, sogar ohne mein Wissen erscheint, vielleicht gar vom CAIC plaziert. Das Foto mußte daher vor neutralem Hintergrund gemacht werden, irgendwo im Grünen, und zu dritt, mit dem Presseausweis und der Kamera, wagten wir uns in einen für Hunde natürlich verbotenen Park. Philip machte rund fünfzehn Bilder von uns, und die beiden Flics, die uns schon in der ersten Minute rauswerfen oder verhaften wollten, stellten sich nach einigem Hin und Her sogar für ein Foto zur Verfügung, Bärli und ich stolz in der Mitte. Und dann hat Bärli vor den Augen der Obrigkeit ins Grüne geklackst, und der Fotograf hat grinsend weitergeknipst, und die beiden Flics haben so getan, als hätten sie nichts bemerkt, obwohl André und ich Tränen lachten. Mein Höhepunkt des heutigen Tages.

Die einzige wirkliche Neuigkeit, die ich zu bringen habe, ist, daß André dieselbe Idee hatte wie wir: Auch er wird beim CAIC dabeisein, und während er einerseits wirklich einen Bericht über das Treffen schreiben wird, hat auch er vor, Besucher zu fotografieren, was das Zeug hält. Wenn die Geschichte dann abgeschlossen und druckreif ist, macht es sich nicht schlecht, wenn ein Reporter schon von Anfang an die Gangster im Visier gehabt hat.

Mein schöner *Dinde en croûte* ist kalt geworden, während ich erzählt habe. Dommi ist schon fertig und buttert noch das letzte Zipfelchen vom Baguette, als er an die Reihe kommt. Der Poiderer ist gut bei Appetit, er hat sich zweimal nachgenommen und mich mehrmals unterbrochen, um – taktvoll in wenigen Silben – den Vogel und mich zu loben, was ich gar nicht ungern habe.

Auch bei Dommi lief alles glatt. Damesne hat zugestimmt, diesen Versuch zu machen, die Dealer auf meine Spur zu bringen.

CAIC findet er gut, nicht zu groß und nicht zu klein, eine überschaubare Veranstaltung. Er wird selbst dabeisein, mit einem Kollegen in Zivil, und ein Streifenwagen wird ebenfalls in Bereitschaft stehen. Den Peilanzeiger wird er im Wagen unterbringen; Bärli und ich bekommen je einen Minisender, klein genug, um ihn in Bärlis Halsband bzw. in meinem Gürtel unterzubringen. Damesne ist mit allem einverstanden, auch mit der anschließenden Überwachung, am Samstag ab dem Concours und am Sonntag vierundzwanzig Stunden – und dann werden wir weitersehen. Es liegt Damesne viel daran, auf die Spur der Dealer zu kommen, hat er Dommi gesagt. Die ersten Antworten aus dem Ausland sind auf sein Rundschreiben eingetroffen: Athen meldete zwei, Amsterdam einen ganz ähnlichen Fall, wo chinesische Mordopfer gefunden wurden, nicht identifizierbar, nicht vermißt. Glatt hingerichtet, alle drei. Eine Frau darunter. Die Sache wird groß, hat Damesne gesagt, und bisher sind die Pariser die einzigen, die einen Faden in der Hand haben, der sie zu den Dealern führen kann.

Bin ich das, der Faden?

Nach den Crèpes setzen wir uns wieder in gewohnter Anordnung ins Wohnzimmer; erst nach meiner ausdrücklichen Erlaubnis legt auch der Poiderer die Füße aufs Sofa. Bärli schmiegt sich gegen seine Waden.

24.3.94, Donnerstag

Zum Frühstück gibt's eine angenehme Überraschung: Der P. ist bereits mit Bärli unten gewesen und hat noch dazu frische Baguettes gekauft. Dommi schläft noch, als ich aufstehe. Der Poiderer hat sich nochmals in sein Zimmer verzogen, für uns aber schon eine Kanne Tee und zwei Tassen aufs Tablett gestellt. Auf leisen Sohlen bringe ich den Tee in unser Schlafzimmer, doch Bärli saust an mir vorbei, springt mit einem Satz aufs Bett und stößt seine feuchtkalte Schnauze in Dommis Halsgrube, der entsetzt auffährt. Er hat schon vergessen, wie das ist, wenn man von Bärli geweckt wird.

Ich ziehe die Vorhänge zurück: Es ist wieder ein schöner Tag, sonnig und mild. Ich lasse das Fenster gleich offen, setze mich aufs Bett, wozu ich Bärli erst ein bißchen zur Seite schubsen muß, der mit Dommis Hand spielt und so tut, als würde Dommi mit ihm spielen. Ich gieße die zwei Tassen ein. Dommi hat noch ganz schlafrote Augen, obwohl er gut geschlafen hat. Das weiß ich, weil ich schlecht geschlafen habe, das heißt streckenweise gar nicht. Ich war zwischen zwei und vier wach, und auch dann habe ich nur aufgehört, auf die Uhr zu schauen; eingeschlafen bin ich erst um einiges später und habe Dommis Atem zugehört, teils aus Zuwendung, weil es schön ist, ihn endlich wieder neben mir zu haben, teils in der Hoffnung, daß die Regelmäßigkeit seines Luftholens mich auch einschläfern werde. Statt dessen wurde ich aber immer munterer.

Als meine Augen sich ans Halbdunkel gewöhnt hatten – die Wohnung liegt auf derselben Höhe wie die Straßenlampen, die hier die ganze Nacht durch brennen –, schaute ich Dommi auch beim Schlafen zu, anstatt ihm nur zuzuhören. Nach einiger Zeit konnte ich auch seine Wimpern ausmachen. Ich bin die erste, hat er gesagt, die entdeckt hat, daß die Wimpern seines linken Auges und die seines rechten ganz unterschiedlich sind. Er weiß es auch nur, weil ein Frisör, der ihn längere Zeit von oben gesehen hat, ihn darauf aufmerksam gemacht hat, als er noch so um die Vierzehn war (Dommi, nicht der Frisör): Die linken Wimpern sind lang und gebogen wie die eines Mädchens, aber die rechten sind spröde, strohgerade und überkreuzt wie die Borsten einer zu lang verwendeten Zahnbürste. Vor mir hat das außer dem Frisör noch niemand entdeckt. Dommi ist denkbar uneitel. Er schaut nur in den Spiegel, wenn er sich rasiert oder den Schnauzbart stutzt – meist ein bißchen schief.

Ich schaue ihm oft zu beim Schlafen, wenn ich selbst nicht einschlafen kann, aber ich sage ihm nie etwas davon. Manchmal glaube ich, daß er keine Ahnung hat, wie wichtig er mir ist. Letzte Nacht ging mir durch den Kopf: Jetzt wissen wir, daß es gefährlich werden kann, und es liegt auf der Hand, daß es das einzig Richtige ist, etwas zu unternehmen, aber nie, absolut nie im Leben hätte ich der Idee zugestimmt, die Mörder auf unsere Spur zu locken, wenn Dommi der Köder dabei sein sollte.

»Wie spät isses?« fragt er jetzt ein bißchen grantig, aber als er hört, daß es schon halb zehn vorbei ist, ist es wieder ganz okay, daß Bärli und ich ihn aufgeweckt haben. Dommi ist eine Spur schwierig, was seinen Nachtschlaf betrifft. Wenn er das Gefühl hat, zu wenig davon bekommen zu haben, ist er – beleidigt, eingeschnappt? Es ist dann schwer, ihn herauszuholen, es braucht viel Geduld und Ingeniosität (*humaine ou canine*), um ihn davon zu überzeugen, daß das Leben einen Sinn hat, auch wenn es von ihm unausgeschlafen begangen wird.

»Guten Morgen, Schatz«, sage ich nochmals, um die Waage auch sicher in meine Richtung zu kippen. Dommi umfängt mich mit beiden Armen, zieht mich zu sich hinunter, drückt mich fest, bis mir die Luft ausgeht. Dann läßt er mich los, aber ich bleibe auf ihm liegen, genieße seine Bettwärme, seinen Schlafgeruch, die hartweiche Unterlage seines Brustkorbs.

»Aufstehen«, sage ich schließlich und setze mich wieder auf,

»der Poiderer war schon mit Bärli unten, es gibt frische Baguettes, und ich mache jetzt weiche Eier, okay?« Zu Hause, in Wien, haben wir uns die Hausarbeit aufgeteilt, ähnlich wie die Dalassios, nur haben wir kein Auto und keinen Garten, statt dessen gehört das tägliche Früh- und Abendgassi zu Dommis Pflichten. Den langen Nachmittagsspaziergang machen wir, wenn möglich, zu zweit. Aber hier ist Dommi ein bißchen Gast bei mir, und mir macht es Spaß, ihn zu verwöhnen, es soll ja für ihn so was wie ein Urlaub sein, habe ich mir gedacht.

Während ich das Eierwasser aufsetze, geht Dommi ins Bad. Bärli hat sich auf den Balkon gelegt, und ich überlege eben, ob wir nicht auch dort frühstücken wollen, da kommt der Poiderer aus seinem Zimmer. »Was meinst du, Margi«, fragt er, »wollen wir nicht draußen am Balkon frühstücken?«

26.3.94, Samstag

Auch heute könnten wir draußen frühstücken, das dritte Mal hintereinander, aber wir sind alle ein bißchen zu spät aufgestanden, und das Balkonfrühstück macht nur Spaß, wenn man nachher gemütlich sitzenbleibt, Zeitung liest und sich die Sonne auf die Nase scheinen läßt. Wir müssen aber um zehn Uhr dreißig in der Blindenhundeschule sein, und es ist schon neun vorbei. Außerdem ist es zu kalt. Die Balkontür steht offen, und ein angenehm frischer, aber deutlich kühler Morgenwind bläst die Vorhänge auf. Nur Bärli ist trotzdem draußen.

~

Wir haben unser ganzes Glück gleich am ersten Tag verbraucht, haben wir uns gestern geeinigt. Daß der Poiderer das mit den Surgelés geknackt hat und André und Damesne gleich bereit waren, mitzutun bei unserer Idee, das war mehr Glück, als man sonst in einer Woche hat. Kein Wunder, daß seither alles schiefgelaufen ist. Was heißt schiefgelaufen – gar nichts ist mehr gelaufen.

Wir haben uns die Füße wundgelaufen auf der Suche nach dem richtigen Surgelés-Laden, aber es war nix. Unser Plan war, daß ich mich als Frau von Wei ausgebe, also als Frau Wei, und daß mein Mann mich geschickt hat – Chinesen schicken ihre Frauen immer noch, glaube ich –, sein Tiefkühlpaket abzuholen. Der Poiderer blieb immer draußen.

In allen vier Geschäften verstand man mein Chinesisch, wenn auch ein wenig lächelnd – aber so sind sie eben, die Menschen aus dem »Land des Lächelns« –, und der Mann an der Kasse (es waren überall Männer) ging für mich nachschauen. »Leider, kein Sack von Wei An«, hieß es dann. »Ach so«, sagte ich darauf, »jaja, vielleicht hat er den Namen seines Cousins genommen, von dem sind nämlich auch Sachen drin.« Ob er bitte nochmals schauen kann, ob der Sack von Zhan Guang da ist. Auch darauf bekam ich viermal die Antwort »Leider nein«, begleitet von schon leicht mißtrauischen Blicken. »Dann bin ich wohl im falschen Laden«, lachte ich viermal verlegen, ich dummes Frauchen ich, und entschuldigte mich und ging hinaus, wo ich den Poiderer mit immer demselben Achselzucken begrüßte.

Zu Mittag trafen wir Dommi wieder, der mit Bärli die Nebenstraßen durchkämmt hatte, auf der Suche nach weiteren Läden. Wir sahen ihn von weitem kommen, weil wir schon vor ihm beim Treffpunkt waren, und als er uns da stehen sah, zuckten wir mit den Achseln. Dommi war aber als einziger noch optimistisch. Er hatte drei weitere Läden entdeckt, von denen jedoch nur zwei Kundensäcke in Verwahrung nahmen – der dritte, in dem er nach diesem Service gefragt hat, hat gesagt, an sich nein, aber wenn er wolle, könne er Dommis Sack wohl ausnahmsweise unterbringen. Bleiben also nur noch zwei Läden zu besuchen. Zuerst wollten wir aber Mittag essen. Nicht chinesisch, waren wir uns einig.

Nach dem Mittagessen – sogar das war schlecht, dafür teuer – ging Dommi mit uns zu den beiden Geschäften, wo sich alle Fragen und Antworten fast wortgetreu wiederholten. Kein Wei und auch kein Zhan hatte Säcke eingelagert.

Zu dritt gingen wir dann in immer größeren Kreisen um das Zentrum von Chinatown herum, bis wir in Straßen kamen, in denen sich erst nur noch vereinzelt chinesische Restaurants und Läden fanden, dann schließlich gar keine mehr. Es war schwül und drückend, und ab und zu fielen ein paar Regentropfen, die aber keine Erleichterung brachten. Die hohe Stirn vom Poiderer glänzte, Bärli ließ die Zunge raushängen. Die Idee vom Poiderer war gut und vielleicht sogar richtig, aber entweder wir haben den richtigen Laden trotz allem übersehen, oder Wei und Zhan haben falsche Namen verwendet. Um wirklich nichts unversucht zu lassen, gingen wir nochmals zurück zum dritten Geschäft, das Dommi entdeckt hatte und das nur ausnahmsweise seinen Sack annehmen wollte – wer weiß, ob sie nicht auch für Wei und Zhan schon eine Ausnahme gemacht haben? –, aber auch dort war nix.

Müde und enttäuscht gingen wir nach Hause. Die Füße taten uns weh.

Nach einer kleinen Mittagsruhe machten wir dann eine Besichtigungstour durch Paris, ich mit dem Reiseführer von Jian unterm Arm, denn der hat die ausführlichsten Beschreibungen; wir gingen die Champs Élysées rauf, zum Eiffelturm runter (Eisenpagode »Eifeier«, bei Jian), zurück zum Louvre. Dort trennten wir uns für drei Stunden. Während Dommi mit Bärli erst zu Damesne ins Büro fuhr, um die beiden Minisender abzuholen – wir sollten beim Concours besser nicht mit dem Polizisten gesehen werden, falls man ihn kennt –, und dann bei Les Halles spazierenging, sich in die Sonne setzte und Zeitungen las, liefen der Poiderer und ich durch die vielen Hallen des Palastes Luofu auf der Suche nach Dingduoleiduo, Folongnisi, He'erbang und Ai Geke*.

Bis zum mittleren Abend trieben wir uns dann in der Gegend zwischen Les Halles und dem Centre Pompidou herum, es war ein schöner Abend, und entsprechend viel war auf den Straßen los: Feuerschlucker, tanzende Bären (echte, keine caninen), Jongleure, Straßentheater und Clowns. Massen von Leuten auf den Straßen, manchmal so dicht, daß wir Bärli tragen mußten, damit man ihm nicht dauernd auf die Pfoten stieg.

Wieder waren wir todmüde, als wir nach Hause kamen, und auch die Füße taten wieder weh.

~

Und heute hätten wir fast verschlafen, wenn Bärli nicht wütend geantwortet hätte, kurz vor neun, als draußen von mindestens vier Hunden ein Bellkonzert abgehalten wurde. Nachher stimmten noch mehr mit ein. Unmöglich weiterzuschlafen, und außerdem war es ohnehin schon höchste Zeit. Wir werden ein Taxi nehmen, dann ist wenigstens noch ein Frühstück drin, wenn auch kein langes.

* Tintoretto, Veronese, Holbein und El Greco

Was brauchen wir? Impfpaß, Maulkorb, Naschwerk. Der Poiderer steckt sich vier Reservefilme ein, die wir gestern gekauft haben. Ich ziehe die Jeans an, in die ich jetzt endlich wieder reinpasse, meine flachen Laufschuhe und die Windjacke, nicht die unauffällige braune, sondern die orange, die ich waschen kann – für den Fall, daß heuer wieder nasse Bernhardiner herumlaufen. Dommi bringt in Bärlis Halsband den Minisender an und geht schon mit ihm hinunter, um ihn noch kurz auszuleeren, während ich die restlichen Sachen einpacke, Bärlis Handtuch, einige Packungen Papiertaschentücher, und meinen Minisender am Gürtel der Jeans anbringe. Mühelos läßt er sich durch ein verdecktes Gürtelloch einfädeln, dann mit Hilfe zweier weicher Metallfinger, die man auseinanderbiegen kann, fixieren. Ich komme mir ein bißchen blöd vor mit dem Ding und erwarte so halb und halb, daß es in unmöglichen Momenten zu piepsen beginnt wie die Mobiltelefone von wichtigen Personen, die auch immer im vollen Bus oder im Lebensmittelladen angerufen werden. Mein Sender kann mehr als der von Bärli. Ich kann auch ein Notsignal geben, indem ich einen kleinen Stift, der am Rand des Senders vorsteht, hineindrücke.

Es ist schon fast halb elf, als wir bei der Hundeschule ankommen, und wir haben bei der Hinfahrt ausgemacht, daß wir so tun werden, als würden der Poiderer und wir einander nicht kennen. Ob Bärli auch mitspielt? Der P. ist sein neuer bester Freund!

Der Taxifahrer läßt uns aussteigen, als wir am Eingang der Hundeschule ankommen, aber der Poiderer fährt noch ein Stück weiter, um die nächste Ecke. Er wird ein normales Zuschauerticket kaufen und sich unter die Menge mischen. Auch in der Mittagspause werden wir uns nicht treffen, sondern erst am Abend zu Hause: Dommi, Bärli und ich werden wieder per Taxi heimfahren. Wir wollen den Kerlen ausreichend Gelegenheit geben, uns zu folgen.

Nachdem Dommi und ich die Taxitür hinter uns zugeworfen haben, schauen wir uns kurz an. »Bleib immer dicht bei mir, okay?« sagt Dommi schließlich. Okay. Trotzdem bleiben wir noch stehen und schauen uns in die Augen. »Blöde Kuh«, sagt er schließlich zärtlich.

Wir gehen zur Anmeldung, wo unsere Formulare schon bereitliegen. Alles geht denkbar einfach: Wir zeigen Bärlis Impfpaß vor, zahlen 20 Francs Teilnahmegebühr, unterschreiben die Bestätigung, daß im Videomitschnitt sowohl unser Hund als auch wir gezeigt werden dürfen, auch für kommerzielle Zwecke – der Verkaufserlös geht als Spende an ein Tierheim –, und bekommen Bärlis Startnummer, die wir ihm nach einem kurzen Kampf auf den Rücken binden (erst der Regenmantel, jetzt das!): Bärli startet als Nr. 22. Es sind genau fünfzig Hunde im Rennen, die alle unter gleichen Bedingungen starten und nach gleichen Kriterien beurteilt werden, nur nach Größe wird unterschieden, weil sie unterschiedlich großen / hohen / tiefen Hindernissen zugeteilt werden.

Mme Fleurmont, die diesjährige Vorsitzende, der man offenbar gesagt hat, daß die beiden (die drei) Wiener angekommen sind, kommt uns begrüßen, eine kleine, rundliche, atemlose Frau mit lebhaften Augen und lachbereitem Mund. Sie redet so schnell, daß ich nur die Hälfte verstehe, und sogar Dommi sieht ein bißchen verloren drein, als er nickt und »Oui-oui, oui-merci« sagt. Um elf Uhr fünfzehn startet der Concours, übersetzt er mir dann, zuerst werden die Spielregeln verlesen, anschließend die Teilnehmer, die sich nach Startnummern aufreihen müssen, vorgestellt, und dann beginnt auf den zehn Bahnen zugleich der Wettbewerb, wobei die Hunde Nr. 1 – 5 bei Bahn 1 beginnen, 6 – 10 auf Bahn 2 usw.; dann arbeitet man sich immer zur nächsthöheren Bahn vor. Das alles wissen wir schon von den Videos.

Mme Fleurmont wünscht uns viel Glück, gibt uns nochmals die Hand und versucht, Bärli zu tätscheln, aber der wirft sich in dem Moment auf den Rücken, um das lästige Nummerntuch abzustreifen oder zumindest so dreckig zu machen, daß niemand mehr die Nummer lesen kann. Im Weggehen ruft uns Mme Fleurmont noch etwas zu, das ich wieder nicht verstehe, und Dommi grinst und winkt ihr zu. »Sie sagt, wir hätten Glück, daß es schon lange nicht geregnet hat«, sagt er, »denn sonst würden die Hunde entsetzlich dreckig und die Maîtres auch.«

Rund um die Anmeldung wird es immer voller, und da auf zwei Menschen jeweils ein Hund kommt, wird auch das Gebell immer lauter. Bärli befreundet sich eben mit Nr. 4, einem gescheckten

Rüden, der wohl auch als mittelgroß läuft, mit langem Oberkörper und kurzen Beinen, im Durchschnitt also mittelgroß. Im Zweifelsfall entscheidet das Gewicht des Hundes. Um dem Gedränge zu entgehen, spazieren wir hinaus auf den großen Platz, auf dem der Concours bereits vorbereitet ist. Die einzelnen Bahnen sind mit Seilen begrenzt, an denen die Zuschauer jetzt schon dicht gepackt stehen. Sie sind alle unterschiedlich lang (die Bahnen, aber die Zuschauer ja auch) und mit verschiedenen Hindernissen bestückt. Wir sehen Holzwände mit Löchern drin, Wassergräben mit Stegen darüber – genau wie damals mit dem Bernhardiner, manche Wettbewerbe wiederholen sich offenbar –, sonderbare Gebilde aus Holz, einen kreisrunden Parcours, gleich dahinter noch einen, nur größer. Über den Bahnen wehen auf langen Stangen Fahnen mit der Nummer des Wettbewerbs – recht idiotensicher, das Ganze.

Rechts steht ein gezimmertes Podest, auf dem Mme Fleurmont eben mit dem Mikrophonständer kämpft. Die Höhenverstellung hat sich offenbar verklemmt, und das Mikrophon schwebt gute zehn Zentimeter über ihrem Kopf. Dort müssen Hunde und Maîtres wohl vorbeidefilieren, wenn sie aufgerufen werden. Rechts rauf aufs Podest, links ab.

Wir haben eine vorgedruckte Karte bekommen, auf der man Bärlis Namen und Nummer eingetragen hat, worauf die Parcours aufgelistet sind und daneben jeweils ein bis drei freie Felder, in welchen von den Helfern die Bewertung eingetragen wird. Manchmal bewertet man, scheint's, mehr als nur eine Fähigkeit des Hundes, aber es geht aus der Karte nicht hervor, worum es geht.

Das Murmeln, Raunen und vor allem das Bellen wird lauter, es ist schon zehn nach elf. Mme Fleurmont hat den Mikrophonständer besiegt und macht eine Sprechprobe. Überraschend klar kommt ihre Stimme aus dem Lautsprecher, und gleich darauf verstummen die Besucher – nicht aber die Hunde. Mehrere Honoratioren nehmen auf den Klappsesseln auf dem Podest Platz, einige davon mit eigenen Hunden. Bärli hat sich bisher musterhaft benommen (Dommi hält ihn sehr kurz), aber wenn wir bei den Hunden am Podest vorbeispazieren müssen, wird er sicher den einen oder anderen begrüßen oder auch attackieren wollen, fürchte ich. Dommi nimmt mich am Ellbogen und beugt sich zu mir herunter. Da ich meine flachen Laufschuhe anhabe, muß er sich ein gutes Stück herunterbeugen. »Wenn wir übers Podest gehen«, flüstert er, »versuchen wir Bärli zwischen uns zu halten, damit er die anderen Hunde nicht anspringt, okay?« Wir kennen ihn eben, unseren Hund.

Mme Fleurmont beginnt ihre Begrüßung. Nach einigen Minuten höre ich nicht mehr zu, sondern drehe mich suchend um, aber es ist aussichtslos, im Gewimmel jemanden finden zu wollen. Wir haben uns nach vorn durchgedrängt, Dommi und ich, wie die anderen Teilnehmer auch, die soeben versuchen, sich am Fuß der Stufen, die aufs Podest führen, in der richtigen Reihenfolge aufzustellen. Wir lernen unsere Nachbarn kennen, Nr. 21, ein hochbeiniger, schlanker grauer Rüde mit glattem Fell, und Nr. 23 – Gott sei Dank auch ein Rüde, kleiner als Bärli, schwarzweißgefleckt, kurzhaarig, sehr herzig.

Dann klettern schon die ersten Nummern aufs Podest und werden oben von Mme Fleurmont begrüßt und dem Publikum vorgestellt. Von irgendwoher erklingt blecherne Marschmusik, die die Honneurs wohl feierlich untermalen soll, sie aber statt dessen übertönt, so daß nichts mehr davon zu hören ist. Mme Fleurmont winkt nach hinten, spricht mit einem jungen Mann, der daraufhin vom Podest springt und sich darunter zu schaffen macht, und kurz darauf verstummt die Musik so abrupt, wie sie begonnen hat. Von Nr. 8 aufwärts werden wir ohne Musik dem Volke präsentiert.

Bis wir an der Reihe sind, hat sich unsere Nervosität auf Bärli übertragen. Er will partout nicht die paar Stufen hinaufgehen, und Dommi muß ihn fast gewaltsam hinaufschleppen. Auch dann weigert Bärli sich, auch nur einen Schritt zu gehen. Noch wird die Nr. 21 vorgestellt, aber alle Aufmerksamkeit ist schon auf uns gerichtet, auch Mme Fleurmont schaut zu uns herüber, doch Bärli bockt noch immer. Die Kameras richten sich auf uns. Es sind zwei Teams auf dem Podest. Wie das so ist bei alten Ehepaaren, bücken Dommi und ich uns gleichzeitig, um Bärli aufzuheben und zum Mikrophon zu tragen, und richten uns dann auch gleichzeitig auf, um dem anderen den Vortritt zu lassen. Gelächter im Publikum.

Die Besitzer von Nr. 21 schauen uns jetzt entgegen: Wir sind dran. Da endlich besinnt sich Bärli und setzt sich in Gang, und wir erreichen ohne weitere Blamagen Mme Fleurmont, die uns schon entgegenlacht. Sie hat es nicht vergessen: Als Österreichische Meister des Vorjahres stellt sie uns vor, mit unserem Siegerhund Bärr-li. Wir geben ihr zum dritten Mal heute die Hand, winken kurz ins Publikum und gehen nach links ab. Im Weggehen erst denke ich daran, daß ich vom Podest aus bessere Chancen habe, bekannte Gesichter unter den Zuschauern zu finden, aber es sind zu viele, und sie stehen zu dicht; nur ganz hinten glaube ich, den hohen Haaransatz (die Stirnglatze) vom Poiderer gesehen zu haben.

~

Wir folgen Nr. 21, der sich mit seinen Besitzern – Vater und Sohn, offenbar – den Weg durchkämpft zur Startbahn Nr. 5, auf der auch wir beginnen werden. Dommi wechselt die Leine in die andere Hand und gibt mir die Linke, drückt meine Hand fest. Auch er hat sich wohl eben daran erinnert, daß wir nicht nur zum Spaß da sind.

Unserer Gruppe (Nr. 21 bis 25) folgt ein Kameramann und einer mit Mikrophon. Sie treiben uns zusammen für eine Gruppenaufnahme, stellen sich dann als Pierre und Vincent vor und informieren uns, daß es die Bänder von unserer Gruppe auch privat zu kaufen geben wird, die ungeschnittene Version, zum Selbstkostenpreis, und – ganz beruhigend – daß diese nur an die Teilnehmer verkauft wird, nicht an die Öffentlichkeit. Die bekommt nur das zusammengeschnittene Band von sechzig Minuten Länge.

Auf Bahn Nr. 5 stehen die eigenartigen Holzbauten, die ich schon vorher bemerkt habe. Es gibt drei davon. Sie sehen aus wie Hochsitze mit ungewöhnlichem Aufgang: Nur über den schmalen, steilen Steg auf der Rückseite der Konstruktion kommt man hinauf. An der Spitze ist auf einer kleinen Plattform ein Stuhl mit Armlehnen aufgestellt. Die drei Gerüste stehen in Stirnreihe: Das erste ist etwa zwei Komma fünf Meter hoch, das zweite drei, das dritte drei Komma fünf Meter. Ich kann so etwas ganz gut schätzen, besonders wenn Dommi danebensteht, denn da er fast zwei Meter groß ist, muß ich nur schauen, wie oft er übereinandergestellt hineinpassen würde.

Inzwischen hat Mme Fleurmont die Vorstellung der Kandidaten und die Begrüßung des Publikums beendet – unter etlichen Ermahnungen, den Ablauf nicht zu stören, Hunde nicht mit Namen zu rufen, ihnen keine Naschereien anzubieten – und das Zeichen zum Beginn des Wettkampfs gegeben, was mit allgemeinen OOOHs und AAAHs begrüßt wird. Die Menge zerstreut sich und gruppiert sich neu um die einzelnen Bahnen herum, in stetigem Drängeln und Schubsen. Es sind viele Kinder dabei.

Die Betreuerin von Bahn 5, eine junge Frau mit Pferdegebiß, sommersprossiger Haut und karottenrotem Haar, das dafür glänzend und dick ist, wartet noch, bis alle fünf ersten Kandidaten für unsere Bahn zusammengefunden haben, dann nimmt sie einen kleinen Lautsprecher zur Hand – auch die Zuschauer sollen mithören können – und erklärt uns die Aufgabe, die sich uns stellt. Zugleich beginnen die neun übrigen Bahnbetreuer ihre Erläuterung, wodurch sich der Lärmpegel drastisch hebt: Auch viele Hunde fallen mit ein.

Auf Bahn Nr. 5 bleibt einer der Hundebesitzer am Start, mit dem Hund an der Leine, während der andere über den Aufgang zum Sitz hinaufklettert und dort Platz nimmt. Es gibt insgesamt fünf Aufpasser, für jeden Hund einen, die darauf achten, daß der Hund nicht zusieht, wie sein Besitzer hinaufklettert. Die vier Hunde, die noch nicht dran sind, werden in der Zwischenzeit Gassi geführt, damit sie nicht durchs Zuschauen verfrüht mitkriegen, was von ihnen erwartet wird. Wenn Herrchen Nr. 2 den Sitz erreicht hat, läßt Herrchen Nr. 1 den Hund von der Leine. Ab dem Moment läuft die Stoppuhr. Herrchen 2 kann dann beginnen, den Hund zu rufen. Wenn der Hund ihn geortet hat, muß Herrchen 2 ihn dazu bringen, ebenfalls auf das Gerüst zu klettern, ohne aber selbst den Sitz zu verlassen. Er kann den Hund rufen und ermuntern, darf aber keine Zeichen geben, seine Hände müssen auf den Armlehnen bleiben. Der Hund muß selbst draufkommen, wie er hinaufkommt. Die Stoppuhr wird erst dann ausgeschaltet, wenn der Hund ebenfalls die Plattform auf der Spitze erreicht hat.

Unser Aufpasser ist ein schüchterner junger Mann, noch keine Zwanzig, mit leuchtendroter Akne im Gesicht, derer er sich qualvoll bewußt ist. Er versucht, den Kopf immer gesenkt zu halten, denn an der Unterseite des Kinns blühen besonders viele Pickel. Höflich bittet er uns, ihm zu folgen, zurück in die Menge, wo Bärli nur Hosenbeine und andere Hunde wahrnehmen kann, aber ich darf, nachdem ich meinerseits höflich gefragt habe, zuschauen, wie es Nr. 21 bei seiner ersten Aufgabe ergeht. Während der Aufpasser sich mit Bärli beschäftigt, ihm vor allem den Kopf streichelt, so daß Bärli keine illegalen Blicke zurück zur Bahn werfen kann, schauen Dommi und ich zu, wie der Bub, Kobesitzer von Nr. 21, recht geschickt den Aufgang hinaufklettert. Er muß auf das höchste Gerüst, der Hund wurde offenbar als »groß« eingestuft. Ich beginne zu ahnen, warum der Concours an zwei Tagen abgehalten werden muß: Das dauert, bis normale Leute auf so ein Gerüst klettern. Geschweige denn Hunde.

Um den jungen Mann – seine Anstecknadel weist ihn als Jean-Marie aus – nicht zu irritieren, wenden wir uns wieder ihm und Bärli zu. Jean-Marie erklärt uns, daß nach den Erfahrungen der Probeläufe, die sein Team mit den Hochsitzen gemacht hat, gute zehn Minuten vergehen, bis Herr und Hund rauf- und wieder runtergeklettert sind, zurück zum Start gekommen sind, ihre Punkte in die Karte eingetragen bekommen, dann in der Punkteliste, die am Start bleibt, notiert werden und endlich die Bahn freimachen für den nächsten; wenn der Hund sich dumm anstellt, dauert es auch länger. Das Maximum an Zeit, das einem Hund ab dem Loslassen von der Leine gegeben wird, ist allerdings zehn Minuten. Wenn er bis dahin nicht draufgekommen ist, wie er sein Herrchen erreicht, bleibt er in Bahn 5 ohne Punkte.

Das Team Nr. 21 stellt sich offenbar ganz geschickt an, denn schon nach kurzer Zeit, so kommt mir vor, wird am Start Nr. 5 die rote Fahne aufgezogen, Signal für die nächsten, daß die Bahn bereits frei ist.

Die nächsten sind schon wir. Dommi klettert, wie wir fast wortlos (»Ich?« – »Du!«) ausgemacht haben, ich halte Bärli. Jean-Marie bleibt daher bei mir und wacht darüber, daß Bärli Dommis Aufstieg nicht verfolgen kann. Ich aber schaue ihm zu (in noch so großen Menschenmengen ist Dommi immer leicht zu finden), wie er zum Start geht, seine Karte abgibt und den Aufstieg auf das mittlere Gerüst beginnt. Aus den Augenwinkeln hat auch J.-M. Dommi beobachtet, und kaum daß er seinen Platz erreicht und sich gesetzt hat, nimmt Jean-Marie mich am Arm und führt mich zum Start, den Kopf wieder seitlich gesenkt – zwischendurch hat er fast vergessen, daß er etwas zu verbergen hat.

Und ich? Habe ich nicht auch zwischendurch schon wieder vergessen, daß es einen Zweck hat, warum ich hier bin? Daß ich einen Sender im Gürtel trage, über den mir gänzlich unbekannte Männer meine Schritte verfolgen? Daß jemand hinter mir her ist, mich vielleicht schon längst wiederentdeckt hat und seinerseits jedem meiner Schritte folgt?

Als wir, Jean-Marie, Bärli und ich, beim Start ankommen, habe ich wiederum fast schon vergessen, daß Dommi in einer ziemlich ungemütlichen Position am Gipfel einer Holzkonstruktion sitzt, wo er auf Bärli wartet. Wie ein Umspringbild, diese beiden Realitäten, und schwer miteinander in Einklang zu bringen.

Die rothaarige Frau mit dem Pferdegebiß fragt mich nur: »Tout est prêt?« Ich nicke und lasse auf ihr Zeichen hin Bärli von der Leine. Im selben Moment drückt sie auf die Stoppuhr. Bärli hat eben erst bemerkt, daß Dommi fehlt. Als ich ihn loslasse, will er zuerst zurück in die Menge, um Dommi dort zu suchen, aber die Bahnaufseherin hat inzwischen auch Dommi gewinkt, und er beginnt, Bärli zu rufen.

Bärli spitzt die Ohren, dreht sie nach hinten, zögert, macht ein paar Schritte zurück zu mir auf den Rasen, und schon hat er Dommi gefunden und saust zu ihm hin. Schwach höre ich, wie Dommi Bärli lockt: »Na komm, Bärchen, komm herauf, komm schon, Bärli-Bärli«, und Bärli beginnt, um die vordere Kante des Gerüsts herumzulaufen, ein Stückchen nach links, ein Stückchen nach rechts, immer wieder schaut er hoch zu Dommi, der ihm gut zuredet. Fast sieht es so aus, als hätte Bärli spitzgekriegt, wie er hinaufkommt, aber zwei-, dreimal dreht er wieder um, bevor er den Aufgang erreicht hat, und läuft wieder zurück zur Vorderseite, wo Dommi sitzt. Der ihn weiterlockt.

Aber Bärli versteht ihn falsch und versucht an der Vorderkante hochzuspringen – umsonst natürlich, obwohl Bärli durchaus hoch springen kann. Doch jetzt hat er es! Bärli ist ganz bis zum hinteren Ende der Konstruktion gelaufen, er steht vor der ersten Stufe und spitzt wieder die Ohren. »Ja, Bärli, mach schon, komm schon!« Bärli zögert noch kurz, dann nimmt er die erste Stufe, die zweite, bleibt nochmals stehen, aber als er wieder Dommis Stimme hört, rennt er mit einemmal los, die Stufen hinauf, so schnell er nur kann auf dem glatten Holz – er mag es gar nicht, wenn er rutscht. Er ist angekommen! Von hinten springt er an Dommi hoch, legt ihm die Vorderpfoten auf die Schulter, aber Dommi wartet noch auf das Signal – voilà! Die Aufseherin winkt ihm zu, die Stoppuhr steht, Dommi wendet sich um und nimmt den aufgeregten Hund nach vorn, auf den Schoß, streichelt und beruhigt ihn und setzt ihn dann wieder zurück auf die Stufen, wo die beiden ihren Abgang beginnen. Erst jetzt dämmert mir, daß der Applaus, den ich seit einer Minute höre, Dommi und Bärli gilt, und ich applaudiere mit. Beim Abstieg geht Bärli voran: hinunter noch zögerlicher als hinauf.

»Pas mal«, sagt die Aufseherin lächelnd, »pas mal du tout.« Mir ist es so vorgekommen, als hätten die beiden Ewigkeiten gebraucht, aber die Rothaarige – erst jetzt kann ich ihr Namensschild lesen, Christine heißt sie – lobt uns sehr. Dommi grinst, es hat ihm Spaß gemacht da oben. »Hast du was gesehen?« frage ich – Dommi kennt natürlich die Fotos von Goldilocks und den anderen –, aber er schüttelt den Kopf. »Nein, aber Damesne steht, glaube ich, gleich zwei, drei Reihen hinter dem Start.«

Wir werden gebeten, noch die drei weiteren Teams abzuwarten, um dann als Fünfergruppe geschlossen zum nächsten Start zu gehen, wo man uns die neue Aufgabe erklären wird.

Es macht auch Spaß, den anderen zuzuschauen. Der schwarzweiße Rüde, Nr. 23, stellt sich sehr geschickt an und klettert nach kurzer Denkpause direttissimo hinauf zu Frauchen. Man applaudiert wieder. Der nächste Hund ist ein kleinerer braunhaariger Boxermischling, sehr breit und kompakt, mit schwarzer Schnauze und Hängeohren. Er versteht einfach nicht, was man von ihm will, und beginnt in seiner Verzweiflung, wie schon

Bärli zuvor, an der Vorderkante des Dreiecks hochzuspringen. Wo Bärli aber zwei, drei grazile Sprünge gemacht hat und zumindest die Hälfte der Kante erreichte, macht der Boxermischling pathetische kleine Hopser. Zum Springen ist er nicht gebaut. Sein Besitzer kann ihm gar nicht zuschauen – ein gut fünfzigjähriger Mann, mit Gattin angetreten –, er hört auf, »Bouboul« zu lokken, und klettert statt dessen runter vom Gerüst, im selben Moment, in dem auch seine Frau beschließt, den traurigen Akt zu beenden, und hinausläuft auf den Rasen. Man sieht es wieder, ein altes Ehepaar eben – und der Hund schaut den beiden durchaus ähnlich!

Der letzte Hund unserer Gruppe, ein fast doggengroßes Weibchen mit triefenden Lefzen, stellt sich ebenfalls eher ungeschickt an: Sie findet zwar den Aufgang, weigert sich aber, hinaufzuklettern. Sie gehört einem Mutter-Sohn-Team (der Bub ist hinaufgeklettert), und die Maman erzählt Christine und allen, die es hören wollen, daß Poupée auch zu Hause fast nicht dazu zu kriegen ist, in den ersten Stock oder in den Keller zu gehen. Dann war Bärli also gar nicht so schlecht, freuen wir uns heimlich.

~

Fünf Hunde und zehn Besitzer machen sich auf den Weg zu Nr. 6, einer feuchten Angelegenheit, wie wir gleich an der Gruppe sehen, die den Platz eben verläßt. Von den zehn Herrchen und fünf Hunden ist jeder zweite Mensch (zumindest die Hose) und ausnahmslos jeder Hund gründlich naß – die Nummernlätze kleben auf den Rücken, die Bänder tropfen. Vorausblickend nehme ich Bärli sein Halstüchlein ab. Man lacht aber, frottiert sich und den Hund im Weggehen ab, scherzt mit den anderen und ruft uns Warnungen zu: Trocken kommt man hier nicht raus!

Bahn 6 besteht aus einer mit Holz eingezäunten Anlaufbahn und einem großen rechteckigen Wassergraben, der allerdings ganz flach aussieht. In das Bassin wurden Steine gelegt, über die man trockenen Fußes – eben nicht hinüberkommt. Die Steine hören gute zwei Meter vor dem jenseitigen Rand des Grabens auf. In den Holzzaun hat man linker Hand knapp vor dem Graben ein ca.

fünfzig Zentimeter hohes Loch geschnitten, die Lösung des Rätsels. Für Menschen offensichtlich, für Hunde aber nicht.

Wieder werden wir, diesmal von einem René, in die Problemstellung eingeführt, die der von Bahn 5 durchaus ähnlich ist. Ein Herrchen muß hinübergehen auf die andere Seite des Grabens und den Hund rufen; wieder müssen alle, die später drankommen, den Platz verlassen, damit die Hunde nicht voneinander lernen können. Unser Betreuer ist diesmal pickelfrei, aber auch nicht sehr schön. Er (René) nimmt seine Aufgabe äußerst ernst und tappt Bärli so lange am Kopf herum, bis Bärli schon leise zu drohen beginnt und Dommi und ich ihn (den Hund) zurechtweisen (gemeint ist aber ohnedies René).

Auch hier dauert es einige Zeit, bis die Teams in Startposition sind, und etliche Minuten vergehen, bevor die rote Fahne hochgezogen wird. Diesmal gehe ich auf die andere Seite, um Bärli zu rufen, und muß dazu die Reihen der Zuschauer umrunden. Plötzlich ist mir nicht wohl dabei, wieder von Dommi getrennt zu werden. Es stimmt schon, daß ich Birnengesicht Laridhi, Goldilocks, Cerveau (»das Hirn«, wie wir den älteren Mann, den Kopf der Bande, nennen – seinen Namen habe ich vergessen) und den Rundschädel sofort erkennen würde, aber was ist, wenn sie jemand anderen geschickt haben, den ich noch nie gesehen habe?

Die meisten der Zuschauer sind mit unserer Gruppe mitgekommen. Verwandte und Freunde der Teilnehmer. Einige der Gesichter kenne ich schon von der vorigen Bahn her. Ich habe die Gruppe – die meisten stehen mit dem Rücken zu mir – fast schon hinter mir, da stellt sich mir ein Mann in den Weg. Ich habe den Blick gesenkt und sehe zuerst nur seine Schuhe und die Jeansbeine – und in dem Moment, den es dauert, bis ich den Blick gehoben habe, hat der Poiderer schon abgedrückt, klick, hat er ein Foto von mir gemacht, grinst mich jetzt kurz an, sagt »Merci« und gibt mir den Weg frei. Zuerst bin ich ein bißchen wütend auf ihn, mich so zu erschrecken, aber dann macht meine Wut gleich einem neuen Schrecken Platz. Der Poiderer schaut nicht mehr mich an, sondern jemand anderen über meine linke Schulter weg, und jetzt wird mir auch bewußt, was mir vorher nur vage aufgefallen ist: Er hat nicht direkt mich fotografiert, der P., sondern leicht links an mir vorbei. Jemanden, der mir offenbar folgt.

Es kostet meine ganze Selbstkontrolle, mich nicht umzudrehen. Stur gehe ich am Poiderer vorbei und erreiche mit weichen Knien den Platz, den mir René angewiesen hat. Am anderen Ende des Wassergrabens sehe ich, wie Dommi eben zum Start gewinkt wird, mit Bärli noch an der Leine. Was spielen wir hier für alberne Spiele, während irgendwelche Leute hinter mir her sind?

Ich wende den Kopf ganz leicht nach rechts in die Richtung, aus der ich gekommen bin, aber ich kann niemanden erkennen, auch der Poiderer ist verschwunden. Als ich wieder zurück zum Start schaue, winkt René mir schon verzweifelt: Bärli ist von der Leine, ich kann anfangen, ihn zu rufen. Dommi winkt mir nicht, er ist zu weit weg, als daß ich sein Gesicht genau sehen könnte, aber ich spüre, daß er spürt, daß irgendwas nicht in Ordnung ist und daß ich deshalb den Start verschlafen habe.

Statt Bärli zu rufen, pfeife ich nach ihm, denn in dem Lärm der verschiedenen Lautsprecher, dem Klatschen und Lachen ringsum würde meine Stimme untergehen. Ich sehe, wie Bärli wieder die Ohren spitzt, in meine Richtung schaut, nochmals pfeife ich nach ihm, und da kommt er schon! Die ersten Steine sind noch so dicht gelegt, daß Bärli sich aussuchen kann, welche er nimmt, dann, ab der Mitte des Grabens, sind sie dünner gestreut. Bärli zögert. Er ist mir jetzt so nahe, wie er mir nur kommen kann, ohne naß zu werden, ich höre ihn leise winseln. Ich rufe ihn nicht mehr, denn Bärli verabscheut es, naß zu werden, und ich gebe ihm eine gute Chance, den Ausweg zu finden. Wir schauen uns an, Bärli und ich, nur zwei Meter voneinander entfernt. »Such, Bärli«, sage ich dann ruhig – und mein gescheiter Hund dreht um, läuft über die Steine zurück Richtung Start, am Loch im Zaun vorbei und auf Dommi zu, der ihn aber zurückwinkt. Bärli bleibt kurz stehen, schaut sich um, sieht endlich das Loch und saust darauf zu, schwanzwedelnd, denn jetzt rufe ich ihn wieder laut, rufe und pfeife. Im Nu hat Bärli die Distanz zurückgelegt, ist an den Zuschauern vorbei, kommt zu meiner Seite des Grabens geschossen und begrüßt mich wild. Wild, aber trocken.

Ich winke zum Start, René winkt zurück, Dommi auch. Wieder

brauche ich ein paar Sekunden, bis ich spitzkriege, daß der Applaus uns gilt. Während die rote Fahne erneut hochgezogen wird, mache ich mich auf den Weg zurück zu Dommi. (»Der Poiderer glaubt, daß jemand hinter mir her war. Er hat ihn fotografiert.«)

~

Auf dem Weg zur Bahn Nr. 7 sind wir die Helden unserer Gruppe. Man gratuliert uns, klopft Dommi auf die Schulter, Bärli wird getätschelt und hoch gelobt. Außer uns ist niemand trocken davongekommen. Der schwarzweiße Hund ist das letzte Stück einfach geschwommen; Bouboul schwimmt überhaupt für sein Leben gern, er hat gleich zu Anfang alle Steine verschmäht und ist ins Wasser gesprungen, fröhlich planschend hat er sich dann viel Zeit gelassen, bevor er den Rufen seines Frauchens gefolgt ist – sie ist am nassesten geworden, denn als sie Bouboul aus dem Becken helfen wollte, ist sie am Rand abgerutscht und stand dann knietief im Wasser; Poupée schließlich wollte sich mit einem Riesensatz ans Ufer retten und hat den Rand tatsächlich nur knapp verpaßt. Sie ist mit dem Hinterteil zurück ins Wasser gefallen, und wer davon noch nicht naßgespritzt wurde, bekam seine Portion nachgereicht, als Poupée sich am Ufer schüttelte. Poupée ist noch jung, Bärli toleriert sie daher ohne Probleme. Ich binde ihm das Halstücherl wieder um.

Die nächste Bahn ist noch nicht frei. Als wir näher kommen, wird uns schon ein Betreuer entgegengeschickt, der uns aufhalten soll. Wir müssen warten, bis wir die rote Fahne sehen. Inzwischen ist es aber fast ein Uhr, und zwischen eins und drei ist Mittagspause, hat man uns gesagt. Wir fragen den Betreuer, ob es einen Sinn hat zu warten, aber er meint, daß wir wohl kaum noch vor Mittag starten können. Gleich darauf hören wir auch die Ansage von Mme Fleurmont, daß die bereits begonnenen Parcours noch zu Ende gebracht werden, neue werden aber erst nach Mittag begonnen. Nur Bahn 7 ist noch nicht fertig, wie sich herausstellt – es gab wohl eine Panne –, und die Menge fängt schon an, sich zu zerstreuen. Dommi und ich machen uns auf die Suche nach einem Restaurant. Heute können wir sogar irgendwo draußen sitzen, so schön ist es. Schade, daß der P. nicht mit uns essen kann. Besonders, weil ich endlich wissen will, was oder wen er hinter mir gesehen hat.

Wir gehen in das chinesische Restaurant bei St. Mandé, in dem ich schon letztens so besonders gut Mittag gegessen habe. Heute bestellen wir zwei verschiedene Menüs, wieder hervorragend. Wir sind mit einem ganzen Strom von Besuchern aus der Blindenhundeschule gekommen, der sich dann in diverse Richtungen aufgeteilt hat, alle auf der Suche nach Essen, und drei, vier Tische in unserer Nähe sind von Leuten besetzt, die fast gleichzeitig mit uns eingetroffen sind. Manche Hunde tragen Startnummern. Man unterhält sich lebhaft, es wird gelacht, es sind Frauen dabei. Keine sinistren arabischen Typen, die mich verstohlen beobachten. Auch auf dem Weg aufs Klo will mich niemand kidnappen.

Anschließend gehen wir eine Stunde im Bois spazieren, um Bärli noch laufen zu lassen, bevor der zweite Teil des Concours um drei Uhr beginnt. Tut uns aber auch gut, der Spaziergang, nach dem enormen Mittagessen. Und, was wir beide nicht aussprechen: Wir können uns auf den stillen Waldwegen von Vincennes ungestört und unbelauscht unterhalten, denn selbst wenn im Restaurant niemand Verdächtiger zu sehen war, heißt das nicht, daß wir nicht beschattet wurden. Zumindest ein Polizist in Zivil, den Damesne zu unserer Bewachung abgestellt hat, ist sicher auch während des Essens – und sogar beim Spaziergang – in unserer Nähe. (Oder? Ich sehe niemanden!) Wer weiß also, wer uns sonst noch alles auf den Fersen ist, ohne daß wir es bemerken.

Dommi hat sich zwar von seiner Höhe aus immer wieder in der Menge umgeschaut, aber ihm ist nichts Verdächtiges aufgefallen. Ärgerlich, denn zumindest den Polizisten hätte er orten müssen. Damesne hat er noch öfter gesehen, der auch fleißig Fotos machte, und den Poiderer auch, der sich aber meist am anderen Ende der beiden Bahnen aufhielt. Ganz geschickt von ihm.

Was geschieht, wenn nichts geschieht? Wenn keiner sich blikken läßt? Wenn sie vielleicht das Foto in der Zeitung gar nicht gesehen haben? Oder sehr wohl gesehen haben, aber jemanden hergeschickt haben, den ich nicht kenne? Wir haben fest damit gerechnet, daß sich etwas tun wird, wenn wir den Kerlen eine

Gelegenheit geben, mich zu finden. Im Idealfall würden wir sie entdecken, wenn sie uns nach Hause folgen, der Polizei Bescheid geben – wir haben alle die Nummer von Damesnes Funktelefon auswendig gelernt –, und die Polizei würde sie pflücken wie reife Pflaumen.

Dommi und der Poiderer müssen Montag früh zurückfliegen – übermorgen, was mir jetzt entsetzlich nahe vorkommt. Dommi hat zwar gesagt, daß er den Job schlimmstenfalls sausenläßt, aber ich weiß, daß er das wahnsinnig ungern tun würde. Da war meine Idee schon besser. Ich könnte am Montag mit dem TGV nach Nizza fahren und bis Ende des Monats dort bleiben. Länger sogar. Das erste Aprilwochenende ist Ostern, ich müßte also erst am 5. April wieder zurück sein. Neun Tage wäre ich dann weg, und bis dahin haben die Dealer sicher aufgegeben, das Haus zu überwachen. Und ich hätte gar nichts dagegen, neun Tage am Meer zu verbringen! Dieser Vorschlag hat nur zwei Haken: Erstens, hat Dommi gestern von seinem Reisebüro erfahren, sind am Montag schon alle Plätze ausverkauft, fliegen kann ich aber nicht, weil Bärli zu groß ist, um ihn mit in die Kabine zu nehmen. Und zweitens, findet Dommi, bin ich besonders exponiert, wenn ich allein auf Reisen gehe. Für den Moment meiden wir das Thema lieber. Wir können uns jetzt keine Mißstimmung leisten, zumindest ich brauche dringend jede Rückendeckung, Nähe und Wärme, die Dommi mir geben kann. Meine Nerven sind dünn. Aber mein Appetit war noch gut.

~

Zehn vor drei sind wir zurück und drängeln uns langsam zur Bahn 7 durch. Es sind noch mehr Zuschauer da als am Vormittag. Von unseren Bekannten ist nichts zu sehen; André habe ich nach einem weiteren Telefonat mit Bea vorgestern abend ohnedies fast abgeschrieben: »Verlaß dich ja nicht auf ihn«, hat sie gesagt, »das heißt, er wird schon kommen, aber sicher nicht an beiden Tagen und sicher nicht für die ganze Zeit. André ist einer, der immer nur vorbeischaut, auf einen Sprung vorbeikommt, sich schnell einmal blicken läßt – wenn überhaupt. An zwei Tagen hintereinander soll er zu einem Hundewettkampf gehen? No way, André.«

Die Aufgabe Nr. 7 erklärt uns eine rund fünfzigjährige, stämmige Dame (Valérie) mit einem nervösen Tick – sie zieht alle paar Minuten den rechten Mundwinkel nach rechts unten, als würde es sie vor etwas grausen. Verlangt wird eine gute Kenntnis des eigenen Hundes. Zu der Verzögerung am Vormittag kam es, weil ein Besitzerpaar seinen Hund falsch eingeschätzt hatte und der arme Hund sich daraufhin verlaufen hat. Mittlerweile ist er aber schon wieder aufgetaucht und wird auch das Turnier fortsetzen.

Alors: Ein Herrchen begibt sich auf einer völlig leeren Bahn, ca. drei Meter breit und zehn Meter lang, zum anderen Ende, bis über die Abgrenzung hinaus. Er verschwindet also in der Menge. Diesmal darf der Hund zuschauen – auch alle anderen Kandidaten –, er soll sogar sehen, wo das Herrchen verschwindet. Jenseits der Abgrenzung sind auf dem Boden – diesmal kein Rasen, sondern feste Erde – in Drei-Meter-Schritten Linien aufgemalt. Herrchen kann sich aussuchen, wie tief er in die Menge eindringen will; je tiefer, desto schwieriger wird es für den Hund, ihn zu finden. Der Hund hat dann zwei Minuten Zeit, sein Herrchen zu finden; wenn er ihn nicht gefunden hat, muß Herrchen ihn spätestens dann rufen, sonst wird der Hund unruhig. Bewertet wird, wie weit Herrchen weggehen konnte, so daß der Hund ihn noch fand, und auch wie lange der Hund innerhalb der zwei Minuten gebraucht hat, ihn zu finden. Entfernung ist somit nicht alles, Geschwindigkeit wird auch belohnt. Nichtfinden in der vorgegebenen Zeit bringt Strafpunkte. Hier lächelt Madame – es verrutscht ihr ein wenig nach rechts unten –, als würde sie gern Strafpunkte vergeben.

Ein Helfer begleitet jeweils den verschwindenden Besitzer und schreibt auf, an welcher Linie dieser auf seinen Hund wartet. Sobald der Hund eingetroffen ist, schwenkt der Begleiter eine rote Fahne, damit am Start die Zeit genommen wird. Die Zuschauer werden gebeten, sich hinten um die Abgrenzung zu gruppieren, die Kleinen vorn, die Großen hinten, damit man auch was sieht. Das Kamerateam bleibt draußen und versucht, dem Hund zu folgen.

Vater und Sohn, die Besitzer von Nr. 21, diskutieren noch, wer von ihnen sich suchen lassen soll. Der Sohn meint, er verbringe mehr Zeit mit dem Hund, der Hund kenne ihn also besser; Vater meint, er sei der Größere, der Hund sehe ihn länger, bis er in der Menge verschwinde. Der Sohn setzt sich durch. Und behält recht: Sein »Rexi« findet ihn nach knapp über einer Minute, wie Mme Valérie per Lautsprecher bekanntgibt, auf Linie vier. Ein sehr gutes Ergebnis.

Wir sind an der Reihe. Als Mme Valérie unsere Karte entgegennimmt, sieht sie Dommi scharf an und meint recht lehrerinnenhaft, es sei nicht fair, daß er gehe, weil er so groß sei, daß der Hund ihn viel länger sehen würde als der vorige seinen Besitzer – als wäre Dommi nur deshalb so groß geworden, um sich bei diesem Spiel einen Vorteil zu erschleichen. »Jaja, ich gehe«, beruhige ich sie, aber sie schaut auch mich sehr streng an, als würde sie einen Trick vermuten, vielleicht, daß ich plötzlich um dreißig Zentimeter wachse? »Bei den Besitzern von Nr. 22«, kündigt sie dann mittels Lautsprecher an, »wird Madame vorangehen, da Monsieur zu groß ist und daher *disqualifié.*« Als ob sie ihn gezwungen hätte, zurückzubleiben, die blöde Ziege. Jetzt schaue ich sie streng an. Aber Dommi, auf den alle Blicke gerichtet sind, legt Mme Valérie – sie ist kaum mittelgroß – leicht die Hand auf den Kopf und hält diese dann waagrecht an seine Magengrube, als wollte er ihre Größen vergleichen. Mit komischem Ernst nickt er, als würde er jetzt das Urteil von Mme Valérie verstehen. Die Umstehenden lachen, Mme Valérie etwas gezwungen – und schon wieder schief –, weil die Kamera eben auf Dommi und sie gerichtet ist.

Ich mache mich auf den Weg. Ich wollte vorher mit Dommi noch absprechen, wie weit ich in die Menge hineingehen soll, aber durch das Zwischenspiel mit der Größe kam ich nicht dazu. Ich denke nämlich an gewagte sieben Linien. Ohne Dommis Segen verringere ich auf sechs. Man macht mir Platz, eine Helferin mit dem roten Tuch, das an einen Stab gebunden ist, bleibt treu an meiner Seite. Sonst muß ich nichts tun, nur dastehen und warten. Ich sehe mich daher um: Die Leute stehen nicht wirklich dicht gepackt, ich kann einige Reihen tief sehen. Genau auf Linie sieben, die ich ursprünglich angepeilt hatte, steht Commissaire Damesne, der leer an mir vorbeischaut. »Sind Sie das, die auf den Hund wartet?« fragt mich ein besonders begabter Nachbar zu meiner Linken. »Oui«, sage ich nur und wende mich wieder Richtung Start. Damesne und sonst niemand war zu sehen.

Dann geht alles so schnell, daß ich noch ganz überrascht bin von Bärlis liebevoller Begrüßung, während meine Helferin schon die rote Fahne schwingt. Hätte ich doch bis sieben gehen können, wenn nicht gar bis acht, denke ich auf dem Rückweg zum Start. Die Helferin ruft schon von weitem: »Ligne six«, man applaudiert, als die Zeit bekanntgegeben wird: vierundfünfzig Sekunden. Mme Valérie schaut mich jetzt freundlicher an, aber ich bin nicht in der Laune, zu vergessen und zu vergeben, kalt schaue ich zurück, während Bärli Dommi so begrüßt, als hätte er auch ihn unter großen Schwierigkeiten und ganz allein gefunden.

Alle Mitglieder unserer Gruppe lösen die Aufgabe ohne Probleme, am schnellsten – nach uns – findet Poupée ihr etwa zehnjähriges Herrchen auf Linie drei (eine Minute), gefolgt von Bouboul, Linie vier, eine Minute zehn, und schließlich dem schwarzweißen Mischling, Linie zwei, volle eineinhalb Minuten. Wieder sind wir mit Bärli die Besten der Gruppe, und auf dem Weg zu Bahn 8 gratuliert uns das Herrchen von Bouboul wieder: »Kein Wunder, daß Sie den Wiener Wettbewerb gewonnen haben«, sagt er. Dommi und ich genieren uns ein bißchen.

~

Die Aufgabe 8 ist ganz ähnlich, wie sich herausstellt, wir dürfen der Gruppe vor uns noch zuschauen, wie sie den Lauf beendet. Nur wird diesmal der Hund von einem Helfer an der Leine gehalten, er darf nicht zuschauen, wo seine beiden Herrchen verschwinden, und muß sie dann in einem Kreis von etwa zwanzig Meter Radius finden. Nur die Zeit zählt hier. Poupée ist diesmal schneller als Bärli. Unsere ganze Gruppe ist wieder sehr schnell fertig mit dem Durchgang, aber als wir zu Bahn 9 kommen, werden wir wieder weggescheucht, wir dürfen nicht zusehen.

Als wir dann endlich mit einer roten Fahne weitergewinkt werden, ist es schon fast fünf. Mehr als einen Durchgang werden wir heute kaum mehr schaffen, denn um sechs soll der erste Tag beendet werden.

Kein Wunder, daß man uns nicht zuschauen ließ: Das Hindernis von Nr. 9 ist eine Holzwand, in der in drei verschiedenen Höhen Löcher angebracht sind, von denen aber zwei – je nach Größe des Hundes – mit Stofflappen verhängt werden, so daß er nur eine Lücke findet, durch die er springen kann. Das soll er zumindest glauben: Soweit ich mit den Regeln des CAIC vertraut bin, ist es genauso zulässig und wird auch mit besonderen Intelligenzpunkten belohnt, wenn ein Hund einfach seitlich an der Wand vorbeiläuft. Er soll das Problem auf seine Art lösen, nicht auf Menschenart, ist die Idee.

Nr. 21 verweigert. So hochbeinig der Hund ist, er stellt sich nur mit den Vorderpfoten so hoch auf, daß er die Luke schon erreicht; wenn sein Herrchen – der Vater diesmal – ihn aber hinter der Wand lockt und ruft (man darf sogar den Kopf durch die Luke stecken, um dem Hund zu zeigen, wo es durchgeht), winselt er nur unglücklich und setzt sich hin. Nach einigen Anläufen winkt der Bahnbetreuer, ein großer, dünner Robert mit verfrüht grauen Haaren, dem Vater zu, daß er nur noch einmal versuchen darf, den Hund zu überreden – der Vater steckt den Kopf durch, und während er seinem Hund zuredet, stellt der sich wieder auf die Hinterbeine und schleckt Herrchen liebevoll übers Gesicht. Das Publikum ist begeistert, das Kamerateam auch.

Dommis Größe wird ihm diesmal nicht angelastet: Er darf Bärli durchs mittelhohe Loch locken, beschließen wir. Die Hunde müssen sich diesmal wieder abwenden, also warten wir in der Menge auf die rote Fahne. Lachend und aufgeregt von unserem Erfolg stehen wir in der Nachmittagssonne und schwatzen – ein Helfer von höchstens fünfzehn Jahren lenkt Bärli ab –, schauen unserem Vorgänger zu, soviel wir eben sehen können (das mit dem Gesichtabschlecken muß Dommi mir erzählen – ich konnte gerade nichts sehen), es ist so ein schöner Moment, bis uns zugleich wieder einfällt, warum wir da sind. Dommi beugt sich zu mir herunter, ich bekomme ein Bussi, dann sagt er: »Und nächstes Jahr kommen wir wieder, ohne Damesne und den ganzen Zirkus.«

Bärli zögert nicht lange, als er Dommis Stimme hinter der Luke hört. Er springt eben gut. Grazil wie eine Gazelle hüpft er durch, ohne jede Anstrengung. Nr. 23 schafft es auch schon beim zweiten Anlauf, aber Bouboul bleibt verzweifelt stehen, als Frauchen ihn locken will. Er ist der einzige, der auf die Idee kommt, das Hindernis zu umgehen: breitbeinig und ein bißchen grunzend. Poupée bockt ein wenig, springt dann aber auch mühelos durch.

Von Bahn 10 bekommen wir die erwartete Absage. Es ist schon zu spät, um noch mit einer neuen Gruppe zu beginnen. Wir verabschieden uns voneinander, alle zehn, und zerstreuen uns, um noch hier und da ein bißchen zuzuschauen, bevor der Platz geschlossen wird.

Absichtlich trödeln wir, bis wir unter den letzten sind, die den Platz räumen, und lassen am Taxistand großzügig anderen den Vortritt, auch als die Taxis schon spärlich werden. Wir wollen einerseits dem Poiderer Zeit lassen, vor uns wegzufahren (er muß ohnedies den Umweg zu einem Fotografen bei uns in der Nähe machen, der zugesagt hat, die Bilder bis morgen früh zu entwickeln; doppelt, denn ein Set und die Negative bekommt Damesne morgen zugesteckt), andererseits auch eine dicke Spur hinterlassen, damit die Kerle, wenn sie da sind, uns finden und folgen können.

~

Wir sind beide nervös, Dommi und ich, und wie immer überträgt sich das auf Bärli. Er wird lästig, zieht an der Leine, versucht immer wieder, an anderen Leuten hochzuspringen. Endlich steigen wir in ein Taxi. Dommi schaut sich noch ein letztes Mal um, und während ich Bärli auf den Schoß nehme, flüstert er: »Damesne ist da, sonst niemand« – was natürlich nicht stimmt, es sind noch viele Leute auf der Straße, die letzten Zuschauer vom Wettkampf und etliche abendliche Spaziergänger auf dem Weg zum Park.

Ich kann nicht feststellen, ob uns jemand folgt, obwohl wir ein Taxi mit Panoramarückspiegel erwischt haben. Dommi starrt ebenfalls hinein, sieht aber auch nichts, sagt er. Spannend wird es beim Aussteigen. Der Weg zur Haustür. Wenn uns die Kerle gefolgt sind, werden sie dann versuchen – was zu tun? Mich zu schnappen? Bärli? Dommi? Werden sie bewaffnet sein? Damesne soll nach Plan den Streifenwagen gegen Ende der Veranstaltung zu uns nach Hause schicken, so daß die Polizisten sofort eingreifen können, wenn sie mein Notsignal hören. Ich schiebe den Finger unter den Gürtel, ja, noch alles da. Damesne soll ein kleines Stück hinter uns bleiben – wenn es keinen Auflauf auf der Straße gibt, bis er ankommt, fährt er einfach weiter und wartet auf unseren Anruf.

Das Taxi umrundet schon den Jardin de Luxembourg – in zwei, drei Minuten sind wir da. Dommi dreht sich um, aber die Autos hinter uns wechseln immer wieder, nichts zu sehen. Der Wagen biegt in unsere Straße ein, unsere Fenster sind noch dunkel. Entweder der P. ist noch nicht da, oder er denkt mit. Ich glaube, er denkt mit. Wir halten vor unserer Haustür, aber auf der anderen Straßenseite. Dommi bezahlt und nimmt mir Bärli ab. Ich soll die Hände freihaben. Er steigt als erster aus und hält mir die Tür auf. Ungeschickt vor Anspannung rutsche ich zur Tür, setze den Fuß auf die Straße – die Schuhe sind sehr dreckig geworden – und steige aus.

Hinter uns hält ein roter Wagen, die Straße ist zu schmal für ihn, um an uns vorbeizukommen. Denke ich zumindest, denn darin sitzt eine Frau mit Kind auf dem Rücksitz. Ungewöhnlich für einen Dealer. Die Taxitür fällt ins Schloß, Dommi hält Bärli an der Leine und mich an der Hand. Das Taxi fährt weiter, der rote Wagen hinterher. Dahinter ist nichts. Leere Straße. Wir schauen nach rechts: ebenfalls nichts. Heute bleibt unsere Falle leer, scheint's.

Es ist Viertel nach sieben, als wir uns mit unseren Apéritifs – eine Dose Bier jeder, alle sind wir durstig, Bärli hat auch schon Wasser getrunken, gleich gehe ich ihn füttern – in gewohnter Anordnung hinsetzen. Der P. war schon da wie erwartet. Als erstes muß er uns erzählen, wen er da fotografiert hat – leider eine Enttäuschung. Er hatte einen dunkelhaarigen, glutäugigen Mann beobachtet, der unserer Gruppe nachging, und mich mehrmals länger als nötig anstarrte und mir schließlich sogar folgte, als ich auf

Bahn 6 auf meinen Platz ging. Es war aber nur Zufall – oder, meint Dommi loyal, ich hätte dem Mann gefallen und er sei mir nur so nachgegangen –, denn er gehörte zu dem Mutter-Sohn-Team, den Besitzern von Poupée. Ein Onkel oder so. Er ist auch zusammen mit den beiden Mittag essen gegangen, hat der Poiderer beobachtet. Der Bub nennt ihn zwar nicht Papa, aber doch beim Vornamen: André. Der einzige André, der heute zu sehen war.

Während Dommi Damesne anruft, füttere ich den Hund. Er frißt heute gut, der Bär. Er hat sich viel geschickter gezeigt, als wir gedacht hätten. Wir sind recht stolz auf ihn. Das erzähle ich ihm, während er frißt. Bärli frißt gern in Gesellschaft. Wenn man weggeht, noch bevor er angefangen hat, läßt er sein Essen manchmal stehen, und man muß ihn zurückbegleiten, damit er weiterfrißt.

Als ich mit frischen Bierdosen ins Wohnzimmer komme, legt Dommi eben auf. Damesne war nicht enttäuscht, sagt er, die Dealer werden uns sicher erst beobachten und abwarten, bevor sie handeln. Gesehen hat Damesne auch niemanden von den Fahndungsfotos, aber er hat mehrere Männer fotografiert, die ihm allzu interessiert an mir erschienen. Onkel André ist wahrscheinlich dabei. Morgen wiederholen wir das Ganze, und wenn sich wieder nichts tut, sollen wir zum Abendessen aber ausgehen, hat Damesne vorgeschlagen, unter voller Bewachung, denn wir müssen den Burschen mehr Chancen geben, sich uns zu nähern. Es ist schließlich nicht anzunehmen, daß sie die Wohnung stürmen werden.

Wir sind alle müde – der dritte Tag hintereinander, an dem uns die Füße weh tun –, gern nehmen der P. und ich Dommis Vorschlag an, schnell Spaghetti mit Tomatensauce zu kochen. Ich werde als Nachtisch Früchtejoghurt servieren, setze ich großzügig nach. Frisch aus dem Becher.

~

Um ein Uhr fünfzehn wachen Dommi und ich auf, im ersten Moment konfus und erschreckt – es ist aber nur Bärli. Nur? Bärli kotzt! Mit dem langen, glucksenden, wellenden Würgen, so unverkennbar. Wie die Bewegungen eines Eisschnelläufers, das rhythmische, langgezogene Pendeln seines freien Arms, fällt mir in meiner nächtlichen Umfangenheit ein. Ich drehe die Nachttischlampe an, da ist Dommi schon aus dem Bett gesprungen; er opfert seine Wochenendausgabe der Herald Tribune – kauft er morgen sicher neu, schon wegen des Rätsels – und schiebt sie unter Bärlis Kopf, gerade noch rechtzeitig. Ziemlich viel, was da hochkommt. Bärli setzt sich dann ganz erschöpft hin. Während Dommi die Schweinerei wegräumt, tröste ich ihn (den Hund), streichle ihn zart und versichere ihm, daß das schon okay ist, daß wir nicht böse sind, wenn er kotzt. Er ist so reinlich, daß er sich immer geniert, wenn er in der Wohnung Mist macht.

Endlich legen sich alle wieder hin. »Du hast geredet im Schlaf, gleich nach dem Einschlafen«, sagt Dommi, selbst noch nicht ganz wach. »Du hast gesagt: Sie läßt sich fallen und fliegt weg. Was hast du geträumt?« – »Weiß *ich* doch nicht«, sage ich eine Spur unfreundlich, gebe Dommi dann aber noch ein Gutenachtbussi, um es wiedergutzumachen. Ich knipse das Licht aus und schlafe wider Erwarten sofort ein. Doch nur ein paar Minuten, so kommt es mir vor, dann höre ich Bärli schon wieder, diesmal winselt er: Er muß raus! Es ist schon fünf, leuchtet mein Wecker mir.

Dommi hat es auch gehört, und als ich das Licht anknipse, hat er schon das rechte Hosenbein an, nur leider mit dem linken Bein. Bärli steht an der Schlafzimmertür und dreht sich verzweifelt um; nicht ganz ohne Schimpfen findet Dommi mit dem richtigen Bein ins richtige Hosenloch. Er zieht schon im Hinauslaufen seinen Pullover über, grapscht nach den Schlüsseln, die auf dem Wohnzimmertisch liegen, dann fällt die Wohnungstür ins Schloß. Ich sitze aufrecht im Bett und werde immer munterer: Wenn Bärli kotzt und Durchfall hat, ist das ein Virus, wofür Bärli leider sehr anfällig ist. Monatelang, seitdem wir in Paris sind, hat er nichts gehabt, aber wenn er sich wirklich angesteckt hat, heißt das – ach, verdammt!

Nach wenigen Minuten kommt Dommi zurück. Bärli hat es gerade noch bis auf die Straße geschafft, sagt er. Durchfall wie aus der Wasserleitung. Ein Virus. Also nix morgen mit CAIC, nicht mit dem kranken Hund.

Das ist mir auch schon klargeworden, sage ich. Etwas Gutes hat aber auch das: Ich stelle den Wecker ab, der sonst um acht Uhr geläutet hätte. Morgen können wir ausschlafen. Es genügt, wenn wir kurz vor zehn Damesne anrufen und alles abblasen.

Teil III

28.3.94, Montag

Heute früh sind sie abgereist, Dommi und der Poiderer. Eben hat Dommi vom Flughafen aus angerufen, daß alles geklappt hat und sie rechtzeitig da sind; in eineinhalb Stunden landen sie in Nizza. Ich werde morgen früh mit Bärli mit dem TGV nachkommen. Über Dommis Büro habe ich ein Ticket bekommen, Abfahrt neun Uhr fünfzehn, Ankunft vierzehn Uhr zwanzig.

Mit Commissaire Damesne haben wir besprochen, daß ich bis dahin ständig überwacht werde. Ein Wagen mit zwei Polizisten in Zivil hält sich immer in meiner Nähe auf, und alle meine Bewegungen – und die von Bärli – werden von ihnen am Monitor verfolgt. Mein Sender ist derselbe wie zuvor, mit Notsignal. Es ist aber unwahrscheinlich, laut Damesne, daß uns jemand von der Blindenhundeschule nach Hause gefolgt ist, weder er noch sein Assistent haben etwas bemerkt, noch die Leute im Wagen, der uns auf dem Heimweg in einiger Distanz, weil kein Sichtkontakt nötig ist, gefolgt ist. Auch die Fotos vom Poiderer haben keine bekannten Gesichter gezeigt.

Der Poiderer ist gestern früh zum CAIC gefahren und hat dann Damesne das zweite Set der Fotos ins Büro gebracht – Damesne arbeitet fast jeden Sonntag –, nachdem er die Wettbewerbsleitung informiert hat, daß Startnummer 22, Bärli, leider nicht mehr antreten kann wegen Indigestion. Sehr schade, hat man ihm gesagt, denn wir lagen gut im Rennen, nach der Zwischenwertung auf Platz acht. Es wurde bei der Eröffnung des Sonntagsrennens extra erwähnt, daß der einzige ausländische Kandidat leider verhindert sei. Niemand, hat der Poiderer gesagt, hat daraufhin enttäuscht den Parcours verlassen, keine Araber mit Ausbuchtung unter der linken Achsel, in ein Walkie-Talkie flüsternd.

André habe ich noch zu Hause erwischt, er war, wie er sagte, gerade dabei, sich auf den Weg zum CAIC zu machen – was Bea angezweifelt hätte. Sollte sich doch noch eine Story abzeichnen, so wird er als erster davon erfahren, habe ich ihm versprochen – aber ich glaube nicht mehr daran, daß die Kerle noch an mir interessiert sind. Was mehr müßte ich ihnen anbieten als mein Foto in der Zeitung und Angaben, wann und wo sie mich antreffen können? Sie haben sich damit zufriedengegeben, meine frühere Wohnung zu durchsuchen, und da dort nichts zu finden war, interessiere ich sie vermutlich nicht mehr weiter. Sie wissen, daß ich in Wien wohne und mich daher nur befristet in Paris aufhalte; eine mögliche Zeugin in einer Entfernung von über tausend Kilometern regt einen Profi vielleicht nicht auf.

Und bis ich morgen, sicher geleitet von Damesnes Truppe, in den TGV steige, muß ich eben die Augen offenhalten, zusehen, daß ich immer ein Telefon in der Nähe habe, um im Notfall Damesne anrufen zu können, und den Signalsender griffbereit halten – noch im Gürtel meiner Jeans festgehakt. Ich kann ohne weiteres mit Bärli spazierengehen und einige Erledigungen machen (ich möchte noch ein paar Bücher kaufen für meinen Urlaub, für den Strand), nur lange, einsame Ausflüge in den Bois de Vincennes werde ich nicht machen. Obwohl ich genau darauf Lust hätte: dem Bois auf Wiedersehen zu sagen.

Gestern abend war sogar im Fernsehen eine kurze Reportage über den CAIC, nur wurde erst am Sonntag gedreht, wir kamen also nicht drin vor. Eine Fünfergruppe wurde bei einem Hindernis gezeigt, bei dem es darum ging, den Hund durch eine Betonröhre von ca. drei Metern Länge zu locken – die drei Röhren, in drei Größen, waren jeweils eine Spur niedriger als der Hund. Der Maître mußte am anderen Ende rufen und den Hund animieren, die Röhre zu benutzen, das gewünschte Resultat war aber, daß der Hund auf die Röhre sprang und darüberspazierte. Der Sieger des diesjährigen CAIC wurde gezeigt, wie er diese Aufgabe löste. Ohne auch nur zu zögern, sprang der sehr herzige, häßliche Dackelmischling auf die Röhre, die ihm zugedacht war, und lief in Rekordzeit auf sein Frauchen zu, dem er direkt in die Arme sprang – was das etwa siebenjährige Mädchen fast umwarf.

Aber heute geht es Bärli Gott sei Dank schon besser. Er hat gestern nichts zu fressen gekriegt – ich komme mir immer schäbig vor, wenn ich esse, während der Hund hungert –, hat aber noch vier-, fünfmal dringend hinausgeführt werden müssen. Das erledigte jeweils der Poiderer oder Dommi, denn allein sollte ich nicht gehen mit Bärli, dachten wir gestern noch, und es hat wenig Sinn, ihm zu zweit beim Klacksen zuzuschauen.

~

Das Telefon läutet: Es ist Punkt zehn, noch zu früh für Dommi, schon aus Nizza anzurufen und zu kontrollieren, ob ich auch brav zu Hause bin. Während er hier war, hat er sich wieder abgewöhnt, mich zu bevormunden, aber seit klar wurde, daß ich einen Tag lang allein in Paris sein werde, macht er sich wieder Sorgen und wird daher leicht anstrengend. Es ist Monsieur Dalassio. Gestern nachmittag habe ich ihn angerufen, um ihm zu sagen, daß sein Buch bereits angekommen ist. Die gute Dolli hat es gleich geschickt, und wir haben es gestern abend von der Hauptpost abgeholt, wo es postlagernd gewartet hat. Dalassio hat aber gemeint, es eile nicht, es genüge durchaus, wenn ich es nach meinem Urlaub vorbeibringe.

Jetzt hat er es sich jedoch überlegt: Ob ich nicht doch jetzt gleich mit dem Buch auf einen Sprung vorbeikommen will, er und Madame würden sich sehr freuen. Ich zögere ein bißchen, denn ich wollte ja noch einige Besorgungen machen, ob das mit dem Buch denn so eilt? Monsieur Dalassio spricht offenbar mit seiner Frau, hält aber die Hand über die Muschel, ich verstehe ihn nicht – dann wieder höre ich ihn deutlich und klar. Wenn es jetzt nicht geht, könnte ich doch zu einem kleinen Essen heute abend vorbeikommen, nicht? Sie würden mich gern sehen, bevor ich abreise.

Ich überlege es mir kurz, sage dann aber zu. Nicht nur, daß mir so der Tag schneller vergeht, ich habe auch keine Lust, für mich allein zu kochen, und gut beschützt bin ich ohnedies. Außerdem drängt mich Monsieur geradezu: Unbedingt soll ich kommen, sie freuen sich so. Um sieben Uhr, verabreden wir dann – früh für Paris, was mich ein wenig wundert, aber vielleicht gehen sie gern zeitig schlafen, die Dalassios –, und vielleicht bin ich letztens zu lang geblieben? Bärli ist natürlich mit eingeladen.

Ich warte noch Dommis Anruf ab, der pünktlich um zehn Uhr zwanzig kommt, und erzähle ihm von meinen Abendplänen. Er ist nicht begeistert, doch er merkt wohl an meinem Ton, daß die Sache nicht mehr zur Diskussion steht. Ich werde ihn aber bestimmt anrufen, sobald ich wieder zu Hause bin. Und sollte Bärli in der Nacht nochmals rausmüssen, kann er sich nicht verbeißen, mir noch einmal zu sagen, dann soll er lieber in die Wohnung klacksen, als daß ich mitten in der Nacht allein mit ihm hinausgehe. Ich bin teils gerührt und teils verärgert, als ich auflege.

Dann kontrolliere ich noch einmal, ob die Sender in Bärlis Halsband und in meinem Gürtel fest sitzen, bevor ich mich auf den Weg mache. Ich fahre nach Madeleine und klappere dort ein paar Buchhandlungen ab. Unterwegs besorge ich auch Sonnenöl, optimistisch.

~

Es ist schon fast drei, als ich von meinem Ausflug zurückkomme. Ich habe die ganze Zeit über von meinen Bewachern nichts gesehen, obwohl Damesne mir gesagt hat, daß sie einen gelben Renault fahren, ich weiß also, wonach ich Ausschau halten soll. Wirklich diskret, die beiden. Oder hat mir Damesne gar niemanden geschickt? Wollte er nur die hysterische Ausländerin ruhigstellen? Kann ich mir nicht vorstellen, aber was weiß man schon. Araber habe ich ebenfalls nicht gesehen. Gesehen und gekauft habe ich drei Bücher: den letzten Stephen King, einen Updike und einen J. Heller, den ich schon lange lesen wollte. Und Sonnenmilch für empfindliche Haut, Lichtschutzfaktor 5. Der Urlaub kann beginnen! Noch achtzehn Stunden bis zur Abfahrt.

~

Ich rufe Dommi in seinem Büro an, weil ich ahne, daß er an meiner Stimme gemerkt hat, daß ich eingeschnappt war, und daß er sich freut, wenn ich mich melde, und wir schwatzen ein bißchen, ja, sage ich, ich bin wieder gut und freue mich schon sehr auf morgen. Dommi hat mittlerweile ein Appartement in einem netten kleinen Hotel nahe am Strand für uns gemietet. Während ich da bin, zieht er zu mir und gibt sein Hotelzimmer auf, auch wenn er dadurch eine viel längere Anfahrt zu seinem Büro hat.

Kaum habe ich aufgelegt, läutet das Telefon schon wieder. »Ja, Schatz?« lache ich, denn ich bin sicher, daß Dommi nur vergessen hat, mir was zu sagen. Aber es ist Damesne.

Wei ist aus der Krankenabteilung des Untersuchungsgefängnisses geflohen. Damesne spricht französisch, ich verstehe im ersten Moment gar nicht, was er sagt. Er merkt es und redet englisch weiter. Er steht unter starken Sedativa (Wei, nicht Damesne). Wohl hat er einige Tabletten, die man ihm gegeben hat, nicht eingenommen, man hat sie – klassisch – unter seinem Polster gefunden, aber heute nacht hat er so unruhig geschlafen, daß man ihm in den Morgenstunden sogar eine Spritze gegeben hat, um ihn ruhigzustellen. Die Infusionsnadel für die künstliche Ernährung, die er seit einigen Tagen bekommen hat, war ihm aus dem Handrükken gerutscht, so wild hat er in der Nacht um sich geschlagen. Die Spritze hält mindestens zwölf Stunden. Als er sich kurz vor zwei davonmachte, war er also noch kaum bei Sinnen. Er hat sich offenbar einen Ärztemantel geschnappt. Da niemand annehmen konnte, daß er unter so starker Sedierung an Ausbruch denkt, war er nicht unter Aufsicht gestellt. Er ist einfach hinausspaziert.

Ich frage Damesne noch, wo denn das Untersuchungsgefängnis liegt. »Im Norden der Stadt, nahe Pigalle«, sagt er. Damesne kann sich keinen Reim darauf machen, was Wei damit bezweckt, allein, ohne Geld, im Ärztemantel durch Paris zu laufen. Ich auch nicht, versichere ich ihm (nicht ganz wahrheitsgemäß). Ich bedanke mich dafür, daß er mich auf dem laufenden hält, ich werde ihn auch aus Nizza anrufen, um zu sehen, ob es etwas Neues gibt. »Bei mir ist alles in Ordnung, abends bin ich bei den Dalassios eingeladen, ja«, verspreche ich auch ihm, »ich werde darauf achten, daß es nicht zu spät wird. Au revoir.« So viele Beschützer – fein, wenn die alle da sind, wenn sie gebraucht werden.

~

Wei ist aus dem Krankenhaus geflohen – er kann nur einen Weg zu machen haben. Aber warum? Und warum jetzt? Ist er vielleicht wirklich nur benebelt, so daß er glaubt, jetzt die Drogenpakete abholen zu müssen? Ich zweifle nicht daran: Wei ist auf dem Weg nach Chinatown und wird sich dort in einem der Tiefkühlgeschäfte sein Paket holen. Erstaunliche Chuzpe. Was hat er damit vor? Will er es Damesne geben? Oder es verkaufen? Wann? Und wem? Und will er dann das Geld in einem großen Umschlag an seine Verlobte schicken, z. Hd. der Gefängnisleitung?

Bei dem Gedanken regt sich etwas in meinem Hinterkopf. Weis Verlobte. Zuzu. Die Schwester, die jüngere Schwester von Zhans Frau. Wie hieß sie noch? Wang irgendwas. Ich stehe auf und gehe zu meinem Nachttisch, in dem ich eine Kopie meiner Übersetzung von Zhans Geständnis aufgehoben habe, warum weiß niemand. Et voilà: Wang Huifang heißt Mme Zhan. Ihre Schwester also Wang Zuzu. Zuzu ist natürlich ein Kosename, aber Zhan hat nirgends erwähnt, wie sie wirklich heißt.

Ich suche mir den Stadtplan heraus, in dem der Poiderer die Lage der Surgelés-Läden eingezeichnet hat, die er gefunden hat. Die drei anderen, die Dommi dann entdeckt hat, finde ich auch so wieder. Ich habe keine andere Wahl. Mit zittrigen Fingern löse ich meinen Sender aus meinem Gürtel und lege ihn auf den Tisch. Wenn ich mit meinen Beschützern im Schlepptau alle Surgelés-Läden in Chinatown abklappere, gibt's vielleicht Fragen, die ich lieber vermeide. Ich möchte nach wie vor nicht, daß Wei sich seine Chancen auf Asyl verpatzt, weil bekannt wird, daß er und Zhan die Drogen selbst zur Seite geschafft haben. Ich fühle mich irgendwie dafür verantwortlich, daß man seinen Schwager nicht mehr retten konnte. Ich möchte auch nicht unbedingt selbst mit einem dicken Drogenpaket in meiner Einkaufstasche von der Polizei erwischt werden. Erwischt? Begleitet!

Ich überlege, ob ich mir nicht wieder meine schwarze Perücke aufsetzen soll, die ich immer noch besitze, entscheide aber dagegen. Sie ist so offensichtlich falsch, daß sie aus der Nähe mehr auffällt als verbirgt. Die beiden Flics im Wagen konzentrieren sich ohnedies auf die Peilung der Sender – ich glaube, ich kann an ihnen vorbeiflitzen. Und Bärli bleibt da, mit seinem Sender – hoffentlich muß er nicht raus, während ich weg bin.

»Sei schön brav, kleiner Bär«, sage ich ihm und streichle ihm die Ohren. »Ich gehe nur einkaufen.« Die Tasche nehme ich ja tatsächlich mit, meine große schwarze Umhängetasche. Ich schließe alles doppelt ab und schleiche die Treppe hinunter, auf die Straße. Es ist wieder ein sonniger, schöner Tag, zu heiß fast für Ende März. Zügig gehe ich die Straße hinunter, ohne links und rechts zu schauen. Niemand hupt mich an, niemand ruft mir nach, als ich die Stiegen zur Métro hinuntergehe.

~

Im zweiten Laden, den ich am Donnerstag mit dem Poiderer besucht habe, finde ich, was wir gesucht haben. Es ist glücklicherweise jemand anderes an der Kasse als neulich, heute ist es eine Frau, die mich natürlich noch nie gesehen hat. Der Mann von neulich wäre vielleicht mißtrauisch geworden, wenn ich schon wieder komme und noch einen dritten Namen – und eigentlich sogar einen vierten – nenne.

»Für Wang Huifang, Wang Zuzu, möchte ich das Paket abholen«, sage ich der Frau an der Kasse, es soll so klingen, als sei Zuzu der Kosename von Wang Huifang. Sie geht nach hinten, wo die Kundentruhe steht, kramt ein wenig herum und kommt mit einem großen, kalten Paket zurück, das sie mir wortlos auf die Theke legt. »Wang Huifang« steht chinesisch draufgeschrieben. »Bin ich etwas schuldig?« frage ich mit belegter Stimme, aber die Kassiererin schüttelt den Kopf. Ich fühle mich schuldig, das Paket auch noch gratis zu kriegen.

Dann habe ich eine Idee, die ich in Windeseile ausführe, bevor ich es mir überlegen kann: »Mein Mann kommt heute vielleicht auch noch vorbei«, sage ich der Verkäuferin, »denn wir wußten nicht, wer zuerst Zeit hat, herzukommen. Er heißt Dr. Wei.« Erstaunlich leicht fällt einem das Lügen, wenn man sich daran gewöhnt hat. »Wenn er kommt, geben Sie ihm das bitte?«

Ich ziehe mein neues Notizbuch aus der Tasche, schreibe meine

Telefonnummer auf und »Woman with dog« darunter. Ich falte den Zettel und schiebe ihn der Verkäuferin zu, zögere und lege dann auch meine Telefonwertkarte bei. Die Frau an der Kasse nimmt meinen Zettel ungerührt entgegen, schreibt »Dr. Wei« vorn drauf und sagt »Mei wenti«. Kein Problem.

Als ich hinauskomme auf die Straße, wird mir schlecht bei dem Gedanken, daß Wei hier ankommen wird, statt des Pakets den Zettel findet und dann – was? Um Haaresbreite wäre ich zurückgegangen und hätte mir meinen Zettel wiedergeholt, *mais non*. Vielleicht kann ich Wei beschwatzen, sich wieder zu stellen – den Versuch wäre es wert. Ich gehe übrigens nicht zurück zur Métro-Station, aus der ich gekommen bin, sondern ich gehe weiter in Richtung Tolbiac, Richtung Studio, in dem ich vorher gewohnt habe. Ich muß, glaube ich, nicht damit rechnen, daß es jetzt noch von den Dealern überwacht wird. Ich bin vor über einer Woche von dort ausgezogen, und außerdem habe ich ohnedies nicht vor, ganz bis zu meinem früheren Haus zu gehen. Ich will nur zum Hotel Leduc.

~

Riskant, doch was soll's? (Aber wenn man mich erwischt, stecke ich ordentlich in der Tinte! Mit dem Paket unterm Arm!) Ich öffne die Tür des Hotels und gehe die Stufen hinauf zur Portiersloge. Es sitzt derselbe Portier drin, bei dem ich das Zimmer für den Poiderer bestellt und dann wieder abbestellt habe. Er schaut mir entgegen, ich sehe, er kennt mich, weiß aber im Moment nicht, woher. Ich hoffe natürlich, daß er mich für einen Gast hält. Ich habe mir einen Zwanzigdollarschein schon zuvor in meine Jeanstasche gesteckt, den hole ich jetzt hervor.

»Could you help me, please? Mein Taxi wartet vorn an der Ecke«, sage ich ihm, »und ich habe leider nicht mehr genug Francs, um es zu bezahlen.« Ob er wohl so nett wäre, das für mich zu erledigen? »Aber natürlich, Madame, einen Moment nur«, sagt er. Er drückt auf eine Taste am Telefon (schaltet den Anrufbeantworter ein?), zwängt sich dann heraus aus seinem Verschlag und fragt, schon im Hinausgehen, wieviel es denn ausmache?

»80 Francs«, sage ich und »merci beaucoup«, mit starkem amerikanischen Akzent. Kaum fällt die Tür hinter ihm zu, beuge ich mich über die hölzerne Theke, die als Rezeption dient, und ziehe die Lade auf, in der ich die hoteleigene Pistole zuletzt gesehen habe. Schwer, klobig und unhandlich kommt sie mir vor, als ich sie aus der Lade hebe und in meine Tasche stecke, dann die Lade wieder zuschiebe und meine Hände anschaue: Ich kann zusehen, wie mir der Schweiß ausbricht, in einer Sekunde glänzen meine Handflächen, als hätte ich sie in Sonnenöl getaucht. Nach einigen Minuten erst kommt der Portier zurück: Es tut ihm leid, aber er konnte kein Taxi finden, vielleicht hat der Fahrer die Geduld verloren und ist weitergefahren?

Ich gehe selbst noch mal nachsehen – jetzt spreche ich schon Texanisch in meiner Verstellungswut – und lege ihm die 20 Dollar auf die Theke. »Danke schön für die Mühe, and have a nice day.«

Bis ich um die Ecke gebogen bin, an der das Taxi angeblich stand, ist auch meine Bluse durchgeschwitzt, und ich renne los, Richtung Métro, mit einem Sack Drogen und einer Schußwaffe unterm Arm.

~

Unbehelligt komme ich nach Hause. Bärli begrüßt mich freudig, aber ich habe nicht den Eindruck, daß er mich dringend gebraucht hätte. Kein Klacks zu sehen. Auf der Heimfahrt habe ich mir zurechtgelegt, wie ich am besten vorgehe: Ich werde ein ganz normales Postpaket aus dem Drogensack machen und es, natürlich mit verstellter Handschrift, an das Pariser Drogendezernat adressieren. Einen Zettel werde ich beilegen, in der Art: »Wir haben uns doch entschlossen, zurück nach China zu gehen, mit lieben Grüßen, Li Gonggong und Pan Bobo« – zu deutsch: Großvater Li und Onkel Pan.

Zuerst gehe ich aber duschen. Meine Bluse klebt an mir. Als ich die Jeans ausziehe, fällt mir erst wieder der Sender ein, und ich ziehe den schwarzen Gürtel aus den Schlaufen: Nach dem Duschen muß ich auch eine frische Hose anziehen, denn selbst die Jeans sind am Bund durchgeschwitzt. Lügen fällt mir leichter als Stehlen, scheint's.

Ich frottiere mir eben die Haare ab, als das Telefon läutet – mein Magen macht eine Rolle rückwärts. Wenn das Wei ist, was sage ich ihm dann? Locke ich ihn in eine finstere Gasse und erschieße ihn dort, wenn er nicht freiwillig mitkommt, zurück ins Gefängnis? Es kommt mir so absurd vor, mir mich mit einer Waffe in der Hand vorzustellen, daß ich schon wieder lache, als ich den Hörer abhebe. Sicher ist es Dommi.

Es ist Wei.

»What do you want«, fragt er mich. »Why have you taken it?«

Mir fällt darauf keine Antwort ein, statt dessen frage ich ihn: »Are you all right?«

»Yes«, sagt er, aber er keucht, als wäre er gerannt, als würde er zu wenig Luft kriegen.

»I want to talk to you«, sage ich schließlich. »Where are you now?«

Er wird herkommen, sagt er, als ich ihm meine Adresse gebe. *(Bin ich denn völlig wahnsinnig?)* Ja, er nimmt ein Taxi und läutet unten, und ich komme und bezahle für ihn. Okay? Okay.

~

Keine Zeit mehr, das Paket zu machen und zur Post zu laufen. Ich reiße das Tiefkühlpaket auf. Zur Camouflage haben Wei und Zhan Erbsen und Karotten mit eingefroren, ein Sack Mischgemüse und eine Riesenpackung Fischstäbchen. Darunter liegen immer noch doppelt eingeschweißt etliche Plastiksäcke, schnell zähle ich sie durch: vierzehn. Wohin damit? Sicher nicht ins Gefrierfach. Dort stopfe ich, ganz die gute Hausfrau, die Lebensmittel hinein. Fisch und Erbsen für ein Jahr. Die Säcke mit dem weißen Pulver werfe ich in den Mülleimer, der unterhalb der Spüle angebracht ist. Sein Deckel geht auf, wenn man die Tür öffnet. Obendrauf werfe ich zwei, drei Handvoll Salatblätter, die ich einem Kopfsalat abreiße, der ohnedies schon seit Freitag darauf wartet, gegessen zu werden. Sehen echt aus, die welken Blätter. Und als Krönung mache ich eine Dose Hundefutter auf (Bärli kommt hungrig aus dem Wohnzimmer, als er das Geräusch erkennt. Keine Zeit, ihn jetzt zu füttern – ich bin noch fast nackt!) und klatsche einige Löffel davon auf den Salat. Niemand wird hier gern hineingreifen.

Dann laufe ich zurück ins Schlafzimmer und ziehe mich schnell an, im Gürtel montiere ich den Sender, bevor ich die schwarze Hose anziehe. Es gibt mir ein erstaunliches Gefühl der Sicherheit. Ich bin bereit.

Und da sich noch nichts rührt, gehe ich wieder in die Küche und füttere erst einmal mein hungriges Bärli. Gierig frißt er, auch die zweite Portion, die ich ihm gebe. Ganz zufällig schaue ich dann auf die Uhr – es ist schon sechs vorbei! Und um sieben soll ich bei den Dalassios sein! Ich muß absagen. Rasch suche ich die Nummer heraus und wähle, es läutet, dreimal, achtmal, zwölfmal, aber es hebt niemand ab. Komisch. Ich wähle nochmals. Wieder nichts.

Dann erst fällt mir die Waffe ein, die noch immer in meiner Tasche liegt. Ich fische sie heraus, ein Unding, kalt – vom Gefriersack – und häßlich. Und wohin damit? Ich stecke sie schließlich in die Besteckflade des Küchentisches. Wenn ich sie brauche, dann am ehesten in der Küche, wo ja auch der Stoff ist.

~

Jemand läutet an der Gegensprechanlage. Es ist Wei. Ich nehme meine Geldbörse und laufe hinunter, ohne die Wohnungstür zuzusperren. Sie fällt hinter mir ins Schloß, und eine Schrecksekunde lang weiß ich nicht, ob ich die Schlüssel genommen habe. Aber ja: Sie klimpern in meiner Hosentasche. Leise höre ich Bärli hinter der Tür winseln. Er wollte mitkommen.

Wei hat sich wieder ins Taxi gesetzt, als ich unten ankomme. Auf einen Blick sehe ich, warum. Er ist kaum bei Bewußtsein. Ob von der Spritze oder aus Erschöpfung oder Unterernährung? Er sieht furchtbar dünn aus, sein Vogelkopf sitzt auf einem langen, dünnen Vogelhals. Unter dem weißen Mantel trägt er offenbar einen weißen Pyjama, was dann wiederum ganz normal aussieht. Er hält nur mit Mühe die Augen offen, scheint mir.

Ich bezahle das Taxi und schaue erst einmal links und rechts die Straße hinunter. Kein gelber Renault zu sehen. Gut.

Ich fasse Wei am Arm und ziehe ihn hoch, bis ich seinen Arm über meine Schulter legen kann. Wei ist überraschend leicht und riecht immer noch ein bißchen nach Krankenhaus. Nach Desinfektionsmittel. Karbol? Fast mühelos schaffe ich ihn ins Haus und bin froh, als die Tür hinter uns zuklickt. Wenn er sich am Geländer festhält und sich daran hochzieht, muß ich ihn auf dem Weg hinauf kaum stützen, aber schon nach wenigen Schritten bleibt er schlapp stehen, und ich packe ihn wieder um die Taille und schleppe ihn Schritt für Schritt hinauf, bis wir in meiner Wohnung sind. Niemand hat uns gesehen, glaube ich. Bärli will Wei begrüßen, merkt dann aber, daß der Zeitpunkt schlecht dafür ist, denn kaum lasse ich Wei los, um die Tür hinter mir zuzuriegeln, fällt Wei um wie ein Sack.

Ich wuchte ihn aufs Sofa und hole erst einmal ein Glas Cognac für ihn. Dann ein Glas Cognac für mich. Ich flöße ihm zwei, drei Schluck davon ein, und er reagiert sofort: Er verschluckt sich, hustet und bekommt einen knallroten Kopf. Aber er kommt zu Bewußtsein.

»Wo sind die Pakete?« fragt er.

»Ich habe sie per Post an die Polizei geschickt«, lüge ich.

»Gut«, sagt er.

(Gut? Hat er das auch vorgehabt?)

Während Wei sich langsam aufsetzt, gehe ich nochmals ans Telefon und versuche, die Dalassios anzurufen. Wieder hebt niemand ab.

Wei ist erneut zurückgerutscht, als ich mich nach ihm umdrehe, und ich weiß partout nicht, was ich jetzt tun soll. Nur, daß Wei sich wieder stellen muß. Er muß die Polizei anrufen, nicht ich. Und nicht von meiner Wohnung aus! Und sobald er weg ist, schicke ich die Pakete wirklich ab, ganz nach Plan. Aber jetzt? Soll ich die Dalassios einfach umsonst warten lassen?

»Sie müssen sich wieder stellen«, sage ich zu Wei.

»Ja«, sagt er und wird wieder ohnmächtig.

Nochmals packe ich ihn um die Taille – dünner als meine, kommt mir vor –, und nochmals schleppe ich ihn ein Stück: in das

Gästezimmerchen, in dem der Poiderer geschlafen hat. Der P. hat sein Bett sauber abgezogen, die Bettwäsche liegt noch gefaltet am Fußende der Couch. Ich lasse Wei darauf nieder, lege ein Polster unter seinen Kopf, decke ihn mit einer Wolldecke zu.

Er soll ruhig eine Stunde schlafen, sage ich mir. Ich werde zu den Dalassios fahren, das Buch abgeben und mich entschuldigen, daß ich leider nicht bleiben kann. Unerwarteter Besuch, stimmt sogar. In weniger als einer Stunde werde ich zurück sein, und es sieht nicht so aus, als würde Wei in der nächsten Stunde weglaufen oder meinen Müll durchwühlen oder in der Tischlade nach verborgenen Waffen suchen. Ich höre ihn atmen, tief und gleichmäßig. Es sieht auch nicht so aus, als würde er in der nächsten Stunde sterben.

Noch ein letztes Mal versuche ich, bei den Dalassios anzurufen – es ist jetzt schon fast sieben! –, aber wieder nichts. Das Telefon ist kaputt, beschließe ich. Noch einmal überprüfe ich, ob die Sender in Bärlis Halsband und meinem Gürtel fest sitzen (eine Manie wird das schon), noch einmal schaue ich zu Wei hinein, aber er hat sich seither nicht bewegt. Ein kranker Vogel.

Ich schließe alle Schlösser doppelt ab, als ich die Wohnung verlasse. Bärli reibt gegen mein Bein: Er freut sich, hinauszukommen. Ich gehe zwei Schritte, drehe aber wieder um – Bärli wartet schon auf dem nächsten Treppenabsatz – und sperre auf. Ich habe vergessen, das Buch für Dalassio einzustecken. Ein letztes Mal schaue ich zu Wei hinein: immer noch unbewegt. Ich widerstehe dem Drang, schon wieder Bärlis und meinen Sender zu checken. Im Hinausgehen trinke ich mein Cognacglas aus.

An dem Taxistandplatz in der Nähe meiner Wohnung, auf den ich mich verlassen hatte, ist kein Taxi zu sehen, also laufe ich zur nächsten Métro-Station. Bärli wirkt schon wieder ganz fröhlich, er hopst ein bißchen. Ab morgen kriegt er dann auch sein Naschwerk, das er so gern hat. Am liebsten legt er sich damit hinaus auf den Balkon und kaut darauf herum, während er sich sonnt. Balkon, denke ich – Veronika, die Taube. »Sie läßt sich fallen und fliegt weg« – war das die Analogie zu Wei? War ich weniger überrascht, als ich sein sollte, als ich von seiner Flucht hörte? Habe ich den Namen Wang auch schon griffbereiter im Gedächtnis gehabt, als ich zum Beispiel Dommi erklären möchte? Ich werde mich hüten, das zu erwähnen.

~

Mit zwanzig Minuten Verspätung komme ich bei den Dalassios an. Die Gartentür ist nicht zugesperrt, ich gehe gleich hinein und läute an der Haustür. Gilbert Dalassio öffnet mir.

Ich weiß gar nicht, woran ich zuerst merke, daß etwas nicht stimmt. Gilbert Dalassio, der geschrubbteste und polierteste aller Pensionisten, ist unrasiert. Er sagt nichts zu meiner Begrüßung, sondern winkt mich nur hinein. Im selben Moment, als ich den Gang entlangschaue und Mme Dalassio steif wie eine Gliederpuppe auf dem Sofa sitzen sehe – sie sieht mich nicht einmal an! –, beginnt Bärli zu knurren. Es riecht nicht nach Essen, es riecht nach Angst. Die Tür fällt hinter mir zu, aber weder Dalassio noch ich haben sie zugeworfen. Der Mann, der sie zugeworfen hat, steht hinter der Tür, die Pistole auf Dalassio gerichtet. Er ist es, den Bärli anknurrt: Birnenkopf Tripelbraue Laridhi. Im Wohnzimmer bewegt sich ebenfalls etwas, Bärli zeigt jetzt schon Zähne. »Ruhig, sei ganz still«, flüstere ich und ziehe ihn an der Leine zurück, dicht zu mir. Cerveau steht vor mir, ebenfalls mit einer Pistole, über seine Schulter schaut ihm der Rundschädel.

»Désolé«, murmelt Monsieur Dalassio, »verzeihen Sie mir, Margi, ich hatte keine Wahl.«

Cerveau hat ihn gehört. Er winkt uns weiter und bedeutet uns, uns auf das Sofa zu Mme Dalassio zu setzen. Er läßt sich in den Fauteuil vis-à-vis fallen.

»Machen Sie sich keine Vorwürfe«, sagt er zu Dalassio, »wir hätten sie auch so gekriegt. Wir wissen immer, wo sie ist.« Er beugt sich nach vorn, zeigt auf meine schwarze Tasche. »Geben Sie her«, sagt er. Ich nehme sie von meiner Schulter und händige sie ihm aus. Cerveau greift hinein, nimmt das schwere Buch heraus, legt es bedächtig hinter sich auf den Eßtisch, tastet ein bißchen in der Tasche herum und zieht dann – ich erkenne das Gerät genau, seit vorgestern aber erst; vorher hätte ich raten müssen, was es ist – einen Minisender heraus.

»Seit wir Mademoiselle Margi in ihrer Wohnung bei Tolbiac besucht haben«, sagt Cerveau, »wissen wir immer, wo sie ist. Wir wissen auch, daß sie seither ständig von der Polizei überwacht wird und daß ihr sogar hierher ein Wagen gefolgt ist. Nicht wahr, Mademoiselle?«

Ich nicke stumm.

»Wir wissen auch«, fährt Cerveau fort, »daß Sie die Polizei hereingelegt haben, Mademoiselle, und daß Sie in Wirklichkeit unsere Pakete haben, daß der Vogel sie Ihnen gegeben hat.« Er sagt tatsächlich »L'oiseau« – Cerveau spricht ein überaus klares, präzises Französisch, so daß auch ich jedes Wort verstehe. »Sie haben sie aber gut versteckt, nicht wahr? Nicht einfach in der Wohnung liegenlassen und nicht einfach in ein Schließfach gesteckt, oder? Dafür sind Sie zu ...«, dieses Wort verstehe ich nicht.

Mme Dalassio, mit dem Instinkt einer Sprachenlehrerin, merkt es und flüstert mir zu: »Durchtrieben« – auf englisch natürlich (»cunning«). Wieder nicke ich stumm, als wollte ich ein Kompliment anerkennen.

»Daher haben wir uns diese Überraschung für Sie ausgedacht, Mademoiselle. Das ist praktisch für uns, denn nicht nur, daß wir mit Ihnen sprechen können, wir haben auch gleich einen Grund zur Hand, warum Sie uns alles sagen werden, was Sie wissen. Und wo unsere Pakete sind. Andernfalls müssen wir leider Ihren Freunden weh tun. Zuerst Madame, was ich sehr bedauern würde, dann, wenn Madame keine Schmerzen mehr spürt, dem Monsieur. Wer weiß, dann vielleicht Ihrem Hund oder Ihnen?«

Er sieht mir voll ins Gesicht. Unter seiner zynischen, glatten Oberfläche brodelt er vor Zorn. Die dunklen Augen in seinem blassen Gesicht stechen mir Löcher in mein Hirn. Er genießt es, mich so zu sehen, denke ich: verängstigt und schon wieder verschwitzt. Er braucht mich nicht nur, um seine Pakete zu kriegen, er will mir weh tun. Nach dem Grund brauche ich nicht lange zu suchen: Ich habe ihn in seinen Augen gedemütigt. Eine Frau.

Bärli sitzt dicht an mein rechtes Bein geschmiegt und knurrt immer noch leise. Ich lege ihm meine Hand in den Nacken und packe die Hautfalte, an der ihn auch seine Mutter gepackt hat, als er noch klein war. Beruhigung und Warnung zugleich.

Cerveau macht eine Pause. Dann fragt er: »Wie wollen Sie es haben, Mademoiselle Margi, auf die einfache oder auf die schwierige Art?« Er richtet seine Pistole, die er nachlässig auf sein Knie gelegt hatte, wie nebenbei auf Mme Dalassios Kopf, ohne aber den Blick von mir zu wenden. Als wäre sie ihm nicht einmal das wert: einen Blick. Monsieur Dalassio atmet scharf ein.

»Ja, ich habe die Pakete«, sage ich nach einigen Sekunden. Beide Dalassios wenden den Kopf zu mir – ich sitze in der Mitte zwischen ihnen – in einer perfekt synchronen Bewegung, und ich spüre ihre ungläubigen Blicke auf mir, auch ohne sie anzusehen. »Ich hatte sie versteckt, als Sie meine Wohnung durchsucht haben, und Ihre Leute haben sie nicht gefunden. Sie waren im Gefrierfach des Eisschranks, hinter den Erbsen«, lüge ich. Mein Eisschrank hatte gar kein Gefrierfach, aber es paßt mir, Cerveaus Leute als Idioten hinzustellen. »Sie sind jetzt bei mir zu Hause. Sie können Monsieur und Madame Dalassio freilassen: Sie bekommen von mir, was Sie wollen.«

Er hat es sich offenbar nicht so leicht vorgestellt. Fast wirkt er enttäuscht.

»Wo, zu Hause«, fragt er dann grob, »beim Odéon?«

»Ja«, sage ich.

»Schön«, sagt er, »Sie werden sie holen und hierherbringen. Ich bleibe hier, und meine Assistenten werden Sie begleiten. Um sicherzugehen, daß Sie nicht wieder irgendwelche Tricks versuchen, bleibt auch Ihr Hund hier, an dem hängen Sie doch sehr, nicht wahr? Eine dumme Idee war das mit dem CAIC übrigens – jeder Idiot hätte gesehen, daß das eine Falle war.«

»Nein«, sage ich, »mein Hund bleibt nicht hier. Der Polizeiwagen ist mir bis hierher gefolgt, und die Beamten wissen, daß ich den Hund nie allein zurücklassen würde. Sie kriegen Ihre Pakete, aber ich will, daß alles glattgeht. Ihre Assistenten können mich bei mir zu Hause treffen, aber begleiten können sie mich nicht. Wenn ich mit zwei Arabern das Haus verlasse, wissen die Polizisten gleich, was gespielt wird.« Ich denke wieder klarer statt in wirren Schlingen.

Cerveau sieht einen Moment lang aus, als wollte er aufstehen und mir ins Gesicht schlagen, er hebt sich schon einige Zentimeter hoch aus dem Fauteuil, überlegt es sich aber, läßt sich wieder sinken. Kühl fährt er fort: »Sie brauchen mit dem Taxi zwanzig Minuten bis zum Odéon. In Punkt zwanzig Minuten werden meine Assistenten Sie an Ihrem Haustor treffen. Wenn in dreißig Minuten nicht mein Kollege hier«, er deutet auf Laridhi, »anruft und mir bestätigt, daß er die Pakete von Ihnen erhalten hat, wird Madame hier«, er deutet auf Madame Dalassio, »leider den Abend nicht überleben. Wenn Sie fliehen, Mademoiselle Margi«, dies mit verächtlichem Ton, »wird das Ehepaar die Nacht nicht mehr erleben. Und wir finden Sie sowieso, auch Ihren Hund, ob in Paris oder bei Ihrer Mutter in Wien – wie geht es der alten Dame?«

»Sie haben gewonnen«, sage ich, »ich gebe Ihren Leuten die Pakete.«

Aber Cerveau beachtet mich nicht mehr, in schnellem Arabisch gibt er Laridhi und Rundkopf seine Instruktionen. Beide stehen hinter mir, ich kann sie nicht sehen, aber sie antworten nur einsilbig, vermutlich jajaja: Cerveau ist der Boß, keine Frage. Rundkopf fragt dann etwas, worauf Cerveau fast böse wird, er wirft einen kalten Blick auf den Mann hinter mir, gibt eine noch kältere Antwort. Wieder höre ich – vermutlich – das arabische Äquivalent von Jaja-sicher-wird-gemacht.

Einer der beiden tappt mir von hinten auf die Schulter. Es ist Laridhi.

»Allez«, sagt er, »rufen Sie ein Taxi.«

Cerveau reicht mir mit einem spöttischen Lächeln die Tasche zurück, besinnt sich und gibt mir zuvor wieder den Minisender hinein. »Der bleibt drinnen, Mademoiselle Margi«, sagt er, »wenn Sie wissen, was gut für Sie ist.«

Als nach fünf Minuten mein Taxi kommt, wird es schon dunkel. Es ist fast acht Uhr. Ich war nur zwanzig, fünfundzwanzig Minuten im Haus der Dalassios, aber auch meine frische Bluse ist jetzt durchgeschwitzt. Meine Hände sind dabei eiskalt. Als ich ins Taxi steige, bin ich als einziges dankbar dafür, daß man mir erlaubt hat, Bärli mitzunehmen. Ich hatte nicht den Mut, den Dalassios beim Hinausgehen in die Augen zu schauen, und hatte den Eindruck, daß die beiden auch die Köpfe gesenkt hielten, um meinen Blick zu vermeiden.

Ich gebe dem Fahrer meine Adresse und schaue auf die Uhr: Mir bleiben zwanzig Minuten Zeit zum Nachdenken. Mir ist so elend, daß mein Magen wieder reagiert. Zwanzig Stunden würden mir auch nicht genügen, um mir einen Ausweg aus diesem Schlamassel auszudenken, dem übelsten aller nur vorstellbaren Szenarien: Die Pakete und Wei sind bei mir zu Hause, und ich bin dabei, zwei Verbrecher genau dorthin zu bringen. An meinen Fersen klebt die Polizei, die aber, anstatt mich zu überwachen, im Gegenteil nicht mitkriegen darf, was hier gespielt wird, wenn die Dalassios den Abend überleben sollen. Mein größtes As im Ärmel ist eine Pistole aus der Zwischenkriegszeit, von der ich nicht einmal weiß, ob sie geladen ist und ob sie funktioniert; versteckt ist sie ohnehin an einem Platz, an dem ich sie nie im Leben unbemerkt erwischen kann. Umgehen kann ich außerdem nicht mit dem Ding.

Bravo, Margi, gut gemacht.

~

Nach einer viel zu kurzen Fahrt kommen wir bei meinem Haustor an. Ich habe überlegt, ob ich dem Taxifahrer Damesnes Nummer geben und ihn bitten soll, ihn anzurufen, aber das kann ich nicht, solange die Dalassios in Gefahr sind. Ob ich ihm Bärli anvertrauen soll und ihm Geld dafür anbieten, daß er sich um ihn kümmert, bis ich mich melde – aber wenn Laridhi und sein Kollege sehen, daß der Hund weg ist, werden sie bestimmt mißtrauisch. Dann habe ich überlegt, ob ich dem Fahrer sagen soll, daß er nur meine Tasche in das Haus beim Odéon bringen soll, damit der Sender weiter in der richtigen Richtung fährt, und ich nehme mir inzwischen ein anderes Taxi und fahre zurück und ... und was? Hetze Bärli auf Monsieur Cerveau? Außerdem ist es dazu schon zu spät, von den dreißig Minuten sind schon fast zwanzig vergangen.

Wovon die Dealer nichts wissen, ist mein Sender. Sie glauben offenbar, daß der Polizeiwagen Sichtkontakt zu mir halten muß, sonst hätten sie mir auch nicht abgenommen, daß Bärli bei mir bleiben muß, und sind daher ein Stück zurückgeblieben – ich kann sie vom Taxi aus nicht sehen. Aber sie kommen schon, keine Sorge.

Das Taxi hält vor meinem Haus. Ich bezahle und steige aus. Jetzt hätte ich kurz Zeit, unbeobachtet etwas zu unternehmen, aber nichts fällt mir ein. Seit ich mir meine Situation klargemacht habe, ist mein Hirn wie gelähmt. Denn was unter dem Schlußstrich herauskommt, ist jetzt schon deutlich: Cerveau hat keine Absicht, mich am Leben zu lassen. Vielleicht die Dalassios, aber sicher nicht mich. Am liebsten würde ich jetzt einfach weglaufen, mit Bärli, und von irgendwo aus Damesne anrufen und ihm die Adresse der Dalassios geben – es ist schließlich nicht meine Schuld, daß die beiden in Gefahr sind. Der Impuls ist so stark, daß ich mich fast schon loslaufen sehe, mein Geld herausziehen und die Tasche wegwerfen, daß ich schon überlege, in welche Richtung ich laufen soll (Ich bin schließlich auch nicht allein auf der Welt! Ich habe auch Leute, denen an mir liegt! Ich habe mir auch nicht ausgesucht, in diese Geschichte hineingezogen zu werden!) – aber ich bleibe stehen. Cerveau hat nicht gescherzt, als er mir dreißig Minuten gab.

Die Chance zu rennen ist ohnedies schon vorbei: Eben biegt ein grauer Wagen hinter mir um die Ecke, in dem ich deutlich einen runden und einen Birnenkopf erkenne. Der Rundkopf am Steuer. Während ich so tue, als würde ich in der Tasche nach den Schlüsseln kramen – die Kerle glauben schließlich, daß die Polizei mich auch jetzt beobachtet –, tut Birnenkopf so, als wäre er ein Passant, der ebenfalls in der Nähe wohnt. In meinem Haus, um genauer zu sein. Er tut seinerseits so, als würde er in seiner Jackentasche nach Schlüsseln kramen. Nur, daß er dort keinen Schlüssel hat, sondern eine Waffe, und zwar auf mich gerichtet. Ich warte noch ein paar Sekunden auf Rundkopf, aber schon bedeutet mir Laridhi mit einer schnellen, kurzen Bewegung des Kopfs, endlich aufzuschließen. Ich kann meine Überraschung – die angenehmste des Tages! – nur verstecken, indem ich mich schnell abwende: Laridhi will allein mit mir hinaufkommen! Der Rundkopf bleibt im Wagen! Ich habe noch eine Chance, vielleicht kann ich Laridhi lahmlegen (wie?), vielleicht kann mir Wei dabei helfen, falls er überhaupt gerade stehen kann, vielleicht kann Bärli ...

Während wir die Stiegen hinaufgehen, versuche ich, mir einen Ablauf vorzustellen, bei dem nicht Wei, Bärli und ich tot enden und Laridhi die Pakete unter dem Arm hat, sondern Laridhi gefesselt ist, von mir aus auch mittelschwer verletzt, wir anderen alle unversehrt sind – aber alles hängt davon ab, ob Wei erstens wach und zweitens bei Sinnen und drittens bei Kräften ist.

~

Ich sperre die Wohnungstür auf. Rechts führt der Torbogen ohne Tür ins Wohnzimmer, an dessen linker Wand die Tür zum Gästezimmer ist. Vom Eingang aus nicht einsehbar. Gerade vor uns liegt der Gang mit der Schlafzimmertür, daneben das Bad; linker Hand steht die Tür zur Küche offen. Ich gehe zwei Schritte hinein ins Wohnzimmer, bleibe dann aber stehen, so daß mir Laridhi nicht folgen kann, ohne mich zu schubsen – die Gästezimmertür öffnet sich gerade, etwas Weißes blitzt dahinter! –, drehe mich zu ihm um, als wollte ich ihm nur Platz machen, damit er an mir vorbei in die Küche gehen kann, beuge mich zu Bärli hinunter und sage laut und deutlich, hoffe ich, zu Bärli, den ich vorerst nicht von der Leine lasse, damit er Wei nicht begrüßen geht: »Ni bu yao chulai! (Komm nicht heraus!) You huairen zai! (Böse Leute sind da!)«

Mit knieerweichender Erleichterung sehe ich, daß sich die Gästezimmertür nach kurzem Zögern wieder schließt. Geräuschlos. Wei ist wach und bei Sinnen – aber auch bei Kräften?

Laridhi schaut mich fragend an, die linke Augenbraue hochgezogen. Ich beuge mich wieder zu Bärli hinunter und setze nach: »Deng wo jiao ni. (Warte, bis ich dich rufe.)« Ich tätschle Bärlis Kopf, als hätte er eben all das getan, was ich ihm befohlen habe – er hat sich prompt hingesetzt, mein kluger Hund –, und sage zu Laridhi: »Die Pakete sind in der Küche. Ich mache Bärli los.«

Laridhi geht voran. Die Pistole hat er inzwischen aus seiner Jackentasche geholt und zeigt mit ihr vage in meine Richtung, legt sie aber nicht an. Aus der anderen Tasche holt er ein Mobiltelefon. »Noch drei Minuten«, sagt er. »Wo ist das Zeug?«

Ich gehe zur Spüle und mache das Türchen darunter auf. Der Mülleimer öffnet sich. Ich zeige drauf und sage »Le voilà«. Angeekelt schaut Laridhi auf das Hundefutter und bedeutet mir, ich solle herausholen, was darunterliegt. Inzwischen beginnt er, eine

Nummer zu wählen. Ich kann nicht erkennen, welche, denn er hält den Hörer mit dem Rücken zu mir. Das wird ein Problem?! Langsam habe ich nämlich eine Idee, wie ich doch Szenario b) verwirklichen könnte: Laridhi gefesselt, von mir aus auch mittelschwer verletzt, wir alle unversehrt – aber noch fehlen da einige Details.

Ich nehme zwei Plastiksäcke, stülpe mir einen über die rechte Hand wie einen Fäustling und gebe die Hundefutterklumpen und die Salatblätter aus dem Eimer in den zweiten Sack, den ich links halte. Dann lasse ich den Sack von der Rechten in den in der Linken rutschen und hole die Drogenpakete heraus. Ich lege sie in die Spüle und lasse Wasser darüberlaufen, um die klebrigen Müllreste abzuwaschen. Laridhi hat fertiggewählt, er spricht arabisch in sein Telefon.

Ich mache ihm Platz bei der Spüle, gehe um den Küchentisch herum und rufe Bärli zu mir. Ich stehe jetzt mit dem Rücken zur offenen Küchentür und sehe Laridhi zu, wie er die Pistole auf den Tisch legt, um die Hand freizubekommen, dann den Hörer unters Kinn klemmt und anfängt, einen Sack aufzureißen. Ich beuge mich zu Bärli hinunter und sage lauter als nötig (aber noch rauscht die Wasserleitung, und Laridhi spricht ins Telefon – er hat eines der Gemüsemesser vom Abtropfgitter genommen und schneidet den Sack damit an der Ecke auf): »Chulai ba! (Komm heraus!)« Ich höre nicht, ob die Tür aufgeht, aber Bärli spitzt die Ohren, als hätte er etwas gehört, und geht unter dem Küchentisch durch zur Tür.

Laridhi hat den Sack aufgekriegt und kostet mit spitzer Zunge einige Krümel, die er in seine Handfläche geleert hat. Ich gehe wieder zurück Richtung Spüle und deute mit dem Kopf auf den Wasserhahn, was heißen soll, daß ich ihn abdrehen will. Laridhi spricht wieder ins Telefon, legt den Sack zurück auf den Tisch, greift nach der Pistole und richtet sie auf mich – nur diesmal nicht vage, sondern direkt. Ich drehe den Wasserhahn ab, und in der plötzlichen Stille höre ich Bärli knurren, der immer noch hinter Laridhi in der Tür steht. Links davon, in der offenen Küchentür, sehe ich, wie sich etwas bewegt: etwas Weißes. Wei. Wei steht in der Tür, aber immer noch klapprig, er hält sich am Türrahmen fest. Mein gescheiter Hund begrüßt ihn nicht!

»Bärli!« rufe ich scharf – der Hund kommt brav angetrottet, knurrt aber noch immer –, »Bärli, ni yao da tade tou! (Schlag seinen Kopf!)« Laridhi, der schon begonnen hat, sich nach Bärli umzudrehen, wendet sich wieder zu mir zurück. Sein Telefonat hat er beendet. Wei ist wieder verschwunden.

»Désolé, Mademoiselle«, grinst Laridhi, »maintenant je dois vous prier de ...« – aber im Fallen sehe ich noch, wie er aufhört zu grinsen. Ich lasse mich einfach rückwärts fallen, klatsch, auf den Po, hinter den Küchentisch, und im Fallen greife ich nach dem Griff der Bestecklade, als wollte ich mich daran festhalten. Statt dessen reiße ich sie los, klappernd fällt sie zu Boden, Messer, Gabel, Scher' und eine altertümliche Pistole, doppelt so groß wie die von Laridhi. Die sieht er aber nicht. Ich glaube, er sieht überhaupt nicht mehr viel. Er will den Tisch umrunden, die Pistole immer noch im Anschlag, aber Wei erwischt ihn noch von hinten, nicht so fest wie gehofft, weil Laridhi diese zwei Schritte zuviel gemacht hat und Wei ihn nicht mit dem dicken Mittelstück des Kerzenständers erwischt, sondern mit den drei schlanken Zinken, die sich daraus teilen. Aber fest genug: Laridhi greift seinerseits nach der Tischkante, als wollte er sich irgendwo festhalten, die Pistole fällt ihm aus der Hand. Erst als er auf dem Boden aufschlägt, stößt er einen Schmerzensschrei aus, und ich weiß gar nicht gleich, warum. Dann sehe ich ihn, Bärli, der zur Seite gesprungen ist, als Laridhi hinknallte: Er hat ihn tief in den linken Oberarm gebissen, mein kleiner Hund, und reißt noch daran, als wollte er sich einen Happen herausholen. Und er hat weiß Gott nicht nur Stoff erwischt: Blut, Laridhis Blut, klebt an Bärlis Schnauze und beginnt eben, den Ärmel hinunterzurinnen.

Endlich finde ich die Pistole inmitten der Besteckteile, rapple mich auf und erwische auch die von Laridhi mit dem linken Fuß, als er eben danach greift. Ich steige fest darauf, mit dem vollen Gewicht einer Exraucherin. Laridhi kann sie nicht unter meinem Fuß wegziehen. Er flucht – glaube ich – und versucht mit der Rechten, nach Bärli zu schlagen. Er verfehlt ihn um ein schönes Stück, schlägt ins Leere. Offenbar ziemlich benommen.

»Aus, Bärli!« sage ich ruhig. Ich habe Bärli noch nie so wild gesehen. Bärli reißt ein letztes Mal an Laridhis Oberarm, schlecht könnte mir werden, als er endlich losläßt: eine tiefe, fransige Wunde ist unter Laridhis Jackenärmel zu sehen, aus der Blut in immer breiterer Bahn fließt, pulsierend. Auch ich weiß, was das heißt: Laridhi ist verletzt, mittelschwer.

Ich bücke mich nach seiner Pistole, die ich Wei zuwerfen will, aber das hätte wenig Sinn. Blaß und einer Ohnmacht nahe lehnt er im Rahmen der Küchentür. Er beginnt schon abzurutschen.

»Auf den Stuhl«, sage ich grob zu Laridhi und zeige mit beiden Pistolen auf ihn. Ich komme mir ungemein blöd vor dabei, aber ich würde schießen. Ich weiß es. Laridhi sieht es. Er setzt sich mit Mühe auf, zieht sich mit der Rechten am Küchentisch hoch, bis er gebückt steht, und läßt sich dann auf den Küchensessel fallen. Mit der rechten Hand sucht er die Wunde am linken Oberarm und drückt darauf, als wollte er so das Blut stillen. Er ist grün im Gesicht, die Augenbrauen und sein Bärtchen so schwarz im Kontrast, daß sie wie unecht aussehen, wie aufgeklebt.

Langsam, Schritt für Schritt, gehe ich um den Küchentisch herum. Mit der großen Pistole, Eigentum des Hotels Leduc, angle ich nach dem Mobiltelefon, das auf dem Küchentisch liegt, und ziehe es zu mir her. Die Waffe klemme ich mir unter den linken Arm. Ich sehe mir die Tastatur an. Zum ersten Mal, seit ich Cerveau bei den Dalassios gesehen habe, kann ich mir vorstellen, daß das Ganze gut ausgeht. Das Telefon hat eine »Bis«-Taste. Eine Wahlwiederholung. Ich drücke sie und halte den Hörer an mein Ohr. Laridhis Waffe halte ich auf ihn gerichtet. Er schaut mich stumm an, seine Augen schwimmen. Er macht sie zu. Er hat Schmerzen. Bärli schmiegt sich gegen mein Bein.

Ich höre Cerveaus Stimme, verstehe aber nicht, was er sagt. Er spricht arabisch. Es ist mir auch egal. Ich will gar nicht mit ihm reden. Ich stecke die Kuppe des linken Mittelfingers in den Mund. Etwas feucht soll sie sein. Langsam ziehe ich dann den Finger über die Sprechmuschel, um ein Quietschen zu erzeugen. Die Waffe zeigt dadurch kurz hoch zur Decke, aber Laridhi sieht nicht so aus, als wollte er etwas unternehmen. Er hält die Augen geschlossen. Nachdem ich mit dem Mittelfinger dreimal über die Muschel radiert habe, lege ich auf, das heißt, ich drücke die Unterbrechungstaste. Gleich darauf wähle ich aber »Bis«. Ich reibe wieder dreimal, lege auf. Bis. Abgeschleckt. Und so weiter. Inzwischen bin ich bei Wei angekommen und helfe ihm – das Telefon lege ich kurz weg –, sich auf den zweiten Küchensessel zu setzen. Fallen zu lassen. Gleich darauf drücke ich wieder »Bis«, und das Spiel beginnt von neuem.

Dann drücke ich Wei die große Pistole in die Hand, und er richtet sie sauber auf Laridhi, wenn auch nicht ohne Zittern. »Hen hao (sehr gut)«, sage ich ihm und laufe ins Schlafzimmer, wo ich in einer Lade im Wäschekasten Bärlis Paraphernalien untergebracht habe. Nach kurzem Herumtasten finde ich, was ich suche: das zweite Halsband und die zweite Leine. Ich habe immer Ersatzausrüstung mit, falls etwas kaputtgeht.

Zurück in der Küche, sieht es aus, als hätten beide sich nicht bewegt. Aber Laridhi hat die Augen wieder offen. Er blutet auch aus der Kopfwunde, sehe ich jetzt erst. Doch ein Loch hat er nicht. Grob packe ich seinen linken Arm – der Ärmel ist inzwischen schwer vom Blut, es tropft auf den Boden – und hebe ihn etwas an, so daß er vom Körper ein Stück absteht. Laridhi pfeift leicht durch die Zähne. Ich habe seine Pistole in meine Hosentasche gesteckt und werde mir wohl jeden Moment in den Fuß schießen, aber ich habe keine Angst (mehr) vor ihm. Ich schlinge Bärlis Zweithalsband um Laridhis Arm oberhalb der Wunde und ziehe es fest, so gut ich kann. Noch fester. Laridhi pfeift wieder. Mit der Leine fessle ich seinen Oberkörper an die Sessellehne.

Ich dränge mich an ihm vorbei zur Spüle, um den Arm zu beobachten, ob die Blutung aufhört. Gleichzeitig wähle ich wieder »Bis« und höre diesmal, ob jemand antwortet. Jawohl: Cerveaus Stimme, ungeduldig, fast hysterisch. Tut mir gut, ihn so zu hören. Ich ziehe wieder die Fingerspitze über die Sprechmuschel, lege auf, wähle wieder. Die Blutung von Laridhi, glaube ich, ist weniger stark als vorher. Es ist mir fast egal.

Ich laufe ins Wohnzimmer, suche das Telefonbuch heraus, voilà: die Nummer der Ambulanz. Aber noch nicht. Zuerst gehe ich zurück in die Küche, wo Wei immer noch auf die Drogenpakete starrt, als wüßte er nicht, ob sie echt sind oder ob er sie nur träumt. Ich habe keine Lust, ihm etwas zu erklären, mich zu rechtfertigen. Er hat schließlich angefangen.

Ich gehe zum Kühlschrank, muß mich knapp an Laridhi vorbeidrücken, aber er versucht keine Tricks, ich glaube, er ist bedient; ich hole ein Stück Käse heraus und schneide mit dem Küchenmesser, mit dem Laridhi den Drogensack aufgeschnitten hat, ein kleines Stück ab. Wei sieht mir zu, als wäre er jetzt sicher, daß er den Verstand verloren hat. Oder ich.

Zurück im Schlafzimmer, krame ich die kleine Schachtel mit Beruhigungspillen aus der Lade, von denen ich Bärli vor einer Reise immer eine Dosis verabreiche. Ich breche die Hälfte einer Tablette ab, stecke sie in den Käse und den Bärli ins Maul. Brav nimmt er es an, schluckt hinunter. Ich kann Bärli nicht mitnehmen, kann aber auch nicht riskieren, daß er für tollwütig gehalten wird, wenn die Ambulanz kommt und einen wütenden Hund und einen Mann mit Bißwunde vorfindet. Mit diesem Mittel wird Bärli in wenigen Minuten schlafen.

Was noch? Bärlis Sender. Ich ziehe ihn aus dem Halsband und stecke ihn in meine Hosentasche. Zurück in der Küche, packe ich die vierzehn Pakete zusammen und stopfe sie in einen Plastiksack. Laridhi und Wei sehen mir stumm zu. »Ich gehe weg«, sage ich zu Wei auf chinesisch, »rufe aber vorher einen Arzt.« (Weiß nicht, was Ambulanz auf chinesisch heißt.) »Wenn jemand läutet, schau nach, wer es ist. Wenn es Ärzte sind, gib die Waffe (das Ding da) weg und verlange, daß die Polizei geholt wird. Okay?« Wei nickt, er fragt nicht einmal, wohin ich gehe, was ich vorhabe. Er ist fast so geschafft wie Laridhi, zu dem ich auf französisch fortfahre: »Ich habe ihm gesagt, daß Sie seinen Schwager so zusammengeschlagen haben, daß er davon gestorben ist. Wenn Sie auch nur einen Finger bewegen, wird er schießen.« Auch Laridhi schaut mich nur stumm an – da spreche ich so viele Sprachen, aber keiner antwortet mir.

Noch während meiner Rede habe ich wieder »Bis« gewählt, aber niemand hebt ab. Cerveau hat sein Telefon wohl abgestellt. Ganz nach Plan.

Ich wähle die Nummer der Ambulanz, komme gleich durch, Gott sei Dank – die Zeit rennt! –, und gebe meine Adresse und den Türcode durch. In zehn Minuten werde jemand kommen, sagt man mir. Schön. Auf diese Art kann sich Wei zumindest noch freiwillig stellen, wenn wir es jetzt auch nicht mehr vertuschen können, daß er die Drogen selbst versteckt hatte. Tant pis.

Bärli torkelt bereits, als ich den Anruf beende. Die halbe Tablette ist immer noch eine hohe Dosis für ihn; ein Viertel kriegt er sonst, wenn wir verreisen. Aber um so fester wird er schlafen, rede ich mir ein. Hoffe ich. Bitte. Ich führe Bärli ins Schlafzimmer auf seinen Platz, erzähle ihm wieder das mit dem Einkaufen, streichle ihm kurz den Kopf. Die Unterseite seiner Schnauze, wo er mit der Zunge nicht hinkommt, ist immer noch blutig. Nicht sehr, aber genug, um meinen Magen wieder in Aufruhr zu versetzen.

~

Dann endlich runter auf die Straße. Ich habe nur den Plastiksack mit den Drogenpaketen dabei, meine Geldtasche – darin der Minisender – rechts, das Telefon von Laridhi und seine kleine Waffe links in der Jackentasche. Bevor ich das Haustor öffne, ziehe ich den Sender aus meinem Gürtel. Er hakt kurz, löst sich dann aber. Ich halte ihn in der rechten Hand, in der ich auch den Plastiksack trage.

Auf der Straße – alles friedlich, viele Lichter in den Fenstern – sehe ich mich kurz um. Der Wagen mit dem Rundkopf steht dort, wo Laridhi ausgestiegen ist. Noch gar nicht so lange her: fünfzehn Minuten? Von der Polizei nichts zu sehen. Was ich am meisten fürchte, ist, daß Rundkopf eben mit Cerveau telefoniert. Daß Cerveau ihm sagt, er soll nachschauen gehen, was mit Laridhis Telefon los ist. Aber Rundkopf sitzt nur still da und schaut mir entgegen, nicht überrascht. Ich gehe rüber auf seine Seite des Wagens. Er kurbelt das Fenster herunter. Unterhalb des Fensters, wo er nicht hinsehen kann, lege ich vorsichtig, leise den Stift meines Minisenders um und lasse den Sender in den Sack fallen. Er landet gut, in einem Schlitz zwischen zwei Paketen, und verschwindet darin.

Ich hebe den immer noch kalten Sack durch das Autofenster, und Rundkopf nimmt ihn mir ab. Bisher hat keiner ein Wort gesagt. War das so abgemacht, daß Laridhi mich hinunterschickt auf die Straße? Damit die Polizei nicht so viele Araber kommen und gehen sieht?

Anstatt das Fenster hochzukurbeln, packt mich Rundkopf aber jäh an der Hand, die ich schon wieder zurückziehen wollte.

»Courez«, zischt er, »laufen Sie so schnell wie möglich. Er hat den Auftrag, Sie umzubringen, sobald ich die Pakete habe. Laufen Sie jetzt, es ist die letzte Chance!«

Mir bleibt die Luft weg. Vor Verblüffung, aber auch wegen einer neuen Welle der Übelkeit. Gott, ist mir schlecht.

»Aber er hat meinen Hund«, fällt mir dann ein zu sagen, »und die Dalassios ...«

»Vergessen Sie die Dalassios, vergessen Sie den Hund – rennen Sie!« Er schreit fast schon. Soviel Blödheit hat er noch nicht erlebt, lese ich in seinem Gesicht. Wütend stößt er mein Handgelenk weg und beginnt, das Fenster hochzukurbeln. Ich trete zurück. Rundkopf fährt ab, ohne mich auch nur eines letzten Blicks zu würdigen.

Ich schaue ihm nach. Nicht Dommi, nicht Damesne kommt, um mich zu retten – sondern einer von denen, ausgerechnet.

~

Diesmal habe ich Glück – der Taxistandplatz ist besetzt. Ich gebe dem Fahrer die Adresse der Dalassios, fische wieder das Telefon heraus und wähle »Bis«. Aus den Augenwinkeln sehe ich dann, wie eben ein gelber Wagen um die Ecke in meine Straße biegt, und sage laut: »Jawoll!« Was den Taxifahrer recht erschreckt. Ich konnte zwar nicht erkennen, welche Marke der Wagen hat – dazu müßte ich ohnedies den Schriftzug am Heck lesen können –, aber ich glaube fest, daß das der gelbe Renault war, den Damesne mir geschickt hat. Und der jetzt meinem Notsignal folgt.

Es bereitet mir tiefes Vergnügen, mir vorzustellen, wie Rundkopf (der sich immer noch über die dumme Gans ärgert, für die er sogar etwas riskiert hat, die aber zu dämlich war ...) den Wagen im Rückspiegel sieht, wie es ihm dämmert, daß er ihm folgt, wie er versucht, ihn abzuhängen, es gelingt ihm schon – beide Autos sind nicht unbedingt Rennautos –, er hat so geschickt manövriert, daß er sich hinter einem Lastwagen verstecken kann, er sieht sogar noch, wie der gelbe Renault an ihm vorbeifährt. Rundkopf beginnt vergnügt zu pfeifen, doch er wartet noch ein wenig, bevor er losfährt. Besorgt ist er dann aber doch, und er ruft bei Cerveau an, aber da hebt niemand ab – komisch, daß der Boß sein Gerät abgestellt hat. Und dann, als er wieder aufsieht von seinem Telefon, werden die Augen vom Rundkopf so rund wie sein Kopf, das kann doch nicht wahr sein, sagt er sich, die können doch nicht wissen ... denn eben kommt der gelbe Renault auf der Querstraße zurückgerollt bis über die Kreuzung, biegt dann rechts ab, direkt auf den Wagen von Rundkopf zu, der doch hinter dem Laster versteckt ist: Das gibt es nicht! Die können mich nicht gesehen haben!! Die können mich nicht finden!!! Das und noch mehr denkt sich der Rundkopf, als zwei Polizisten in Zivil aus dem gelben Wagen steigen und mit gezogenen Waffen auf ihn zukommen. Und Rundkopf denkt immer noch: Das gibt's ja nicht!!!

Minuten vergehen mit dieser höchst angenehmen Phantasie, dann reiße ich mich zusammen: Zeit, mir die Pistole anzusehen. Ich habe noch nie so ein Ding in der Hand gehabt, aber in ein paar Minuten wäre mir viel wohler, wenn ich ungefähr wüßte, wie man damit umgeht. Ich habe keinen Plan, was ich machen werde, wenn ich bei den Dalassios ankomme, ich muß erst sehen, wie die Dinge dort liegen, aber ich werde versuchen, durch den Hintergarten ins Haus zu gelangen. Die Pistole – oder ist es ein Revolver oder ein Colt? Nichtssagend liegt sie in meiner Hand, kein Schriftzug drauf, der mir verrät, was ich da Feines habe – muß doch irgendwie entsichert werden, man spannt einen Hahn, es klickt doch immer im Fernsehen vor dem Schuß. Ist sie überhaupt geladen?

Wir halten bei einer Kreuzung, und die Rotphase kommt mir schon recht lange vor, da hupt es hinter uns – als ich aufschaue, begegne ich dem entsetzten Blick des Fahrers, der auf die Pistole starrt. So entgeistert, daß er vergißt weiterzufahren. Seine weißen Augäpfel leuchten in seinem schwarzen Gesicht.

»Die ist nicht echt«, sage ich ihm, »das ist ein Spielzeug für meinen kleinen Neffen.«

»Verkaufen Sie mich nicht für dumm, Madame«, sagt er kühl

(tolle Stimme! Tief, kehlig, geschmeidig!), »ich erkenne eine echte Pistole, wenn ich sie sehe.«

Aber er fährt an.

»Dann können Sie mir vielleicht sagen, wie man damit umgeht?« frage ich höflich.

Er nimmt sie mir mit spitzen Fingern aus der Hand, hält rechts am Straßenrand, zwei Reifen auf dem Gehsteig, und erklärt mir in schnellem Französisch, das ich nicht verstehe (»Hahn« scheint nicht »Coq« zu heißen), wie man entsichert und daß man dann einfach abdrücken kann, und geladen ist sie auch. Schnell und geübt läßt er die Kammer herausspringen. Ich verstehe nicht, was er sagt, aber seine Gesten sind unmißverständlich.

»Merci«, sage ich wiederum höflich und nehme ihm die Waffe meinerseits mit spitzen Fingern ab.

Ich bitte ihn, mich zwei Blocks vor den Dalassios aussteigen zu lassen. Als ich bezahle, fragt der Fahrer – den Kampf zwischen Diskretion und Neugier hat er verloren –, ob ich Probleme habe? Ob er die Polizei rufen soll?

»Problèmes oui, police non.« Er lächelt darüber, aber es verrutscht ihm ein bißchen. Trotzdem, er mischt sich lieber nicht ein. Schnell verschwindet sein Wagen um die nächste Ecke, der Motorenlärm wird rasch leiser.

~

Die nächtliche Straße liegt ruhig und friedlich vor mir, erhellt nur von den Straßenlampen. Die Leute hier gehen früh schlafen. Kein Licht bei den Dalassios. Das Gartentürchen ist nicht verschlossen.

Ich schleiche links um das Haus herum, ducke mich an den Fenstern vorbei. Im Wohnzimmer brennt Licht, aber ich sehe schon, als ich mich vorsichtig nähere, daß die Vorhänge zugezogen sind. Nichts zu sehen. Weiter zum Wintergarten.

Der liegt im Dunkeln, aber die Glastür zum Garten steht offen. Einladend offen. Zu einladend?

Auf leisen Sohlen schleiche ich näher, stoße die Tür weiter auf und horche. Nichts. Kein Laut. Aber ein schmaler Lichtstreifen fällt aus der offenen Wohnzimmertür, hinter der ich die Möbel ausmachen kann, die Ecke des Eßtisches, dahinter das Sofa, auf dem ich heute mit den Dalassios gesessen habe. Vor vielen Jahren.

Noch leiser gehe ich auf den Türspalt zu. Immer noch ist alles still. Was ich gehofft habe, hier vorzufinden, war viel zu optimistisch: ein paar Polizeibeamte, die eben das Protokoll beenden, und einer telefoniert eben mit Damesne, daß die Wienerin, die mit dem Hund, in Gefahr ist ... Nichts. Kein Laut.

Ich kann schon das halbe Sofa sehen, wechsle dann aber auf die andere Seite, drücke mich um den Lichtstrahl herum, damit man von innen keine Bewegung sieht, und überblicke jetzt einen guten Teil der Eßecke mit dem großen, schönen Bücherschrank dahinter. Auch hier ist niemand. Auf dem Eßtisch liegt das Buch, das ich Dalassio mitgebracht habe. Das gefällt mir gar nicht. Nichts hier gefällt mir.

Ich gehe zurück, wieder um den Lichtstrahl herum, auf die andere Seite der Tür. Wieder bleibe ich stehen, horche, gehe dann noch ein Stück näher. Bleibe wieder stehen.

Gilbert und Sophie Dalassio sitzen dicht nebeneinander auf dem Sofa. Sie halten sich an den Händen. Ihre Köpfe sind einander zugeneigt, als würden sie flüstern. Aber sie sind stumm. Die Augen geschlossen. Man hat sie in den Kopf geschossen, beide.

Meine Knie werden weich. Ich gehe die letzten paar Schritte wie auf Watte, erreiche irgenwie den Eßtisch und halte mich daran fest, stütze mich auf und lasse mich auf einen der Sessel fallen.

Ich kann den Blick nicht abwenden von den Dalassios.

Es ist nicht auszumachen, wer von den beiden zuerst erschossen wurde. Aber der andere ist sitzen geblieben, vermutlich schon mit geschlossenen Augen. Ich kann mir nicht vorstellen, daß Cerveau sie ihnen zugedrückt hätte. Und der andere hat auf den zweiten Schuß gewartet. Vielleicht hat er oder sie gar nicht gewußt, daß der erste Schuß den anderen getroffen hat, weil es so schnell ging. Hoffe ich. Ich hoffe es mehr, als ich bisher im Leben irgend etwas gehofft habe.

Wie lange sitze ich schon am Tisch? Minuten? Ich warte darauf aufzuwachen, aber ich schaue immer noch mit trockenen Augen, ohne zu blinzeln, auf das Ehepaar Dalassio.

Wie innig sie selbst jetzt noch sind, denke ich. Inniger denn je. Für immer.

Um mich aus meiner Lähmung zu befreien, bewege ich meine Finger. Ich betaste den Umschlag des Buches, das vor mir liegt, und spüre, wie ich mich ein wenig fange, ein leichtes Tauen im Kopf. Es ist eine gewaltige Anstrengung, den Blick zu wenden.

Aber es hilft.

Nicht für lange, gleich gefriert mir das Hirn aufs neue. Von nirgendwoher, wie ein Gespenst, steht Cerveau vor mir. Auf dem dikken Teppich ohne einen Laut. Er grinst mich an, häßlich. Seine Augen so klein und so hart wie nasse Kieselsteine. In der Hand eine Waffe, ebenfalls häßlich.

»Wie dumm Sie sind, Mademoiselle Margi«, sagt er, »Sie kommen sich so klug vor und sind doch so dumm.« Ich muß ihm recht geben. »Haben Sie wirklich geglaubt, ich durchschaue Ihr Spiel nicht? Mit den Anrufen? Es ist mir egal, daß sie Laridhi kriegen, er ist ohnedies ein Dummkopf, und er weiß nichts, was wichtig wäre. Und den Stoff haben wir ja doch, wie ich höre. Und Sie.« Hat der Rundkopf doch noch Zeit gehabt anzurufen? Oder hat Cerveau ihn erwischt?

Ich muß Zeit gewinnen.

»Ja, Sie haben den Stoff«, sage ich kalt, »aber nur noch für fünf Minuten. Ich habe Ihrem Mann einen Sender in den Wagen gelegt, der die Polizei hübsch auf seiner Spur hält, bis sie beschließt, ihn zu schnappen.«

Cerveau starrt mich an. Ich weiß nicht, ob er mir glaubt oder nicht. Er weiß es vermutlich selbst nicht. Es dauert noch einige Sekunden, fünf, zehn, dann entscheidet er sich, aber anders, als ich gedacht habe. Statt zum Telefon zu greifen, um Rundkopf zu warnen, hebt er die Hand mit der Waffe, völlig ruhig, und schießt. Auf mich.

Ich reagiere, ohne zu denken, meine Reflexe übernehmen jetzt die Regie: Ich reiße das schwere Buch, die *Chronik der deutschen Besatzung von Paris*, hoch, vor meinen Kopf, in der Sekunde, in der auch schon die Kugel einschlägt. Im Buch, nicht im Kopf. Der Aufprall ist so hart, daß mir das Buch gegen den Kopf knallt. Dann lasse ich mich, zum zweitenmal heute, seitlich auf den Boden fallen, das

Buch immer noch vor dem Kopf. Ich lande auf dem Po – dank der weichen Teppiche nicht zu schlimm – und schlage mit dem linken Ellbogen hart auf den Rand des Sessels. Es tut gemein weh. Aber immer noch hat mein Instinkt die Oberhand, und ich sehe mir fast erstaunt dabei zu, wie ich das Buch fallen lasse, mit der Linken fiebrig und zitternd meine Jackentasche suche, finde, hineinfahre, meine Pistole packe, entsichere und gleich durch die Tasche schieße – ohne zu zielen. Nicht, um Cerveau zu treffen, sondern um ihm klarzumachen, daß er keinen zweiten Schuß mehr frei hat. Nicht im Moment.

Er hat das von einer so dummen Person nicht erwartet, scheint's. Mit einem Satz, sehr agil für sein Alter, springt er seinerseits rückwärts, hinaus aus der Eßnische, um die Ecke, wo ich ihn nicht mehr sehen kann. Er mich auch nicht.

Jetzt erst ziehe ich die Pistole aus der Tasche. Was mir der Taxifahrer nicht gesagt hat, ist, daß so ein Rückstoß verdammt weh tun kann. Links der Ellbogen und das Handgelenk, hinten der Po. Und der Kopf, eine dicke Beule wird das, keine Frage. Für solch einen multiplen Schaden bewege ich mich wiederum ganz flott und krabble auf allen vieren um den Eßtisch herum zur Bücherwand. Ich drücke mich flach dagegen.

Ich lausche. Es ist kaum hörbar bei den modernen Mobiltelefonen, wenn jemand die Tastatur betätigt, aber ich höre efis trotzdem genau: Cerveau wählt. Die Nummer von Rundkopf. Ich überlege schnell, ob ich versuchen soll, ihn zu blockieren, indem ich auf Laridhis Telefon »Bis« wähle, aber es bringt nichts. Rundkopf findet den Sender ohnedies nicht, wenn er ihn im Wagen sucht. Und ich muß mir schleunigst überlegen, wie ich Cerveau entwischen kann oder, besser noch, wie ich ihn kriegen kann, ohne daß er mich kriegt. Ich sehe nicht mehr hinüber zu den Dalassios, weil ich Angst habe, daß ihr Anblick mich wieder festfrieren läßt, aber ich habe das Bild auch so vor mir, ohne hinzusehen. Ich will Cerveau kriegen.

Nur wie?

Er hat fertiggewählt, es tutet, aber er spricht nicht. Rundkopf hebt nicht ab. Es klickt leise, dann wählt er erneut. Mir bleibt nicht mehr viel Zeit, bis Cerveau sich wieder mir zuwendet. Böser denn je, denn dann weiß er, daß man Rundkopf und seine kostbare Fracht wirklich geschnappt hat. Und Cerveau kann sich ausrechnen, daß ich mit einer Waffe zwar blind abdrücken kann, aber schießen kann ich nicht. Er schon, glaube ich.

Ich sehe mich um – sorgfältig das Sofa vermeidend –, doch nichts fällt mir ein, was Cerveau aufhalten kann. Soll ich einen Stuhl nach ihm werfen, wenn er um die Ecke kommt? Zu schwer sind die für mich, massives Holz. Bücher? Einen extradicken Band? Nicht gerade berühmt für seine präzise Flugbahn, so ein Buch. Nein. Ich muß weg von hier, ihn überraschen, woanders sein, als er glaubt, hinter ihn kommen – über ihn? Auf den Bücherschrank! Wie die Katze von Madame! ABER WIE, OHNE DASS ER MICH HÖRT???

Cerveau lauscht noch immer in den Hörer, aber bald werde ich das leise Klicken hören, mit dem er die Leitung unterbricht. Ist das ein schlechtes Zeichen, daß kein Polizist rangeht? Oder hat Rundkopf das Telefon im Wagen gelassen, als man ihn hochnahm? ICH HABE JETZT GANZ ANDERE SORGEN!

Klick. Cerveau hat wieder Zeit für mich. KLICK! DAS IST ES!

Wild greife ich nach der Fernbedienung der Stereoanlage, die genau dort liegt, wo ich sie zuletzt gesehen habe: auf dem mittleren Regal der Bücherwand, vor der Encyclopaedia Britannica, Bd. 1. Ich drücke den roten Knopf – lautlos. Eine rote Lampe an der Stereoanlage gegenüber auf der Kommode antwortet. Ich drehe »Volume« auf Maximum. Nichts rührt sich. Cerveau denkt sich seinerseits etwas aus: Ich höre ihn fast denken.

Verdammt, haben die Dalassios keine CD eingelegt? Keinen Radiosender eingestellt? Keine Kassette, keine Platte, nichts?

Dann, so plötzlich, daß es mich genauso erschreckt wie Cerveau – glaube ich –, beginnt mit unglaublicher Lautstärke, aber immer noch unbeschreiblich süß, Cherubino seine Arie zu singen, ausgerechnet meine Lieblingsoper, meine Lieblingsarie. Und die Dommis. Aber der Schreck fährt mir so tief in die Glieder, daß ich, wie von der Tarantel gestochen, anfange, auf die Bücherwand zu klettern, noch bevor ich denken kann. Süß, voller Sehnsucht und Schmerz deckt Cherubino jedes Geräusch zu, das mein ungeschickter Aufstieg macht. Mit schmerzendem Ellbogen, wehem

Handgelenk, angeschlagenem Kopf und wundem Po eine glattpolierte Bücherwand zu besteigen ist nicht einfach. Aber ich bin schon oben, als mich diese Erkenntnis einholt.

Cerveau hat nicht die Nerven verloren. Halb habe ich erwartet, daß er um die Ecke gerannt kommt, sobald der Krach losgeht, und auf mich schießt oder auf die Stereoanlage oder beides hintereinander. Aber nichts, ich sehe ihn nicht. Langsam schiebe ich mich nach vorn, bis zur Ecke des Schrankes – auch hier oben liegt nicht ein Staubkorn. Jetzt sehe ich ihn, Cerveau, der sich ebenfalls eine Überraschung für mich ausgedacht hat.

Aber etwas Krudes, was für eine dumme Gans wie mich ja reicht, meint er wohl.

Er hat den Spiegel, der im Gang hing, heruntergenommen und hält ihn jetzt in der Linken, er schwingt ihn leicht hin und her, bereit, ihn ins Wohnzimmer zu werfen. Ich soll dann wohl einen Schreck kriegen, wenn er zerkracht, und wild drauflosknallen. Aber unschlüssig steht er da, irritiert von der Musik, vielleicht fällt ihm doch noch etwas Besseres ein?

Ich warte aber nicht. Genausowenig, wie er mich gewarnt hat, bevor er auf mich schoß, gebe ich ihm jetzt eine Chance. Ich ziele auf die rechte Schulter, so gut ich kann, denn lieber wäre es mir, wenn er lebt. Immer noch glashell und ergreifend singt Cherubino von seiner Liebe, als ich abdrücke. Ich höre den Schuß kaum, und Cerveau sieht sich so überrascht um, als hätte er gar nichts gehört. Als wüßte er nicht, was ihn getroffen hat. Ich habe ihn getroffen, in die rechte Schulter, leicht schräg, weil er sich gerade vorgebeugt hat.

Cerveau zuckt nur ein bißchen, als ihn der Schuß trifft, sieht sich überrascht um, schaut dann ungläubig seiner rechten Hand zu, wie sie kraftlos sinkt, die Waffe fast fallen läßt, aber er fängt sie schnell auf, mit der Linken. Er dreht sich sogar um, um zu sehen, ob ich denn hinter ihm stehe, wendet sich dann wieder zurück, und sein Mund ist ein entsetztes kleines Loch, als er zu mir heraufsieht. Unsere Köpfe sind nur zwei Meter voneinander entfernt. Deutlich sehe ich, aus der Sicht eines Zahnarztes gewissermaßen, wie sich sein Mund mit Blut füllt, er schluckt, aber ein Tropfen quillt ihm über die Lippen und hinterläßt eine Spur, die man zu oft gesehen hat, in zu vielen Filmen, als daß sie noch echt wirken könnte. Auch mir kommt sie unecht vor wie alles um mich herum. Echt sind nur die beiden Gestalten drüben auf dem Sofa, wie sie sich einträchtig zueinander wenden.

Lautlos unter der dröhnenden Untermalung der Arie fällt Cerveau um.

~

Ich bleibe auf meinem Bücherregal liegen. Auch der zweite Schuß hat mir wieder weh getan. Ich sehe zu, wie mein Handgelenk in einer Parodie von Cerveaus letzten Bewegungen schlaff wird, fast verliere ich die Pistole, fange sie dann aber mit der Linken auf. Ich bleibe hier oben liegen, bis mich jemand holt. Jetzt, da wir allein sind, sehe ich auch wieder zu den Dalassios hinüber, die ungerührt von dem Lärm weiter stumm beieinandersitzen. Eigentlich gar nicht so schlimm, denke ich, für ein altes Paar, das seit dreiundvierzig Jahren zusammenlebt und das so fest verbunden ist, daß einer ohne den anderen gar nicht mehr leben könnte, gar nicht so schlimm, so plötzlich miteinander zu sterben. Wenn Dommi und ich einmal so enden, soll es mir recht sein. Nur er soll derjenige sein, der die paar Sekunden vorher geht, damit er nicht allein ist.

Die Frau in der Gesellschaft

Anna Johann
Geschieden, vier Kinder, ein Hund – *na und*?
Band 11118

Jil Karoly
Ein Mann für eine Nacht
Roman
Band 13276
Mein wunder-voller Wonderbra
Roman
Band 13619

Dagmar Kekulé
Paulinas wilde Reiter
Roman
Band 13680

Claudia Keller
Windeln, Wut und wilde Träume
Briefe einer verhinderten Emanze
Band 4721

Claudia Keller
Kinder, Küche und Karriere
Neue Briefe einer verhinderten Emanze
Band 10137
Frisch befreit ist halb gewonnen
Reisebriefe einer verhinderten Emanze
Band 10752
Der Flop
Roman. Band 4753
Kein Tiger in Sicht
Satirische Geschichten
Band 11945

Hannelore Krollpfeiffer
Telefonspiele
Roman
Band 12423

Fern Kupfer
Zwei Freundinnen
Roman
Band 10795
Liebeslügen
Roman
Band 12173

Anna von Laßberg
Eine Liebe in Bonn
Roman
Band 12760

Ulla Lessmann
Helenens gestörte Ruhe
Roman
Band 13529

Doris Lerche
Der lover
Band 10517
Eine Nacht mit Valentin
Erzählungen
Band 4743

Fischer Taschenbuch Verlag

fi 21 / 12 b